U0025352

品味日本近代兒童文學名著

宮澤賢治★小川未明★有島武郎
夢野久作★坪田讓治

作家介紹及作品導讀、審譯★東吳大學日本語文學系助理教授 張桂娥 博士

專文推薦★台灣大學日本語文學系所系主任兼所長 陳明姿 博士
淡江大學日本語文學系教授 曾秋桂 博士

譯　者　蕭照芳／洪玉樹／蔡佩青
插　畫　羅儂姝

日中對照

推薦序

陳明姿博士（台灣大學日本語文系所　教授兼系主任、所長）

世界各國都有膾炙人口的經典兒童名著，這些名著固然會因國情或風俗習慣不同，而呈現不同的風格樣貌。然而編著者欲藉此啟發兒童心智的用意，卻都相同。

本書收錄了日本五位名作家的十二篇經典名著，篇篇發人深思。如宮澤賢治的〈夜鷹之星〉，作品中的夜鷹外型醜陋，個性軟弱，受到同輩的排擠，又受到老鷹的欺壓，使他飽受生命的威脅。但令他更痛苦的事是他發現自己雖是受害者，但同時也是小飛蟲跟甲蟲的加害者，於是他痛定思痛，立志要以自己的生命來回饋無數的小生命，其過程雖不順利，但他卻不氣餒，持續地努力，奮不顧身的燃盡最後的一絲生命，最後他終於如願以償的成為銀河間閃耀的群星之一，永遠照亮天際。

看完這篇作品，不由得讓人在腦海裡浮現出一個飽受霸凌的瘦小孩童如何在狹縫之中找出自己的存在意義，並且克服重重的難關，最後終於實現自己理想的景象。這篇作品多年來一直被收錄在日本各種版本的國小課本，是日人用來教育兒童的重要經典名著之一。

此外〈土神和狐狸〉則是在敘述「土神——退休教授；狐狸——貧窮的詩人；樺樹——村姑」的一段三角戀愛。土神為何會殺了狐狸？又為何在那之後會莫名的放聲痛哭？看完整篇作品之後，可以仔細思考一些人性的基本問題。

此外，被譽為「日本的安徒生」的小川未明撰寫的〈野薔薇〉中，描述了原本屬於敵對國家的一個老人和年輕人，兩人如何因理念的契合而成為忘年之交，故事內容讓人感受到真純的友情。

夢野久作是位偵探小說作家，他在成名前所寫的〈白色山茶花〉，對一些想逃避現實的兒童們而言，應頗具啟示意義。

這本書裡所收錄的十二則故事，各具有不同的意涵，可讓人們感受各種不同的幻想空間，也可激發大家思考各種不同的問題，希望大家能一齊來細細品嘗。

推薦序

淡江大學日本語文學系教授　曾秋桂

近日有兩樁愉悅之事，讓我喜上眉梢。其一，得知日本聲樂家秋川雅史於二〇〇六年五月二十四日發行的單曲〈化為千風〉，在台灣經蘇善女士的翻譯，編入台灣小學五年級的國語教材（翰林出版）中。藉由教材，讓台灣未來國家棟樑的小學生們透過翻譯，接觸到發人深思的日本歌曲，實感欣慰。其二，正是欣聞東吳大學日本語文學系張桂娥老師所導讀、審譯的日本經典童話作品《品味日本近代兒童文學名著》即將出版問世。相信此舉將能使更多的台灣讀者、莘莘學子們接觸日本近代兒童文學作品，更為日本文學在台灣播下不可多得的種子。

承蒙桂娥老師請託，很榮幸能為桂娥老師的嘔心瀝血之作《品味日本近代兒童文學名著》寫序。細讀、品味該書之際，從字裡行間深刻體會到桂娥老師的巧思與用心。書中選用日本近代兒童文學家宮澤賢治、小川未明、有島武郎、夢野久作、坪田讓治等五位最具代表性的大師之作，使本人不得不佩服桂娥老師獨到、精準的眼光。此外，本書中所集結的作品，更是五位大師深具特色之必讀經典；在此不得不再次折服、讚賞桂娥老師豐富的日本近代兒童文學學養。

期許在桂娥老師深入淺出的導讀下，讀者能初步地領悟與瞭解日本近代兒童文學作品；透過書中的精闢解說，相信讀者閱讀時，除能自由地徜徉於日本近代兒童文學作品世界之外，更可以進一步探索日本近代兒童文學作品的奧秘。因此，本人非常樂意推薦此書與各位分享！

感念台灣在地知日的文化人士們，長年以來善用所長與敏銳觸角，多方引進非讀不可的日本文化、文學作品。當中，更不可遺忘譯者與審譯者不辭辛勞、巧具匠心，使得優質的日文創作展現於國人眼前。更希冀讀者藉由閱讀此書，觸發對於日本兒童文學作品及日本文學、日本文化、日本文物的興趣。

最後衷心期盼，他日在閱讀此書的讀者中，出現下一位深耕日本文學、日本文化的後起之秀！

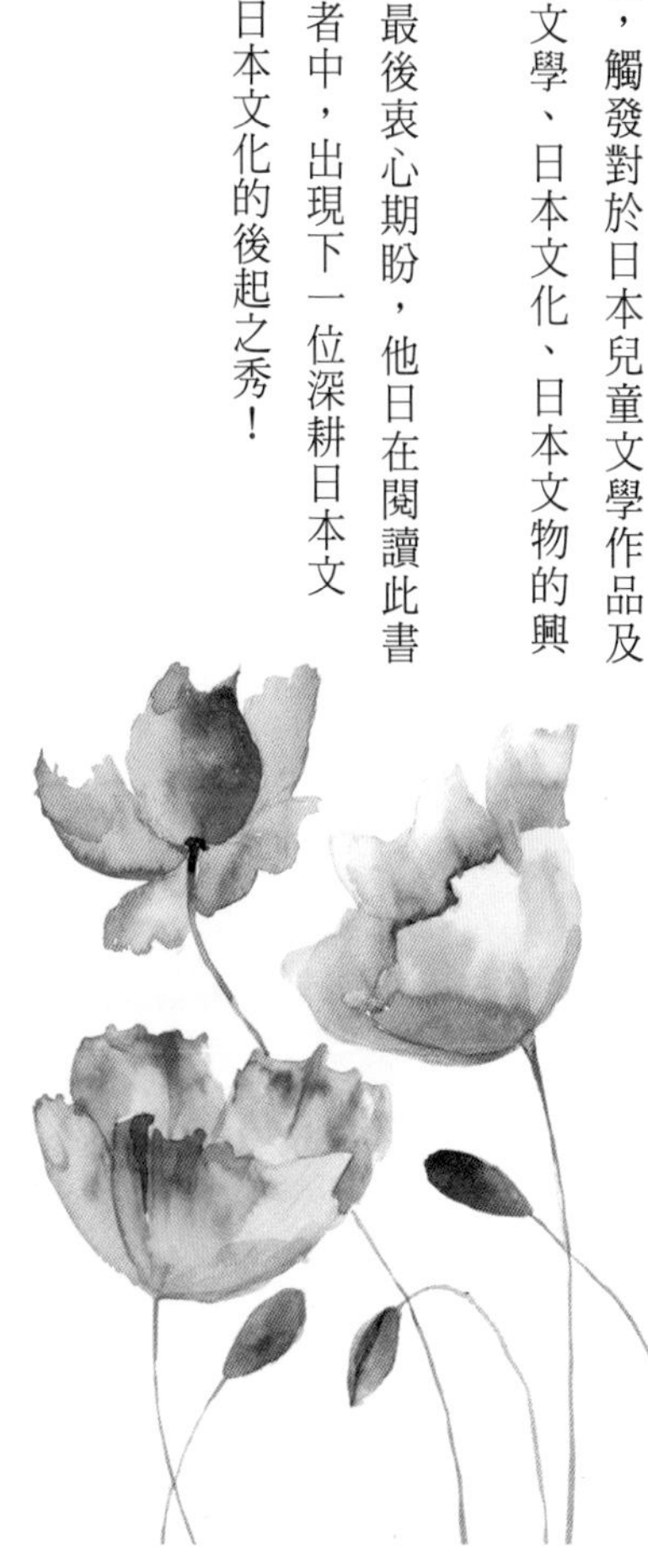

序——審譯、導讀者的感動分享

東吳大學日本語文學系助理教授　張桂娥

根據筆者的調查，一九四五年（日治時代結束）至今，台灣出版社已經引進超過兩千五百本日本兒童文學創作，其中包含圖畫書（繪本）、童話、兒童小說、青少年小說以及非文學類的作品等。這些創作透過翻譯家的轉譯詮釋，成為陪伴台灣兒童成長的精神糧食，曾經撫慰過無數台灣孩童的心靈，也讓眾多讀者在長大之後仍回味無窮。然而，以筆者從事日本兒童文學翻譯工作長達十幾年的經驗道句肺腑之言：本人強烈建議具有日語理解能力的讀者，直接閱讀原文作品。因為唯有如此，才能真正零距離地感受到經典名著撼動人心的深層魅力，浸淫在日本兒童文學大師精心打造的作品世界裡，盡情享受悠遊翱翔的閱讀樂趣。

這也是全臺灣各大學院校日文系普遍開設「日本兒童文學」或「日本故事選」等相關課程的目的——引導日語學習者欣賞原汁原味的日語文章藝術美、深度認識日本近現代文豪的兒童文學創作觀、挖掘作品背後無盡藏的日本文化底蘊。

本書汲取日本兒童文學史的發展脈絡，精心收錄了五位日本近代兒童文學大師最具有代表性的十二篇佳作，篇篇都是日本人耳熟能詳、家喻戶曉的傳世經典名著。

宮澤賢治：以著名詩篇〈雨ニモマケズ〉撫慰「日本三一一大地震」災民的日本兒童文學巨匠，本書收錄其四篇童話。〈蜘蛛、蛞蝓和狸貓〉關照生物為了延續生命，而必須以其他生物的生命作為糧餉以維持生命跡象的「生存原罪」；〈夜鷹之星〉描述其貌不揚卻擁有善良的資質、謙讓溫和又懂得認真努力的夜鷹，終能轉生為宇宙恆星，實現照亮夜空的夢想；〈土神和狐狸〉透過土神內心天人交戰與試圖淨化私我慾念的糾葛，刻劃人類面對情感議題的懦弱與無助；〈貓咪事務所〉以寓意方式，傳達作者對社會大眾縱容集體霸凌事件蔓延之利己主義所做的嚴厲批判。

小川未明：以童話集『赤い船』為日本近代兒童文學樹立里程碑的「近代兒童文學之父」，本書收錄其三篇童話。〈野薔薇〉靜觀自然景觀的時序變化，以及人與人的生死離別，交織成一齣不可思議的童話劇場；〈紅蠟燭和人魚〉暗喻人類與異族之間，建立真正信任基礎之可能性確實是微乎其微的；〈月夜和眼鏡〉優雅展現獨特的夢幻世界，讓讀者沉浸在美麗與哀愁的氛圍裡。

有島武郎：堅守人道主義精神的「白樺派」大文豪，作家生涯唯一的短篇童話集《一串葡萄》成為日本兒童們的寶貴文化資產。本書收錄的〈一串葡萄〉觀察一時貪婪而不小心犯錯的少年，以等身大的視野赤裸裸地刻劃出其內心深處的真實感受。

夢野久作：在近代兒童文學萌芽的大正時期，率先嘗試挑戰前衛童話藝術的《九州日報》〈兒童俱樂部〉專欄作家，本書收錄其兩篇童話。〈白色山茶花〉展開充滿了意外性與謎中之謎的作品世界；〈下雨娃娃〉藉由孩童獨特的天馬行空幻想，啟示人類可以發揮想像力開啟通往無限可能的生命之窗。

坪田讓治：以「心境小說」手法精心雕琢「生活童話」，而被譽為日本兒童文學寫實主義先驅始祖，本書收錄其兩篇童話。〈河童的故事〉以說書語調營造民間故事的氛圍，同時散發一種幻想風格，包覆詩情的底蘊；〈魔法〉生動刻畫兄弟同儕間無條件互信互賴的感情羈絆，幽默風趣，令人莞爾。

本書於「青空文庫」摘錄原文，並參考作家全集，精準校正讀音，力求完美無誤。同時附上作家介紹與作品導讀，希望讀者一起分享筆者鑽研日本兒童文學近二十年的研究成果，以及散播閱讀日本兒童文學的歡樂與感動。

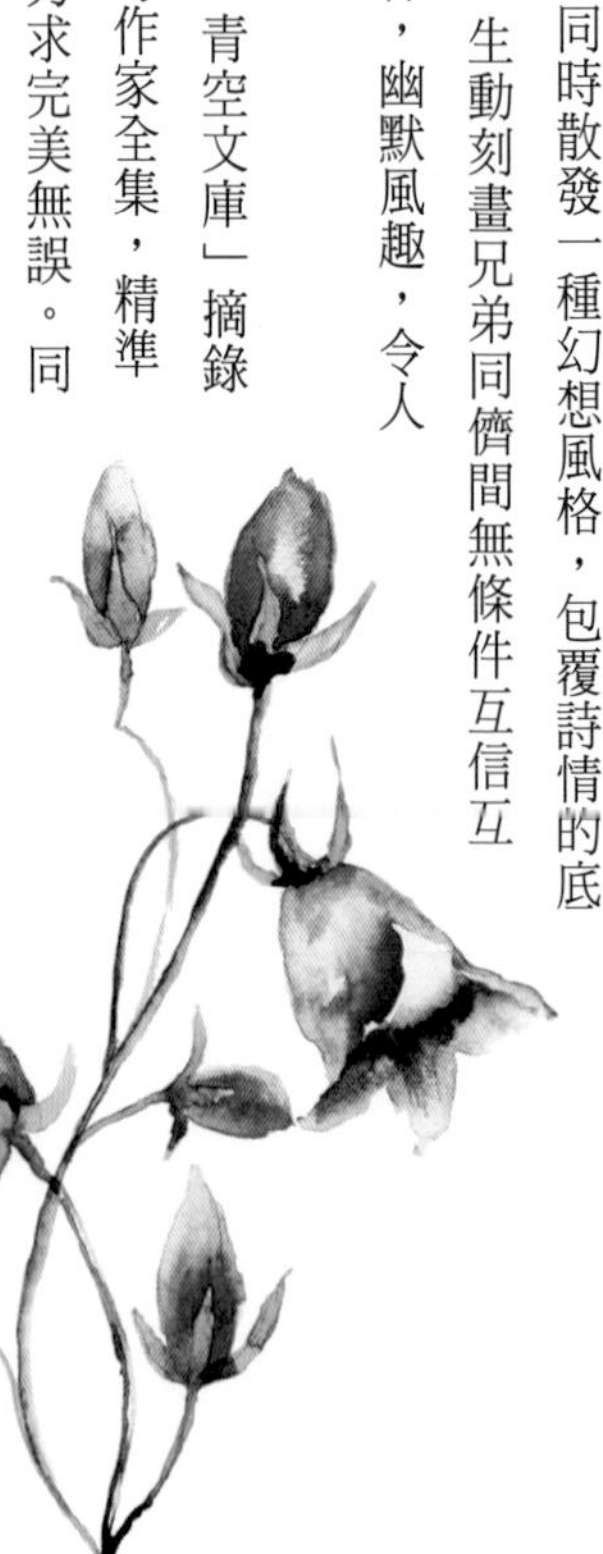

目錄

宮沢賢治（みやざわけんじ）

宮沢賢治

東吳大學日本語文學系助理教授　張桂娥

宮澤賢治童話作品的魅力何在？解析賢治畢生一百三十多篇童話作品的世界，大藤幹大（一九九五）歸納出四個特色：幻想性、與大自然交互感應、多彩繽紛、幽默滑稽。而關口安義（二〇〇八）則以八個關鍵字來加以分類：童心與童趣、幻想世界的風景、自然與人類、違逆人情事理的故事、心象的世界、何謂幸福、祈願和平、與原罪交戰。

米村みゆき（二〇〇九）聚焦於描述手法，發現賢治童話的場景宛如電影，影像式的運鏡手法讓童話作品非常有畫面，富有劇場效果。而作品登場人物都具有敏銳察覺「異物」與「變異」的特質。她將賢治的想像力歸納為「視覺殘像現象」，引導讀者捕捉光線與光線間的幽暗陰影。

本書收錄的四篇作品，都是在他發表生前唯一的藝術論〈農民藝術概論綱要〉（一九二六）之前的初期代表創作，也是筆者認為賢治童話愛好者必讀的經典。因為這些作品的主題意識與創作手法已經涵蓋上述研究學者的諸家百說，相信透過這些經典中的經典當引路人，您一定可以暢遊森羅萬象的賢治童話小宇宙。

一九三三年九月（八十年前），年僅三十七歲的宮澤賢治留下大批未發表的詩作・手稿以及超過一百三十篇以上的童話離開人世。生前正式發行的作品僅有自費出版的詩集《春天與修羅》（一九二四年四月）與童話集《花樣繁多的餐館》（一九二四年十二月，各一千冊），且乏人問津，終其一生，默默無聞。在他去世隔年的一月，詩人草野心平發行《追悼宮澤賢治》特輯，集結三十一名文人哀惜天才作家早逝的悼文，終於讓宮澤賢治的作品有機會受到世人的矚目。於是，一篇篇扣人心弦的珠玉遺作相繼問世，如點點繁星般凝聚成浩瀚無邊的賢治小宇宙，甚至超越國族疆界，吸引全球讀者為之著迷，成為二十一世紀最受歡迎的日本國民作家之一。

要以有限的篇幅來介紹宮澤賢治，是一項不可能的任務，因為他本人就像一部包羅萬象的大百科全書一樣，實在具有太多樣貌了。詩人、短歌作家、兒童文學者、教育者、農業技師、農藝化學專家、農村指導者、礦石研究者、科學家、宗教家、哲學家、藝術家……等，短短三十七年的生涯中，他體驗了多元豐富的生活型態，為自己的生命扉頁寫

下無數的精采篇章，當然其中最為大家所熟悉的，還是作為一個為世人編織幻想宇宙的童話作家。

他以科學家之眼敏銳觀察自然界的奇妙現象與天理、律例；以具有宗教家精神之世界觀關照天下蒼生的身心靈與生活萬象，探討宇宙萬物生靈如何與自然界共生以及現代化社會之問題根源。細細咀嚼宮澤賢治用生命紀錄的字句篇章，總是讓人充滿驚嘆與感動，就像萬花筒一樣，隨著時間分秒緩慢流轉，永遠有令人百看不厭的奇幻光景，值得再三回味。

宮澤賢治的原生家庭經營當舖與二手衣事業，與普通商家生活形態迥異。小學三年級（一九〇五年）的時候，岩手縣地方冰雪成災，農作物歉收而引發罕見的大饑荒，而賢治家卻因此生意興隆，每天都有絡繹不絕的客人來訪，讓早熟且內向的他深切感受世間的矛盾與違逆人情事理的黑暗面。當時的導師八木英三熱中於推廣口傳故事，不但經常說唱民間故事給學生聽，還經常帶著全班同學到河邊，引導學生們在自然情境中發揮五感，自由創作故事。多感的少年賢治因此而深受感動，找到心靈的寄託以及抒發情緒的管道。而這段寶貴的野外教室學習經驗也提供源源不絕的能量，為宮澤賢治形塑浪漫主義者的特質，以及奠定其日後成為童話作家的基礎。

當全世界的每個角落都滿溢幸福時，個人才能擁有真正的幸福。自我意識要從個人私我進化到集團社會以至於宇宙大千世界。（世界がぜんたい幸福にならないうちは個人の幸福はあり得ない／自我の意識は個人から集団社会宇宙と次第に進化する——宮澤賢治〈農民藝術概論綱要〉序論）

對從小看著農民灑下辛酸血淚，卻永遠難逃飢寒困頓命運折磨的少年賢治而言，個人與生俱有而得以坐享其成的富裕家境，並未能讓他感受到片刻的幸福，因為感悟人事無常而啟發慈悲慧根的他早已發願——要讓全世界的每個角落都滿溢幸福。因此，如何讓滋養他的故鄉——心目中的理想國岩手縣——的農民克服兇荒與饑饉，便成為賢治創作童話的主要題材之一。

宮澤賢治真正嘗試童話創作始於一九一八年夏天。二十二歲的他剛從高等農林學校畢業，四月回到家鄉稗貫郡進行為期半年的土質調查，六月發現罹患肋膜炎後，在家中專心療養。八月的某一天，賢治在家人面前朗讀自己的原創童話〈蜘蛛、蛞蝓和狸貓〉（本書收錄作品）與〈雙子星〉兩篇作品，雖然作品結構尚未成熟，人物情節設定不夠嚴謹，但為日後賢治童話奠基的處女作於焉誕生。根據弟弟清六的回憶，當時的賢治可能受到同年七月創刊的兒童雜誌《赤鳥（赤い鳥）》影響，而發念要成為發掘童心的創作者，為兒童

寫下純潔而美麗的童話。然而，由於賢治更加醉心於鑽研法華經，並未全力投入童話的創作，直到一九二一年，他與篤信淨土真宗的父親在宗教信仰上產生極大對立，離家出走到東京之後，才開始專注文學創作，將真摯的信仰心投射於作品世界。

一九二一年底回家鄉農學校任教的宮澤賢治，朗讀自己創作的童話作品給學生聽，同時指導學生表演自創的舞台劇。一九二三年一月他委託弟弟清六將一整個皮箱的童話原稿轉交月刊繪本《兒童之國（コドモノクニ）》卻不被採用；而自費出版的童話集《花樣繁多的餐館》有機會在《赤鳥》刊登廣告，銷售業績卻是慘不忍睹；再加上唯一的詩集《春天與修羅》雖獲得數位文壇作家讚賞，反響卻遠不如預期。不過，未獲主流文壇青睞的挫折，並沒有讓宮澤賢治氣餒。這位擁有純真意念的心象刻畫大師，將創作視為延續生命的志業，堅守初衷，真摯地將映照在他內心深處的理想國風景以文字呈現，直到人生終點的最後一刻。

我們身邊有認同我們理解我們的觀眾，有一位不離不棄的戀人／巨大的人生劇場，將移動時間軸，形成永生不滅的四次元時空藝術（われらに理解ある観衆があり　われらにひとりの恋人がある／巨きな人生劇場は時間の軸を移動して不滅の四次の芸術をなす——〈農民藝術概論綱要〉「農民芸術の綜合」）

雖然藝術創作是一條寂寞之路，但身邊只要有少數贊同並願意支持他的人，就足以讓賢治投注一生的光陰，辛勤不懈地搖筆詮釋出一場場精彩的人生劇場，成就永生不滅的藝術。

一九二六年一月，宮澤賢治發表生前唯一的藝術論——〈農民藝術概論綱要〉，並於四月辭去教職，一邊從事文藝創作，一邊身體力行展開農耕自炊的勞動生活，並下定決心將畢生奉獻於農村教育。

……我們需要的是懷擁銀河的澄明意志　巨大的力量與熱情……／我們的前途雖然璀璨卻險峻無比／但每超越一次險峻之旅，四次元藝術便增加了廣度與深度／詩人即使身陷苦痛亦能樂在其中，享受創造的歡愉／永久的未完成將成就所謂的完成（……われらに要るものは銀河を包む透明な意志　巨きな力と熱である……／われらの前途は輝きながら嶮峻である／嶮峻のその度ごとに四次芸術は巨大と深さとを加える／詩人は苦痛をも享楽する／永久の未完成これ完成である——宮澤賢治〈農民藝術概論綱要〉結論）

不過，令人感到沮喪的是——理想與現實總存在難以妥協的矛盾。賢治為實踐自給自足的理想卻無法排解寡居的孤獨感；欲改善農村耕作環境卻在與自然抗爭時屢屢挫敗，將自身的肉體與精神雙雙逼入極限狀態，在長期過勞與營養不良的惡劣環境中耗盡了生命力。一九三三年九月臥病兩年多的宮澤賢治因急性肺炎而撒手人寰，正如他所願：化為閃耀的宇宙微塵，散向八荒九垓（かがやく宇宙の微塵となりて無方の空にちらばろう——宮澤賢治〈農民藝術概論綱要〉「農民芸術の綜合」）。慶幸的是他早已將不朽的靈魂形諸文字，打造一個永生不滅的理想國，歲歲年年，日日夜夜，分分秒秒地撫慰宇宙空間的遊子過客。

蜘蛛、蛞蝓和狸貓

東吳大學日本語文學系助理教授　張桂娥

這年（一九一八）夏天，哥哥唸了童話〈蜘蛛、蛞蝓和狸貓〉與〈雙子星〉給我們聽，至今我仍清楚記得他當時的語氣。捧著剛出爐的童話處女作，第一個就想到要先跟我們這些家人分享的哥哥，臉上的表情是多麼地得意洋洋啊……。（宮澤清六「兄・宮沢賢治の一生」一九六四）

二十二歲的宮澤賢治自出生以來首次嘗試的創作童話〈蜘蛛、蛞蝓和狸貓〉，全篇充滿無俚頭式的幽默，可是對無情無義的物種生存競爭的描寫，卻是赤裸裸又血淋淋的，並沒有因為是童話而有所保留，許多弱肉強食的畫面甚至逼真到令人毛骨悚然的地步。從這篇處女作就可確認賢治當時已經具備存在論者的特質，透過非人類的觀點冷靜觀察人類社會的真實面。

生物為了延續生命，而必須以其他生物的生命作為糧餉以維持生命跡象，這是亙古以來所有物種被賦予的生存原罪，自然界所謂弱肉強食的生物鏈於是成為宇宙定律。從這種觀點來看，蜘蛛、蛞蝓和狸貓發揮天賦，活用智能以求溫飽，究竟何罪之有？放眼自然界，所有物種在生物鏈裡都有各自所需扮演的腳色，各盡本分，共存共生，維持地球生態的和諧。

與其說宮澤賢治用擬人化的手法描寫故事中的三隻動物，不如說他假借動物的造型，巧妙地包裝了人類貪婪縱慾、自私自利、虛偽欺瞞、傲慢自大以及暴虐邪惡的黑暗面。讓同樣具有這些負面人格特質的讀者，自動與非文明的動物腳色劃清界線，隔著相對安全的距離，坐觀低等動物的生死鬥。其實，所有的讀者比誰都更清楚——在這場以地獄為終點的馬拉松比賽中，真正的參賽者不是蜘蛛也不是蛞蝓，更不是狸貓，而是以高等文明動物自居的芸芸眾生。

抬頭仔細觀察生活周遭的社群團體，你我身邊是不是也充斥著各式各樣的蜘蛛、蛞蝓和狸貓，虎視眈眈地鎖定可以讓他飽餐一頓的獵物呢？當然，真實社會的結局，也許不像故事中那樣單純，不管是裸裎殘忍根性的蜘蛛，還是狡猾的偽善者蛞蝓，抑或假借宗教之名蠱惑生靈的狸貓，通通難逃墮入地獄的懲罰。

許多研究者因為這種了無新意的陳腐結局，批判這篇處女作結構尚未成熟、人物情節設定不夠嚴謹。筆者認為上述批評過於吹毛求疵。畢竟對年僅二十二歲篤信法華經的青年賢治來說，他是寧願相信勸善懲惡的教條法理，認為善有善報、惡有惡報的因果業障，對大多數良善的民眾是一種精神的救贖。

宮澤賢治在累積幾年社會經驗，創作概念更臻圓熟之後，重新詮釋這篇作品，先是將它改寫成〈寓言 三位洞熊學校的畢業生〉（「洞熊学校を卒業した三人」）；之後又改寫成〈三位山貓學校的畢業生〉（「山猫学校を卒業した三人」），嘗試加入不同人物的多元觀點，讓這篇處女作可以更精準地傳達他的創作意圖。

建議讀者可以找機會閱讀本篇系列作品，探索宮澤賢治追求藝術的執著與自我修正的軌跡。當然最不能錯過的是：仔細觀察登場人物的設定、復誦文中刻意安排的反復對白以及隨興插入的古代謠曲。畢竟唯有重現近百年前賢治朗讀這篇作品給弟妹聽的情境，才能親身體會宮澤賢治童話的原創魅力，享受賢治童話世界釀成的醍醐味。

1

原文鑑賞

蜘蛛となめくじと狸

宮沢賢治

蜘蛛と、銀色のなめくじとそれから顔を洗ったことのない狸とはみんな立派な選手でした。

けれども一体何の選手だったのか私はよく知りません。

山猫が申しましたが三人はそれはそれは実に本気の競争をしていたのだそうです。

一体何の競争をしていたのか、私は三人がならんでかける所も見ませんし学校の試験で一番二番三番ときめられたことも聞きません。

一体何の競争をしていたのでしょう、蜘蛛は手も足も赤くて長く、胸には「ナンペ」と書いた蜘蛛文字のマークをつけていましたしなめくじはいつも銀いろのゴムの靴をはいていました。又狸は少しこわれてはいましたが運動シャッポをかぶっていました。

けれどもとにかく三人とも死にました。

蜘蛛は蜘蛛暦三千八百年の五月に没くなり銀色のなめくじがその次の年、狸が又その次の年死にました。三人の伝記をすこしよく調べて見ましょう。

2 一、赤い手長の蜘蛛

蜘蛛の伝記のわかっているのは、おしまいの一ヶ年間だけです。

蜘蛛は森の入口の楢の木に、どこからかある晩、ふっと風に飛ばされて来てひっかかりました。蜘蛛はひもじいのを我慢して、早速お月様の光をさいわいに、網をかけはじめました。

あんまりひもじくておなかの中にはもう糸がない位でした。けれども蜘蛛は「うんとこせうんとこせ」と云いながら、一生けん命糸をたぐり出して、それはそれは小さな二銭銅貨❶位の網をかけました。

夜あけごろ、遠くから蚊がくうんとうなってやって来て網につきあたりました。けれどもあんまりひもじいときかけた網なので、糸に少しもねばりがなくて、蚊はすぐ糸を切って飛んで行こうとしました。

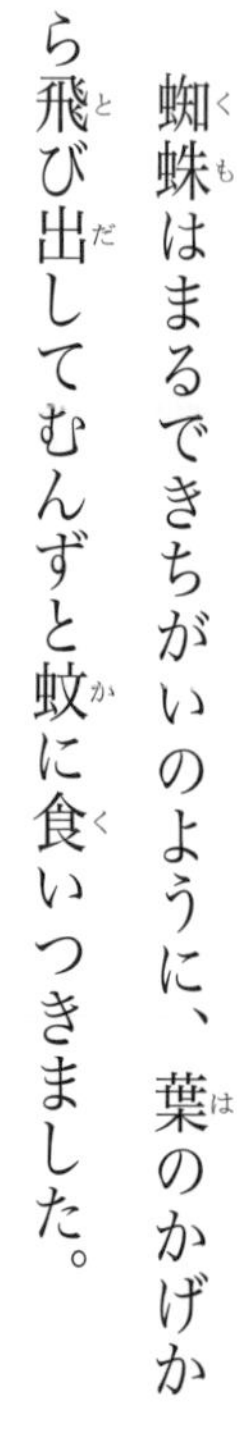

3

蜘蛛はまるできちがいのように、葉のかげから飛び出してむんずと蚊に食いつきました。

蚊は「ごめんなさい。ごめんなさい。ごめんなさい。」と哀れな声で泣きましたが、蜘蛛は物も云わずに頭から羽からあしまで、みんな食ってしまいました。そしてホッと息をついてしばらくそらを向いて腹をこすってから、又少し糸をはきました。そして網が一まわり大きくなりました。

蜘蛛はそして葉のかげに戻って、六つの眼をギラギラ光らせてじっと網をみつめて居りました。

「ここはどこでござりまするな。」と云いながらめくらのかげろうが杖をついてやって参りました。

「ここは宿屋ですよ。」と蜘蛛が六つの眼を別々にパチパチさせて云いました。

かげろうはやれやれというように、巣へ腰をかけました。蜘蛛は走って出ました。そして

「さあ、お茶をおあがりなさい。」と云いながらかげろうの胴中にむんずと噛みつきました。

5

かげろうはお茶をとろうとして出した手を空にあげて、バタバタもがきながら、

「あわれやむすめ、父親が、
旅で果てたと聞いたなら」

と哀れな声で歌い出しました。

「えい。やかましい。じたばたするな。」と蜘蛛が云いました。するとかげろうは手を合せて

「お慈悲でございます。遺言のあいだ、ほんのしばらくお待ちなされて下されませ。」とねがいました。

蜘蛛もすこし哀れになって

「よし早くやれ。」といってかげろうの足をつかんで待っていました。かげろうはほんとうにあわれな

細い声ではじめから歌い直しました。

「あわれやむすめちちおやが、
旅ではてたと聞いたなら、
ちさいあの手に白手甲、
いとし巡礼の雨とかぜ。
もうしご冥加ご報謝と、
かどなみなみに立つとても、
非道の蜘蛛の網ざしき、
さわるまいぞや。よるまいぞ。」

「小しゃくなことを。」と蜘蛛はただ一息に、かげろうを食い殺してしまいました。そしてしばらくそらを向いて、腹をこすってからちょっと眼をぱちぱちさせて

「小しゃくなことを言うまいぞ。」とふざけたように歌いながら又糸をはきました。

網は三まわり大きくなって、もう立派な蜘蛛の巣です。蜘蛛はすっかり安心し

て、又葉のかげにかくれました。

その時下の方でいい声で歌うのをききました。

「赤いてながのくぅも、
天のちかくをはいまわり、
スルスル光のいとをはき、
きぃらりきぃらり巣をかける。」

見るとそれはきれいな女の蜘蛛でした。

「ここへおいで。」と手長の蜘蛛が云って糸を一本すうっとさげてやりました。

女の蜘蛛がすぐそれにつかまっ

てのぼって来ました。そして二人は夫婦になりました。網には毎日沢山食べるものがかかりましたのでおかみさんの蜘蛛は、それを沢山たべてみんな子供にしてしまいました。そこで子供が沢山生まれました。ところがその子供らはあんまり小さくてまるですきとおる位です。

子供らは網の上ですべったり、相撲をとったり、ぶらんこをやったり、それはそれはにぎやかです。おまけにある日とんぼが来て今度蜘蛛を虫けら会の相談役にするというみんなの決議をつたえました。

ある日夫婦のくもは、葉のかげにかくれてお茶をのんでいますと、下の方でへらへらした声で歌うものがあります。

「あぁかい手ながのくぅも、
できたむすこは二百疋、
めくそ、はんかけ、蚊のなみだ、
大きいところで稗のつぶ。」

見るとそれは大きな銀色のなめくじでした。

蜘蛛のおかみさんはくやしがって、まるで火がついたように泣きました。

けれども手長の蜘蛛は云いました。

「ふん。あいつはちかごろ、おれをねたんでるんだ。やい、なめくじ。おれは今度は虫けら会の相談役になるんだぞ。へっ。くやしいか。へっ。てまえなんかいくらからだばかりふとっても、こんなことはできまい。へっへっ。」

なめくじはあんまりくやしくて、しばらく熱病になって、

「うう、くもめ、よくもぶじょくしたな。うう。くもめ。」といっていました。

網は時々風にやぶれたりごろつきのかぶとむしにこわされたりしましたけれどもくもはすぐすうす

う糸をはいて修繕しました。
二百疋の子供は百九十八疋まで蟻に連れて行かれたり、行衛不明になったり、赤痢にかかったりして死んでしまいました。
けれども子供らは、どれもあんまりお互いに似ていましたので、親ぐもはすぐ忘れてしまいました。
そして今はもう網はすばらしいものです。虫がどんどんひっかかります。
ある日夫婦の蜘蛛は、葉のかげにかくれてお茶をのんでいますと、一疋の旅の蚊がこっちへ飛んで来て、それから網を見てあわてて飛び戻って行きました。
すると下の方で
「ワッハッハ。」と笑う声がしてそれから太い声で歌うのが聞えました。
「あぁかいてながのくぅも、
あんまり網がまずいので、
八千二百里旅の蚊も、

くうんとうなってまわれ右。」

見るとそれは顔を洗ったことのない狸でした。蜘蛛はキリキリキリッとはがみをして云いました。

「何を。狸め。一生のうちにはきっとおれにおじぎをさせて見せるぞ。」

それからは蜘蛛は、もう一生けん命であちこちに十も網をかけたり、夜も見はりをしたりしました。ところが困ったことは腐敗したのです。食物がずんずんたまって、腐敗したのです。そして蜘蛛の夫婦と子供にそれがうつりました。そこで四人❷は足のさきからだんだん腐れてべとべとになり、ある日とうとう雨に流れてしまいました。

それは蜘蛛暦三千八百年の五月の事です。

10

二、銀色のなめくじ

丁度蜘蛛が林の入口の楢の木に、二銭銅貨の位の網をかけた頃、銀色のなめくじの立派なおうちへかたつむりがやって参りました。

その頃なめくじは林の中では一番親切だという評判でした。かたつむりは

「なめくじさん。今度は私もすっかり困ってしまいましたよ。まるで食べるものはなし、水はなし、すこしばかりお前さんのためてあるふきのつゆを呉れませんか。」

と云いました。

するとなめくじが云いました。

「あげますともあげますとも。さあ、おあがりなさい。」

「ああありがとうございます。助かります。」と云いながらかたつむりはふきのつ

ゆをどくどくのみました。

「もっとおあがりなさい。あなたと私とは云わば兄弟。ハッハハ。さあ、さあ、も少しおあがりなさい。」となめくじが云いました。

「そんならも少しいただきます。ああありがとうございます。」と云いながらかたつむりはも少しのみました。

「かたつむりさん。気分がよくなったら一つ相撲をとりましょうか。ハッハハ。久しぶりです。」となめくじが云いました。

「おなかがすいて力がありません。」とかたつむりが云いました。

「そんならたべ物をあげましょう。さあ、おあがりなさい。」となめくじはあざみの芽やなんか出しました。

「ありがとうございます。それではいただきます。」といいながらかたつむりはそれを喰べました。

「さあ、すもうをとりましょう。ハッハハ。」となめくじがもう立ちあがりました。かたつむりも仕方なく、

「私はどうも弱いのですから強く投げないで下さい。」と云いながら立ちあがりました。

「よっしょ。そら。ハッハハ。」かたつむりはひどく投げつけられました。

「もう一ぺんやりましょう。ハッハハ。」

「もうつかれてだめです。」

「まあもう一ぺんやりましょうよ。ハッハハ。よっしょ。そら。ハッハハ。」かたつむりはひどく投げつけられました。

「もう一ぺんやりましょう。ハッハハ。」

「もうだめです。」

「まあもう一ぺんやりましょうよ。ハッハハ。よっしょ、そら。ハッハハ。」かたつむりはひどく投げつけられました。

「もう一ぺんやりましょう。ハッハハ。」

「もうだめ。」

「まあもう一ぺんやりましょうよ。ハッハハ。よっしょ。そら。ハッハハ。」かたつむりはひどく投げつけられました。

「もう一ぺんやりましょう。ハッハハ。」

「もう死にます。さよなら。」

「まあもう一ぺんやりましょうよ。ハッハハ。さあ。お立ちなさい。起こしてあげましょう。よっしょ。そら。ヘッヘッヘ。」かたつむりは死んでしまいました。そこで銀色のなめくじはかたつむりをペロリと喰べてしまいました。

13

それから一ヶ月ばかりたって、とかげがなめくじの立派なおうちへびっこをひいて来ました。そして

「なめくじさん。今日は。お薬を少し呉れませんか。」と云いました。
「どうしたのです。」となめくじは笑って聞きました。
「へびに噛まれたのです。」ととかげが云いました。

「そんならわけはありません。私が一寸そこを嘗めてあげましょう。なあにすぐなおりますよ。ハッハハ。」となめくじは笑って云いました。

「どうかお願い申します。」ととかげは足を出しました。

「ええ。よござんすとも。私とあなたとは云わば兄弟。ハッハハ。」となめくじは云いました。

そしてなめくじはとかげの傷に口をあてました。
「ありがとう。なめくじさん。」ととかげは云いました。

「も少しよく嘗めないとあとで大変ですよ。今度又来てもう直してあげませんよ。ハッハハ。」となめくじはもがもが返事をしながらやはりとかげを嘗めつづけました。

「なめくじさん。何だか足が溶けたようですよ。」ととかげはおどろいて云いました。

「ハッハハ。なあに。それほどじゃありません。ハッハハ。」となめくじはやはりもがもが答えました。

「なめくじさん。おなかが何だか熱くなりましたよ。」ととかげは心配して云いました。

「ハッハハ。なあにそれほどじゃありません。ハッハハ。」となめくじはやはりもがもが答えました。

「なめくじさん。からだが半分とけたようですよ。もうよして下さい。」ととかげは泣き声を出しました。

「ハッハハ。なあにそれほどじゃありません。ほんのも少しです。も一分五厘❸ですよ。ハッハハ。」となめくじが云いました。

それを聞いたとき、とかげはやっと安心しました。丁度心臓がとけたのです。

そこでなめくじはペロリととかげをたべました。そして途方もなく大きくなりました。

あんまり大きくなったので嬉しまぎれについあの蜘蛛をからかったのでした。

そしてかえって蜘蛛からあざけられて、熱病を起したのです。そればかりではなく、なめくじの評判はどうもよくなくなりました。

なめくじはいつでもハッハハと笑って、そしてヘラヘラした声で物を言うけれども、どうも心がよくなくて蜘蛛やなんかよりは却って悪いやつだというのでみんなが軽べつをはじめました。殊に狸はなめくじの話が出るといつでもヘンと笑って云いました。

「なめくじなんてまずいもんさ。ぶま加減は見られたもんじゃない。」

なめくじはこれを聞いて怒って又病気になりました。そのうちに蜘蛛は腐敗して雨で流れてしまいましたので、なめくじも少しせいせいしました。

次の年ある日雨蛙がなめくじの立派なおうちへやって参りました。

そして、

「なめくじさん。こんにちは。少し水を呑ませませんか。」と云いました。

なめくじはこの雨蛙もペロリとやりたかったので、思い切っていい声で申しました。

「蛙さん。これはいらっしゃい。水なんかいくらでもあげますよ。ちかごろはひでりですけれどもなあに云わばあなたと私は兄弟。ハッハハ。」そして水がめの所へ連れて行きました。

蛙はどくどくどくどく水を呑んでからとぼけたような顔をしてしばらくなめくじを見てから云いました。

「なめくじさん。ひとつすもうをとりましょうか。」

なめくじはうまいと、よろこびました。自分が云おうと思っていたのを蛙の方が云ったのです。こんな弱ったやつならば五へん投げつければ大ていペロリとやれる。

「とりましょう。よっしょ。そら。ハッハハハ。」かえるはひどく投げつけられました。

「もう一ぺんやりましょう。ハッハハ。よっしょ。そら。ハッハハ。」かえるは又投げつけられました。するとかえるは大へんあ

わてふところから塩のふくろを出して云いました。

「土俵へ塩をまかなくちゃだめだ。そら。シュウ。」塩がまかれました。

なめくじが云いました。

「かえるさん。こんどはきっと私なんかまけますね。あなたは強いんだもの。ハッハハ。よっしょ。そら。ハッハハ。」蛙はひどく投げつけられました。

そして手足をひろげて青じろい腹を空に向けて死んだようになってしまいました。銀色のなめくじは、すぐペロリとやろうと、そっちへ進みましたがどうしたのか足がうごきません。見るともう足が半分とけています。

「あ、やられた。塩だ。畜生。」となめくじが云いました。

蛙はそれを聞くと、むっくり起きあがってあぐらをかいて、かばんのような大きな口を一ぱいにあけて笑いました。そしてなめくじにおじぎをして云いました。

「いや、さよなら。なめくじさん。とんだことになりましたね。」

なめくじが泣きそうになって、

「蛙さん。さよ……。」と云ったときもう舌がとけました。雨蛙はひどく笑いなが
ら
「さよならと云いたかったのでしょう。本当にさよならさよなら。暗い細路を通って向うへ行ったら私の胃袋にどうかよろしく云って下さいな。」と云いながら銀色のなめくじをペロリとやりました。

18

三、顔を洗わない狸

狸は顔を洗いませんでした。

それもわざと洗わなかったのです。

狸は丁度蜘蛛が林の入口の楢の木に、二銭銅貨位の巣をかけた時、すっかりお腹が空いて一本の松の木によりかかって目をつぶってい

19

ました。すると兎がやって参りました。

「狸さま。こうひもじくては全く仕方ございません。もう死ぬだけでございます。」

狸がきもののえりを掻き合せて云いました。

「そうじゃ。みんな往生じゃ。山猫大明神さまのおぼしめしどおりじゃ。な。なまねこ。なまねこ。」

兎も一緒に念猫❹をとなえはじめました。

「なまねこ、なまねこ、なまねこ、なまねこ。」

狸は兎の手をとってもっと自分の方へ引きよせました。

「なまねこ、なまねこ、みんな山猫さまのおぼしめしどおり、なまねこ。なまねこ。」と云いながら兎の耳をかじりました。兎はびっくりして叫びました。

「あ痛っ。狸さん。ひどいじゃありませんか。」

狸はむにゃむにゃ兎の耳をかみながら、

「なまねこ、なまねこ、みんな山猫さまのおぼしめしどおり。なまねこ。」と云いながら、とうとう兎の両方の耳をたべてしまいました。

兎もそうきいていると、たいへんうれしくてボロボロ涙をこぼして云いました。

「なまねこ、なまねこ。ああありがたい、山猫さま。私のような悪いものでも助かりますなら耳の二つやそこらなんでもございませぬ。なまねこ。」

狸もそら涙をボロボロこぼして

「なまねこ、なまねこ、私のようなあさましいものでも助かりますなら手でも足でもさしあげまする。ああありがたい山猫さま。みんなおぼしめしのまま。」と云いながら兎の手をむにゃむにゃ食べました。

兎はますますよろこんで、

「ああありがたや、山猫さま。私のようないくじないものでも助かりますなら手の二本やそこらはいといませぬ。なまねこ、なまねこ。」

狸はもうなみだで身体もふやけそうに泣いたふりをしました。

「なまねこ、なまねこ。私のようなとてもかなわぬあさましいものでも、お役にたてて下されますか。ああありがたや。なまねこなまねこ。おぼしめしのとおり。むにゃむにゃ。」

兎はすっかりなくなってしまいました。

そこで狸のおなかの中で云いました。

「すっかりだまされた。お前の腹の中はまっくろだ。ああくやしい。」

狸は怒って云いました。

「やかましい。はやく消化しろ。」

そして狸はポンポコポンポンとはらつづみをうちました。

それから丁度二ヶ月たちました。ある日、狸は自分の家で、例のとおりありがたいごきとうをしていますと、狼がお米を三升さげて来て、どうかお説教をねがいますと云いました。

そこで狸は云いました。

「みんな山ねこさまのおぼしめしじゃ。お前がお米を三升もって来たのも、わしがお前に説教するのもじゃ。山ねこさまはありがたいお方じゃ。兎はおそばに参って、大臣になられたげな。お前もものの命をとったことは、五百や千では利くまいに、早うざんげさっしゃれ。でないと山ねこさまにえらい責苦にあわされますぞい。おお恐ろしや。なまねこ。なまねこ。」

狼はおびえあがって、きょろきょろしながらたずねました。

「そんならどうしたら助かりますかな。」

狸が云いました。

「わしは山ねこさまのお身代りじゃで、わしの云うとおりさっしゃれ。なまねこ。なまねこ。」

22

「どうしたらようございましょう。」と狼があわててききました。狸が云いました。

「それはな。じっとしていさしゃれ。な。わしはお前のきばをぬくじゃ。な。お前の目をつぶすじゃ。な。それから。なまねこ、なまねこ、なまねこ。お前のみみを一寸かじるじゃ。なまねこ。なまねこ。こらえなされ。お前のあたまをかじるじゃ。むにゃ、むにゃ。なまねこ。堪忍が大事じゃぞえ。なま……。むにゃむにゃ。お前のあしをたべるじゃ。うまい。なまねこ。むにゃ。むにゃ。おまえのせなかを食うじゃ。うまい。むにゃむにゃむにゃ。」

狼は狸のはらの中で云いました。

「ここはまっくらだ。ああ、ここに兎の骨がある。誰[5]が殺したろう。殺したやつは狸さまにあとでかじられるだろうに。」

狸は無理に「ヘン。」と笑っていました。

23

さて蜘蛛はとけて流れ、なめくじはペロリとやられ、そして狸は病気にかかりました。

それはからだの中に泥や水がたまって、無暗にふくれる病気で、しまいには中に野原や山ができて狸のからだは地球儀のようにまんまるになりました。

そしてまっくろになって、熱にうかされて、

「うう、こわいこわい。おれは地獄行きのマラソンをやったのだ。うう、切ない。」

といいながらとうとう焦げて死んでしまいました。


なるほどそうしてみると三人とも地獄行きのマラソン競争をしていたのです。

（一九一八年・夏）

註

❶ 直徑約三公分。

❷ 仙台方言。同「よにん」。

❸ 一分為三．〇三公分，一厘為〇．三〇三公分，一分五厘約為四．五公分

❹ 賢治家族信仰淨土真宗，他本人卻抱持批判態度，故意以「念貓」一詞強烈諷刺淨土門派所重視之「稱名念佛」儀式。

❺ 現代日語發音為「だれ」，本書尊重原著標音，以呈現原創風貌為原則。

中文翻譯

蜘蛛、蛞蝓和狸貓

宮澤賢治

蜘蛛和銀色的蛞蝓，還有從來不曾洗過臉的狸貓，他們三人全都是非常優秀的選手。至於他們究竟是參加哪種比賽項目的選手，那我就不太清楚了。我聽山貓說他們三人真的都很認真地在比賽。至於他們到底在比什麼，我既沒有親眼看過他們三人並排展開競賽的現場，也從未聽說過他們在學校的考試成績排名位居前三名。

那他們到底是在比什麼呢？蜘蛛的手腳又紅又長，胸口上還印有一個「南北」的蜘蛛文字圖案，蛞蝓則總是穿著一雙銀色的膠鞋，而狸貓則是戴著一頂有點破損的棒球帽。

不過，總之他們三人到最後都一命嗚呼了。蜘蛛死於蜘蛛曆三千八百年的五月，銀色的蛞蝓則是在隔年死亡，至於狸貓則是在下一個隔年之後死亡。我們稍微仔細查閱一下他們三人的傳

記吧！

一、長手的紅蜘蛛

根據蜘蛛的傳記，我們可以清楚掌握的只有他生前最後一年的事蹟。有一天晚上，蜘蛛被一陣莫名的風給吹到森林入口處的一株山欅木上，牠就掛在那裡，歇腳暫停。蜘蛛強忍住飢腸轆轆的空腹感，隨即趁著月色開始編織起蜘蛛網來。

但由於牠實在是太餓了，餓到可說肚子裡的絲線已經所剩無幾了。不過，蜘蛛還是一邊說：「再撐一下、再撐一下！」一邊拼老命地編織著蛛網，結果織出了一張大約是二錢銅板（直徑約三公分）大小的蜘蛛網。

在黎明時分，終於從遠方飛來了一隻蚊子，迎面撞上了蜘蛛網。但因為那張蜘蛛網是在蜘蛛肚子很餓的情況下所織出來的，所以完全沒有黏性，於是蚊子很快地便掙脫了蜘蛛網，試圖想要逃脫出去。

這時候，蜘蛛立刻從樹葉後面飛快地衝出來，像發了狂似的，猛然用力地咬住了蚊子。

蚊子發出哀嚎的哭泣聲說：「對不起！對不起！對不起！」但蜘蛛卻不容分說地就把牠從頭到翅膀甚至連腳都給吃得精光。然後，蜘蛛這才稍微鬆了口氣，抬頭仰望天空，摸摸肚皮之後，又再稍微織了一點網。一會兒之後這個蜘蛛網就比先前的要大上一圈了。於是蜘蛛又再度躲回樹葉後面，眨著六隻閃閃發亮的眼睛，一直緊盯著蜘蛛網。

這時候，有一隻失明的蜉蝣，一面拄著拐杖來到這裡，一面問說：

「這是什麼地方啊？」

「這裡是一間旅館喔！」蜘蛛分別眨著六隻閃閃發亮的眼睛說道。於是蜉蝣發出哎呀呀的喘息聲，朝著蜘蛛網一屁股就坐了下去。結果蜘蛛趕緊跑了出來，一邊對牠說：「來！請喝茶！」一邊咬住蜉蝣的身體。

蜉蝣正伸出手準備要去拿茶，只見那手在空中垂死掙扎，一邊唱出哀傷的歌聲：「可憐的女兒，倘若妳聽到父親客死他鄉的話……」

「嘿！吵死人了！你就別再掙扎了吧！」蜘蛛說道。這時，蜉蝣雙手合十，哀求蜘蛛說：「請您大發慈悲，再給我一點時間，讓我可以留下遺言吧！」

蜘蛛這才稍微有點憐憫心說：「那好吧！但是要快點！」於是蜘蛛捉緊蜉蝣的腳，站在一旁等牠唱完。蜉蝣開始用牠那哀傷的氣若游絲的聲音，再度唱出牠最後的歌聲。

「我可憐的女兒，倘若妳聽到父親客死他鄉的話，會多悲傷啊！仁慈巡禮的風雨啊！我女兒那瘦小的白色手背，如能得到您的庇佑和恩澤的話，該有多幸運啊！妳千萬要記住：巡禮途中即使來到了無情蜘蛛的住家附近，也要儘量站在路邊的轉角處，千萬不要去碰觸蜘蛛網，千萬不要靠近喔！」

「令人不爽的話……」蜘蛛一口氣便把蜉蝣給吃進肚子裡去。然後又抬頭仰望著天空，摸摸肚子之後，又稍微眨了一下眼睛，然後嘲諷似地語氣以搞笑的音調模仿蜉蝣唱了一句：「令人不爽的話，就別對我說了。」一面唱著歌，一面繼續織起網來。

這時蜘蛛網又變大了三圈，看來已經是個非常氣派的蜘蛛窩了。這下蜘蛛才完全放心，又躲到樹葉的後面去了。這時候從下方傳來了美妙的歌聲。

「紅色的長手蜘蛛，攀爬到天際，吐出滑溜溜的絲線，編織出閃閃發亮的蜘蛛網。」

定睛一看，原來是一隻長得非常漂亮的母蜘蛛。於是長手蜘蛛一邊說：「過來這裡！」一邊迅速地放下一根絲線。母蜘蛛隨即抓住那根絲線攀爬上來。於是兩人便結成夫妻。因為蜘蛛網每天都捕捉到很多的食物，母蜘蛛吃了很多的食物，那些食物後來全都變成了小孩，所以牠生了非常多的小孩。但因為那些小孩實在是太小了，幾乎接近透明。孩子們在蜘蛛網上面，時而溜滑梯、玩相撲，時而盪鞦韆，真是非常的熱鬧。有一天，一隻蜻蜓飛了過來告訴蜘蛛：大家決議請牠擔任本屆昆蟲會的顧問。

有一天，當蜘蛛夫婦正躲在樹葉後面喝茶時，突然聽見從下方傳來很輕佻很不莊重的歌聲。

「紅色的長手蜘蛛，所生下的兒子足足有兩百隻，眼屎、半殘、蚊子的眼淚、最大的也只有米粒大而已。」

蜘蛛一看，原來是銀色的大蛞蝓。蜘蛛老婆聽了之後感到很生氣，突然像是被火燒到似地開始放聲大哭。不過，長手蜘蛛卻開口對牠說：「哼！最近，那傢伙很忌妒我。喂！臭蛞蝓！我這次可是要擔任昆蟲大會的顧問喔！嘿！你是不是很不甘心啊？嘿！像你這種人就光是身體肥壯而已，哪有半點兒本事呢！嘿嘿！」

蛞蝓聽了實在很不甘心，不久之後便罹患了熱病，每天高燒不退，口中不斷地發出喃喃自語說：「哼！臭蜘蛛！竟然敢侮辱我。可惡！臭蜘蛛！」

蜘蛛網有時會被狂風給吹破，或是被地痞流氓的甲蟲給破壞掉。不過，勤奮的蜘蛛會立即吐絲迅速將它修補好。

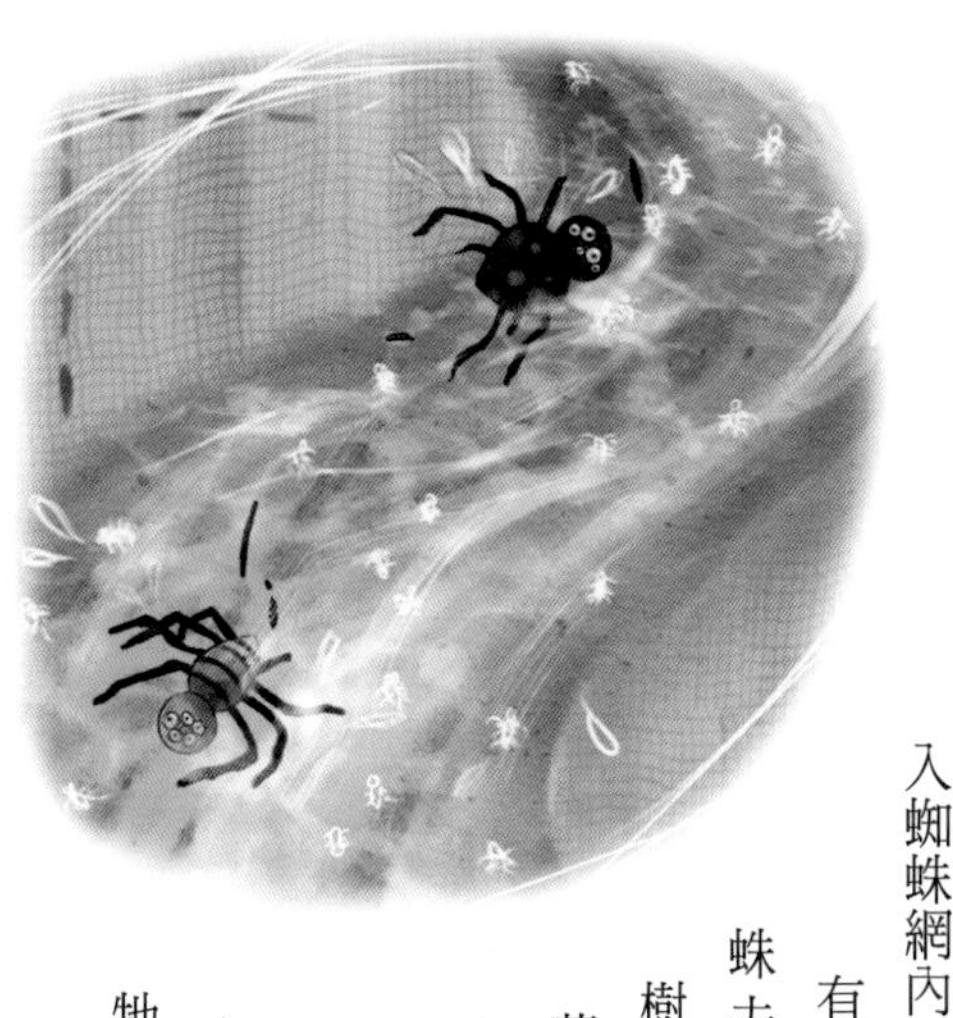

蜘蛛的兩百個孩子，有一百九十八隻不是被螞蟻搬走，就是失蹤，要不然就是染上痢疾死掉了。

但由於蜘蛛的孩子們一個個都長得太像了，所以蜘蛛父母也就隨即忘得一乾二淨，不以為意。

就這樣日復一日，如今，蜘蛛網已經非常堅固耐用了，所以不斷地會有昆蟲掉入蜘蛛網內。

有一天，當蜘蛛夫婦正躲在樹葉後面喝茶時，突然有一隻蚊子旅經附近，朝這邊飛過來，然後當牠看見蜘蛛網時，隨即又慌慌張張地掉頭飛回去。這時，下面響起「哇哈哈」的笑聲，緊接著傳來一陣用沙啞的嗓子所唱出的歌聲。

「紅色的長手蜘蛛，因為蜘蛛網實在是織得太爛了。所以就連飛了八千兩百里路的蚊子看到後，也隨即向右轉。」

一看之下，原來是那隻從來不曾洗臉的狸貓。只見蜘蛛咬牙切齒，把牙齒咬得咯吱咯吱作響地說：「什麼嘛！臭狸貓！看著好了，我這一輩子一定要讓你向我鞠躬致敬。」

從此之後，蜘蛛每天拼老命地不是到處織網，就是即使到了晚上也要看守蜘蛛網。然而，令人感到頭痛的是食物出現腐敗的問題。

不斷累積增加的食物已經開始出現腐敗了。而且蜘蛛夫婦和小孩也都受到了感染，於是四個人從腳尖的地方開始逐漸腐爛，最後身體爛成一坨。直到有一天，終於被雨水給沖走了。

那是發生在蜘蛛曆三千八百年五月的事。

二、銀色的蛞蝓

當蜘蛛正在森林入口處的山欅木編織二錢銅板大小的蜘蛛網時，剛好蝸牛正要前往銀色蛞蝓那豪華氣派的家。

當時有傳聞盛讚蛞蝓是全森林裡面最親切的人。於是蝸牛開口說：「蛞蝓老兄，這一次我是真的很淒慘。不但完全沒有食物可以吃，也沒有水可以喝。能否把您之前儲存的款冬露水，稍微分一點給我呢？」

這時蛞蝓說道：

「我當然會分給你！我當然會分給你！來吧！請享用吧！」

「哎呀！真的太感謝您了！這下子我有救了。」蝸牛一邊說，一邊咕嚕咕嚕地大口喝著款冬的露水。

「你可以再多喝一點。你和我再怎麼說也算是兄弟嘛！哈哈哈！來吧！來吧！你就再多喝一點吧！」蛞蝓如此說道。

「既然如此的話，那麼我就再多喝一點囉！哎呀！謝謝您啦！」蝸牛邊說又邊喝了一點露水。

「蝸牛兄，等你舒服一點，我們來玩相撲吧！哈哈哈！好久沒玩了。」蛞蝓說道。

「可是我的肚子很餓，恐怕沒有力氣可以玩。」蝸牛說道。

「既然如此的話，那我拿點食物給你吃吧！來吧！請享用吧！」蛞蝓端出薊草的嫩芽之類的食物。

「謝謝您！那我要開動囉！」蝸牛邊說，邊吃著那些食物。

「來！我們來玩相撲吧！哈哈哈！」眼看蛞蝓已經站起來了，蝸牛無奈只好一邊站起來，一邊說：「我很瘦弱，所以請您不要摔得太用力。」

「好的！看我的！哈哈哈！」蝸牛被用力地甩出去。

「再玩一次吧！哈哈哈！」

「不行，我已經累到不行了。」

「來啦！再玩一次吧！哈哈哈！好的！看我的！哈哈哈！」蝸牛又被摔得很慘。

「再來玩一次吧！哈哈哈！」

「我已經不行了。」

「來啦！再玩一次吧！哈哈哈！好的！看我的！哈哈哈！」蝸牛這次又被摔得更慘。

「再玩一次吧！哈哈哈！」

「我真的不行了。」

「來啦！再玩一次吧！哈哈哈！好的！看我的！哈哈哈！」蝸牛這次也是被摔得很慘。

「再玩一次吧！哈哈哈！」

「我已經快要死了，再見！」

「別這樣嘛！再玩一次吧！哈哈哈！來吧！站起來！我幫你站起來。好的！看我的！哈哈哈！」結果蝸牛就這樣一命嗚呼了。於是銀色的蛞蝓便一口把蝸牛給吃進肚子裡。

之後，大約過了一個多月左右，這次換蜥蜴瘸著腿，一跛一跛地來到蛞蝓華麗氣派的家。牠對蛞蝓說：「蛞蝓兄，今天能不能跟您要一點點藥呢？」

蛞蝓笑著問說：「你是怎麼了？」

「我被蛇咬了。」蜥蜴說道。

「既然如此的話，那就好辦多了。就讓我來替你舔一下傷口吧！這樣傷口很快就會好了。哈哈哈！」蛞蝓笑著說道。

「那就麻煩您了！」蜥蜴把腳伸出來。

「嗯！樂意之至！我們再怎麼說也是好兄弟嘛！哈哈哈！」蛞蝓如此說道。於是蛞蝓便把嘴

巴對著蜥蜴受傷的腳。

「謝謝您！蛞蝓兄！」蜥蜴說道。

「我得好好地幫你舔一舔才行，否則後果不堪設想。你下次再來找我的話，我可不會再幫你治療喔！哈哈哈！」蛞蝓一邊含混不清地回答，一邊繼續舔著蜥蜴的腳。

「蛞蝓兄！我怎麼感覺我的腳好像溶化掉了呢？」蜥蜴很驚慌地說道。

「哈哈哈！你說什麼啊？還沒有到那種程度啦！哈哈哈！」蛞蝓還是含混地回答。

「蛞蝓兄！我怎麼感覺我的肚子變得熱熱的呢？」蜥蜴擔心地說道。

「哈哈哈！你說什麼啊？還沒有到那種程度啦！哈哈哈！」蛞蝓還是含糊其詞地回答。

「蛞蝓兄！我怎麼感覺我的下半身好像已經溶化掉了。請您住手吧！」蜥蜴發出哭泣的聲音央求著。

「哈哈哈！你說什麼啊？還沒有到那種程度啦！還差一點點啦！還剩下一分五厘（大約四公分半）啦！哈哈哈！」蛞蝓說道。

當聽到蛞蝓這麼說時，蜥蜴終於可以感到安心了。因為剛好這時候牠的心臟已經溶化掉了。

這時蛞蝓一口便把蜥蜴給吞到肚子裡面去了。於是牠的身體就這樣變得驚人的龐大。

由於身體變得十分龐大，讓牠非常開心，甚至變得有點得意忘形，竟然跑去嘲諷蜘蛛。

沒想到自己反倒受到蜘蛛的嘲諷，因而氣到罹患了熱病，每天高燒不退。不僅如此，蛞蝓的風評似乎也變得不太好了。

平常蛞蝓總是哈哈哈的笑臉迎人，用一副討好人的語調說話，但心腸似乎不太好，聽說做人反而比蜘蛛之流的傢伙還要更壞。因此，開始受到大家的輕蔑。尤其是狸貓，只要一聽到大家談論蛞蝓的事情，總會露出詭異的笑容說：「這蛞

蝓還真是糟糕耶！蠢到都讓人看不下去了。」

而當蛞蝓聽到這些話之後，勃然大怒，結果又生病了。期間因為蜘蛛已經腐爛到被雨水給沖走了，讓蛞蝓滿肚子的怨氣總算可以消掉一些。

到了隔年的某一天，一隻雨蛙來到了蛞蝓華麗氣派的家門口。然後開口提出要求說：「蛞蝓兄，您好！能不能跟您要一點水來喝呢？」

因為蛞蝓也想把雨蛙給一口吃掉，於是牠用很親切的聲音對牠說：「雨蛙兄，歡迎光臨！你要喝水的話，要多少我都會給你的。雖然最近在鬧乾旱，但再怎麼說，我們也算是好兄弟嘛！哈哈哈！」於是牠領著雨蛙來到水缸的地方。

雨蛙咕嚕咕嚕地喝完水之後，露出一臉茫然的表情，望著蛞蝓好一會兒之後，這才開口說道：

「蛞蝓兄，我們來玩相撲吧！」

蛞蝓聽了之後感到非常開心，心裡想：太棒了！因為雨蛙說出了牠心裡正想說的話。牠暗自盤算著：像這麼瘦弱的傢伙，大概只要摔個五次的話，應該就可以把牠給吞下肚了。

「好啊！那就來玩吧！嗨喲！看我的，哈哈哈！」雨蛙被用力地摔了出去。

「再來一次吧！哈哈哈！嗨喲！看我的，哈哈哈！」雨蛙又再次被摔了出去。

這時雨蛙急忙從懷裡拿出了一袋鹽巴，說道：

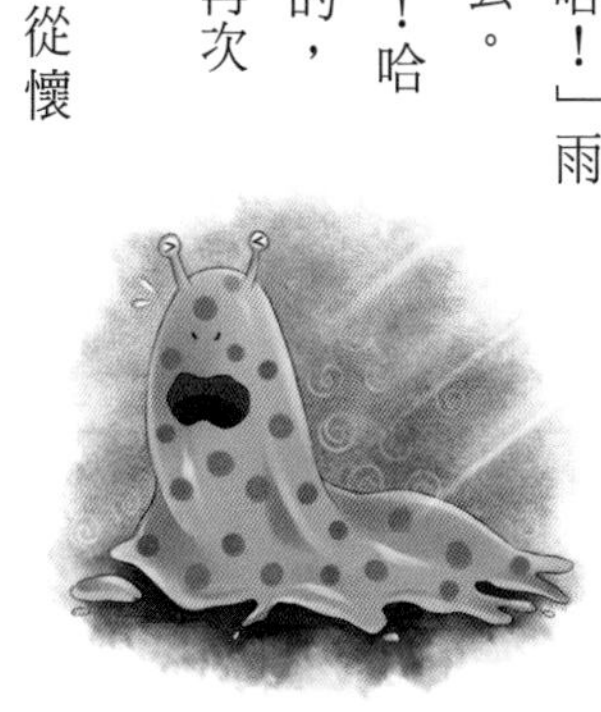

「相撲場上得要撒點鹽才行！來！看我的，咻咻！」雨蛙把鹽巴給撒了出去。

蛞蝓說：「雨蛙兄，這一次我一定會輸的。

因為你實在太強了。哈哈哈！嗨喲！看我的，哈哈哈！」雨蛙又被用力地摔了出去。

這時只見雨蛙肚皮翻白、四腳朝天，看起來像是已經掛掉的樣子。銀色的蛞蝓見狀，隨即朝著雨蛙的方向前進，想立刻把牠給吃掉，但卻發現自己無法動彈。一看，這才發現自己的腳已經有一大半都被溶化掉了。

「啊！我被暗算了！是鹽巴！可惡！」蛞蝓說道。

雨蛙聽到那些話之後，忽然迅速地坐了起來，盤著腿，咧開像個手提包似的大嘴巴哈哈大笑。然後一邊向蛞蝓鞠躬致敬，一邊說道：「哎呀！永別了！蛞蝓兄，你犯了一個很嚴重的錯誤耶！」

蛞蝓差點哭了出來，就連牠想要開口和雨蛙說：「雨蛙兄，水……」時，舌頭也溶化掉了。雨蛙聽了簡直笑到樂不可支，一邊開懷地對牠說：「你是想跟我說《永別了》，對吧？這下是真的永別了。當您通往幽暗的小徑時，麻煩跟我的胃打聲招呼喔！」然後一邊說，一邊把銀色蛞蝓給吃進肚子裡面。

三、從不洗臉的狸貓

狸貓從不洗臉。

而且，牠還是故意不洗的。

正當蜘蛛在森林入口處的山櫸木編織二錢銅板大小的蜘蛛網時，狸貓正飢腸轆轆地靠著一棵松樹閉目養神。這時候，來了一隻兔子。

「狸貓先生，我已經餓到快不行了，就只剩半條命在等死而已。」

於是狸貓將和服的領子合攏，對牠說：「沒錯！大家都死了。就如同山貓大神明所開示的，喃哞山貓、喃哞山貓。」

兔子也跟著狸貓，一起開始唸貓經。

「喃哞山貓、喃哞山貓、喃哞山貓、喃哞山

貓。」

狸貓拉著兔子的手，把牠往自己的身邊給拉攏過來。

「喃哖山貓、喃哖山貓。一切就如同山貓大神明所開示的，喃哖山貓、喃哖山貓。」

狸貓一邊唸一邊咬住兔子的耳朵。兔子驚嚇得發出尖叫說：

「好痛！狸貓先生，你不覺得你這樣很過分嗎？」

狸貓嘴裡一邊嘖嘖作響地咀嚼兔子的耳朵，一邊唸唸有詞地說：「喃哖山貓、喃哖山貓，一切就如同山貓大神明所開示的，喃哖山貓。」最後終於把兔子的耳朵給吃掉了。

兔子聽了之後非常開心，流下了感動的淚水說道：「喃哖山貓、喃哖山貓。啊！感謝山貓神明，倘若像我這種壞人都能得到救贖的話，那兩隻耳朵根本就不算什麼，喃哖山貓。」。

狸貓也假裝流下感動的眼淚說道：「喃哖山貓、喃哖山貓。倘若像我這種卑鄙下流的人都能得到救贖的話，我願意把我的雙手和雙腳都奉獻給您。啊！感謝山貓神明，一切都誠如您所開示的。」狸貓一邊說著，一邊津津有味地吃著兔子的手。

兔子聽到此話之後，變得更加開心。

「啊！感謝山貓大神明，倘若像我這種懦弱的人都能得到救贖的話，我不惜將我的雙手奉獻給您。喃哖山貓、喃哖山貓。」

狸貓又繼續假裝哭泣，哭得淅瀝嘩啦，感覺全身都要被淚水給淹沒，再不久整個身體就會泡成皺巴巴的樣子。他繼續不斷地唸著：

「喃哖山貓、喃哖山貓。不知道像我這種

無人能比的卑鄙下流的小人，是否也能對您有所幫助？啊！感謝萬分啊！喃哞山貓、喃哞山貓。誠如您所開示的。嗯嗯，好吃！真好吃！」

這時兔子已經完全消失不見了。

此時，兔子在狸貓的肚子裡面說：「我完全被你給騙了。你的肚子裡面黑漆漆的。啊！我好後悔啊！」

狸貓生氣地說：「吵死了！快點消化掉吧！」

於是，狸貓不斷地拍打著自己的肚皮，砰咚砰咚響不停。

之後，剛好經過了整整兩個月後，某天狸貓在自家一如往常地在進行感謝神明祈禱儀式，這時候來了一匹狼，牠帶著三升（譯註：大約是五點四公升）的米，來請求狸貓講說教義心法。

於是狸貓說道：

「這一切都誠如山貓大神明所開示的。你之所以帶了二升米來這裡，以及我有緣向你講說教法這些事，都是神明的指示啊！山貓大神明是很難能可貴的神明。兔子才來參拜而已，就隨侍君側當上了大臣。而你所殺害的生命，少說也有五百、一千的，如果你不及早懺悔的話，可是會遭到山貓大神明極大的懲罰而難逃受折磨之苦。那可是很可怕的喔！喃哞山貓、喃哞山貓。」

狼一聽感到很害怕，東張西望地向他詢問說：

「如果是這樣的話，那我該怎麼做，才能得到救贖呢？」

這時狸貓開口說道：「我是山貓大神明的代言人，你只要按照我

所說的去做就行了。喃哞山貓、喃哞山貓。」

狼急忙地問說：「那我該怎麼做才好呢？」

狸貓又開口說道：「這個嘛！你先靜靜地坐著不要亂動。聽好喔！我首先會替你拔掉獠牙，聽好喔！然後我會戳瞎你的雙眼，知道了嗎？然後，喃哞山貓、喃哞山貓、喃哞山貓。我會稍微咬一下你的耳朵，喃哞山貓、喃哞山貓。忍耐一下！我現在要咬你的頭，咬、咬，喃哞山貓。忍耐可是非常重要的一件事喔！喃哞……。咬、咬、咬，我現在要吃你的腳了。好好吃！喃哞山貓。咬、咬。我現在要吃你的背部，好好吃！咬、咬、咬。」

狼在狸貓的肚子裡說：

「這裡好暗喔！啊！怎麼還有兔子的骨頭呢？是誰殺了牠呢？殺牠的傢伙之後肯定會被狸貓給啃光吧！」

狸貓聽了勉強發出「哼！」的笑聲。

話說蜘蛛全身爛掉被雨水給沖走了；而蛞蝓也被雨蛙耍技倆除掉了；還有狸貓則是身染惡疾，生重病了。

因為牠的體內累積著水和泥巴，身體無端地膨脹起來，到後來狸貓的身體裡竟然形成了山丘、原野，變得圓鼓鼓的，簡直就像個地球儀一樣。

接著，牠全身變黑，發燒發得神志不清，口中喃喃說：「嗚啊！好可怕！好可怕！我是在跑前往地獄終點的馬拉松啊！嗚啊！好難受啊！」到最後，牠終於變成一坨焦黑的軀體，一命嗚呼了。

原來如此啊！照那種情形看來，原來牠們三人是在進行馬拉松比賽，看誰比較先抵達終點站——地獄呢！

導讀 夜鷹之星

東吳大學日本語文學系助理教授 張桂娥

宮澤賢治雖然早在一九一八年以口演方式發表了兩篇處女作，可是直到一九二一年他離家出走到東京之後，才真正開始專注於紙稿創作。本作品〈夜鷹之星〉就是在一九二一年左右撰稿完成，於死後第二年（一九三四年）才與其他作品一起出版，被公諸於世。

一隻體型相貌醜陋的夜鷹，受到有權有勢的老鷹欺壓，以及自認為高尚美麗的眾鳥排擠，面對生存權受到嚴重威脅，存在價值又不被肯定的絕望情境，他決定孤立自己並遠離鳥類社會。即使背負天性醜陋的生命原罪，相信天生我材必有用的夜鷹，仍然立志要在生命終點將屆之前，回饋小我的生命，期待卑微的自己能夠對世界有所貢獻。身軀羸弱渺小的孤鳥夜鷹，在四處碰壁，求助無門的情況之下並沒有輕言放棄，他奮不顧身地燃盡最後一絲生命的力量，最後終於如願成為銀河閃耀的眾星之一，從此燃燒小我，照亮天際，獲得永恆之生。

這篇作品長年被收錄在各種版本的國小課本裡，早已成為近幾十年來日本小學生人人必讀的文學經典。這樣情節明快的單純故事究竟有何魅力？竟能讓數千萬讀者為之動容落淚，更照亮無數日本孩童的幽暗心靈，引導他們看見人生的光明面。

其實，許多讀者都在夜鷹身上看見了自己的處境——個性軟弱、外表醜陋、因孤獨而備感淒涼、因徬徨無助而悲嘆命運、為背負生命原罪的罪惡感所苦、為維持生命尊嚴而不斷地與外界抗爭，希望有天能戰勝宿命而獲得真正的救贖。而閱讀〈夜鷹之星〉的故事之後，更多讀者在夜鷹身上看見了生命的出口——自我肯定、自我淨化、自我解放、自我犧牲、自我挑戰、自我超越與自我救贖。

宮澤賢治非常清楚自己無法改變現實社會大眾重視外表的價值判斷，所以讓其貌不揚卻擁有善良的資質、謙讓溫和又懂得認真努力的夜鷹，轉生為宇宙恆星，實現其照亮夜空的偉大夢想。

從另外一個觀點來看，曾經因為宗教信仰不同飽嘗不被父親理解痛苦的賢治，似乎也將自己的處境投射在夜鷹身上。當夜鷹受到強勢老鷹否定其存在價值，而被迫選擇離開故鄉時，那種悲哀孤寂與辛酸無奈的情緒，其實是他親身經歷的人生寫照。這個故事，可以解讀成宮澤賢治渴望被理解的絕望心情表白，透過夜鷹的獨白表達個人切身之痛，也因為如此，更加深了感動讀者的力道。

更可貴的是，這個故事還有發人省思的一面。許多讀者在讀到夜鷹受到老鷹迫害的描寫片段時，都會理所當然地將老鷹定義為霸凌弱者的惡勢力，不免俗地同仇敵愾一番，為夜鷹打抱不平甚至矯情地掬一把同情淚。可是，當夜鷹展開逃亡之旅，毫無目的地漫遊天際時，讀者看到的畫面卻是：一隻接一隻的小飛蟲跟甲蟲不斷飛進夜鷹的嘴裡，在牠喉嚨裡不停地拍動著翅膀，掙扎翻攪。夜鷹雖勉強地嚥了下去，但那一刻卻突然心悸起來，放聲大哭。一面哭，一面繞著天空盤旋。

——啊！甲蟲還有那許許多多的飛蟲，每晚都被我殺死。然後，這次輪到我將被老鷹殺死。那真是好痛苦！啊！好痛苦！好痛苦啊！我不要再吃蟲子了，我寧願餓死。不，在那之前老鷹恐怕早把我殺了吧！不，在那以前，我先到遙遠天空的另一邊去吧！

其實，宮澤賢治想告訴大家的是：每個人都有機會成為迫害弱勢的施暴者，如何坦然面對立場的矛盾，以宇宙包容萬物的智慧解決現實的衝突，才是人生最大的考驗。

24

原文鑑賞

よだかの星

宮沢賢治

よだかは、実にみにくい鳥です。

顔は、ところどころ、味噌をつけたようにまだらで、くちばしは、ひらたくて、耳までさけています。

足は、まるでよぼよぼで、一間❶とも歩けません。

ほかの鳥は、もう、よだかの顔を見ただけでも、いやになってしまうという工合でした。

たとえば、ひばりも、あまり美しい鳥ではありませんが、よだかよりは、ずっと

上だと思っていましたので、夕方など、よだかにあうと、さもさもいやそうに、しんねりと目をつぶりながら、首をそっ方へ向けるのでした。もっとちいさなおしゃべりの鳥などは、いつでもよだかのまっこうから悪口をしました。

「ヘン。又出て来たね。まあ、あのざまをごらん。ほんとうに、鳥の仲間のつらよごしだよ。」

「ね、まあ、あのくちのおおきいことさ。きっと、かえるの親類か何かなんだよ。」

25

こんな調子です。おお、よだかでないただのたかならば、こんな生はんかのちいさい鳥は、もう名前を聞いただけでも、ぶるぶるふるえて、顔色を変えて、からだをちぢめて、木の葉のかげにでもかくれたでしょう。ところが夜だかは、ほんとうは鷹の兄弟でも親類でもありませんでした。かえって、よだかは、あの美しいかわせみや、鳥の中の宝石のような蜂すずめの兄さんでした。蜂すずめは花の蜜をたべ、かわせみはお魚を食べ、夜だかは羽虫をとってたべるのでした。それによだかには、するどい爪もするどいくちばしもありませんでしたから、どんなに弱い鳥でも、よだかをこわがる筈はなかったのです。

それなら、たかという名のついたことは不思議なようですが、これは、一つはよだかのはねが無暗に強くて、風を切って翔けるときなどは、まるで鷹のように見えたことと、も一つはなきごえがするどくて、やはりどこか鷹に似ていた為です。もちろん、鷹は、これをひじょうに気にかけて、いやがっていました。

それですから、よだかの顔さえ見ると、肩をいからせて、早く名前をあらためろ、名前をあらためろと、いうのでした。

ある夕方、とうとう、鷹がよだかのうちへやって参りました。

「おい。居るかい。まだお前は名前をかえないのか。ずいぶんお前も恥知らずだな。お前とおれでは、よっぽど人格がちがうんだよ。たとえばおれは、青いそらをどこまででも飛んで行く。おまえは、曇ってうすぐらい日か、夜でなくちゃ、出て来ない。それから、おれのくちばしやつめを見ろ。そして、よくお前のとくらべて見るがいい。」

「鷹さん。それはあんまり無理です。私の名前は私が勝手につけたのではありません。神さまから下さったのです。」

「いいや。おれの名なら、神さまから貰ったのだと云ってもよかろうが、お前のは、云わば、おれと夜と、両方から借りてあるんだ。さあ返せ。」

「鷹さん。それは無理です。」

「無理じゃない。おれがいい名を教えてやろう。市蔵というんだ。市蔵とな。いい名だろう。そこで、名前を変えるには、改名の披露というものをしないといけない。いいか。それはな、首へ市蔵と書いたふだをぶらさげて、私は以来市蔵と申しますと、口上を云って、みんなの所をおじぎしてまわるのだ。」

「そんなことはとても出来ません。」

「いいや。出来る。そうしろ。もしあさっての朝までに、お前がそうしなかったら、もうすぐ、つかみ殺すぞ。つかみ殺してしまうから、そう思え。おれはあさっての朝早く、鳥のうちを一軒ずつまわって、お前が来たかどうかを聞いてあるく。一軒でも来なかったという家があったら、もう貴様もその時がおしまいだぞ。」

「だってそれはあんまり無理じゃありません

か。そんなことをする位なら、私はもう死んだ方がましです。今すぐ殺して下さい。」

「まあ、よく、あとで考えてごらん。市蔵なんてそんなにわるい名じゃないよ。」

鷹は大きなはねを一杯にひろげて、自分の巣の方へ飛んで帰って行きました。

よだかは、じっと目をつぶって考えました。

（一たい僕は、なぜこうみんなにいやがられるのだろう。僕の顔は、味噌をつけたようで、口は裂けてるからなあ。それだって、僕は今まで、なんにも悪いことをしたことがない。赤ん坊のめじろが巣から落ちていたときは、助けて巣へ連れて行ってやった。そしたらめじろは、赤ん坊をまるでぬす人からでもとりかえすように僕からひきはなしたんだなあ。それからひどく僕を笑ったっけ。それにああ、今度は市蔵だなんて、首へふだをかけるなんて、つらいはなしだなあ。）

あたりは、もううすくらくなっていました。夜だかは巣から飛び出しました。雲が意地悪く光って、低くたれています。夜だかはまるで雲とすれすれになって、音

なく空を飛びまわりました。

それからにわかによだかは口を大きくひらいて、はねをまっすぐに張って、まるで矢のようにそらをよこぎりました。小さな羽虫が幾匹も幾匹もその咽喉にはいりました。

29

からだがつちにつくかつかないうちに、よだかはひらりとまたそらへはねあがりました。もう雲は鼠色になり、向うの山には山焼けの火がまっ赤です。

夜だかが思い切って飛ぶときは、そらがまるで二つに切れたように思われます。一疋の甲虫が、夜だかの咽喉にはいって、ひどくもがきました。よだかはすぐそれを呑みこみましたが、その時何だかせなかがぞっとしたように思いました。

雲はもうまっくろく、東の方だけ山やけの火が赤くうつって、恐ろしいようです。よだかはむねがつかえたように思いながら、又そらへのぼりました。

また一疋の甲虫が、夜だかののどに、はいりました。そしてまるでよだかの咽喉をひっかいてばたばたしました。よだかはそれを無理にのみこんでしまいましたが、その時、急に胸がどきっとして、夜だかは大声をあげて泣き出しました。泣きながらぐるぐるぐるぐる空をめぐったのです。

（ああ、かぶとむしや、たくさんの羽虫が、毎晩僕に殺される。そしてそのただ一つの僕がこんどは鷹に殺される。それがこんなにつらいのだ。ああ、つらい、つらい。僕はもう虫をたべないで餓えて死のう。いやその前にもう鷹が僕を殺すだろう。いや、その前に、僕は遠くの遠くの空の向うに行ってしまおう。）

30

山焼けの火は、だんだん水のように流れてひろがり、雲も赤く燃えているようです。

よだかはまっすぐに、弟の川せみの所へ飛んで行きました。きれいな川せみも、丁度起きて遠くの山火事を見ていた所でした。そしてよだかの降りて来たのを見て云いました。

「兄さん。今晩は。何か急のご用ですか。」

「いいや、僕は今度遠い所へ行くからね、その前一寸お前に遭いに来たよ。」

「兄さん。行っちゃいけませんよ。蜂雀もあんな遠くにいるんですし、僕ひとりぼっちになってしまうじゃありませんか。」

「それはね。どうも仕方ないのだ。もう今日は何も云わないで呉れ。そしてお前もね、どうし

てもとらなければならない時のほかはいたずらにお魚を取ったりしないようにして呉れ。ね、さよなら。」

「兄さん。どうしたんです。まあもう一寸お待ちなさい。」

「いや、いつまで居てもおんなじだ。はちすずめへ、あとでよろしく云ってやって呉れ。さよなら。もうあわないよ。さよなら。」

よだかは泣きながら自分のお家へ帰って参りました。みじかい夏の夜はもうあけかかっていました。

羊歯の葉は、よあけの霧を吸って、青くつめたくゆれました。よだかは高くきしきしきしと鳴きました。そして巣の中をきちんとかたづけ、きれいにからだ中のはねや毛をそろえて、また巣から飛び出しました。

霧がはれて、お日さまが丁度東からのぼりました。夜だかはぐらぐらするほどまぶしいのをこらえて、矢のように、そっちへ飛んで行きました。

「お日さん、お日さん。どうぞ私をあなたの所へ連れてって下さい。灼けて死んで

32

もかまいません。私のようなみにくいからだでも灼けるときには小さなひかりを出すでしょう。どうか私を連れてって下さい。」

行っても行っても、お日さまは近くなりませんでした。かえってだんだん小さく遠くなりながらお日さまが云いました。

「お前はよだかだな。なるほど、ずいぶんつらかろう。今度そらを飛んで、星にそうたのんでごらん。お前はひるの鳥ではないのだからな。」

夜だかはおじぎを一つしたと思い

ましたが、急にぐらぐらしてとうとう野原の草の上に落ちてしまいました。そしてまるで夢を見ているようでした。からだがずうっと赤や黄の星のあいだをのぼって行ったり、どこまでも風に飛ばされたり、又鷹が来てからだをつかんだりしたようでした。

つめたいものがにわかに顔に落ちました。よだかは眼をひらきました。一本の若いすすきの葉から露がしたたったのでした。もうすっかり夜になって、空は青ぐろく、一面の星がまたたいていました。よだかはそらへ飛びあがりました。今夜も山やけの火はまっかです。よだかはその火のかすかな照りと、つめたいほしあかりの中をとびめぐりました。それからもう一ぺん飛びめぐりました。そして思い切って西のそらのあの美しいオリオンの星の方に、まっすぐに飛びながら叫びました。

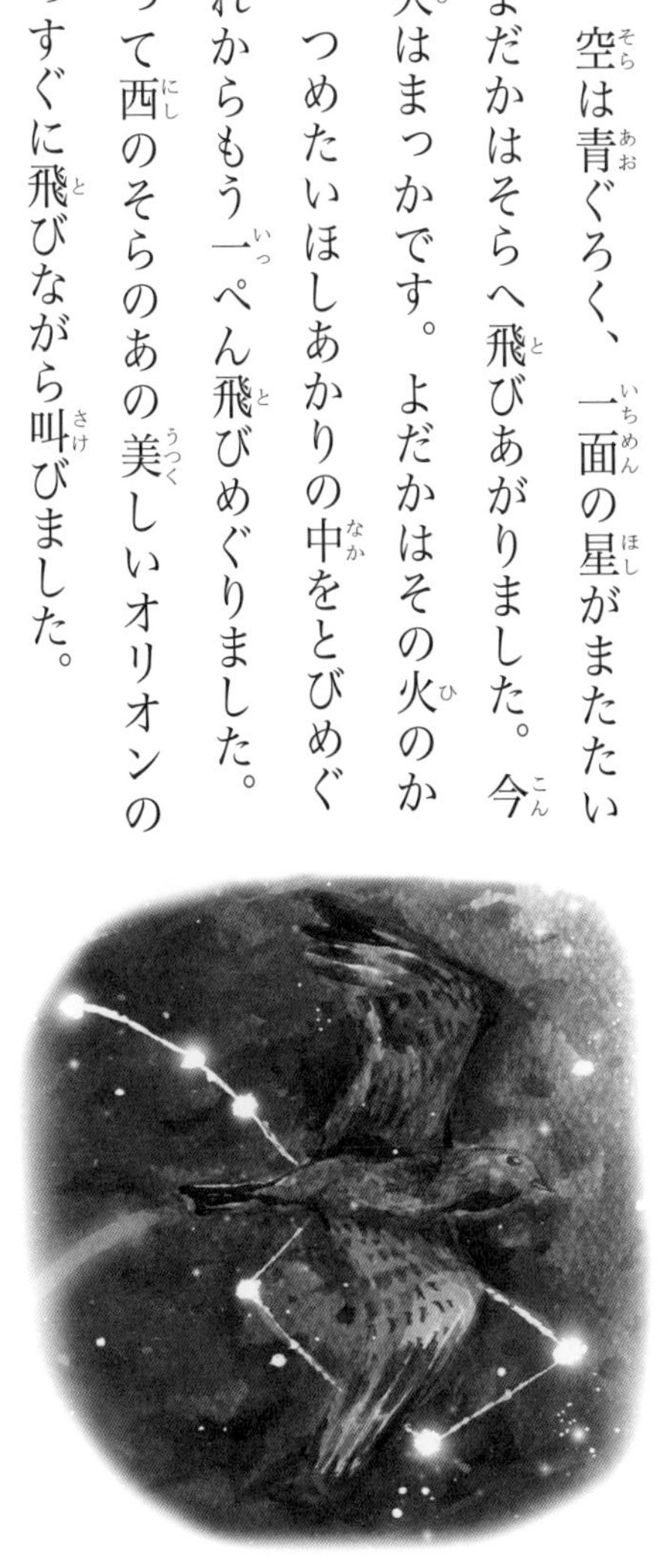

33

「お星さん。西の青じろいお星さん。どうか私をあなたのところへ連れてって下さい。灼けて死んでもかまいません。」

オリオンは勇ましい歌をつづけながらよだかなどはてんで相手にしませんでした。よだかは泣きそうになって、よろよろと落ちて、それからやっとふみとまって、もう一ぺんとびめぐりました。それから、南の大犬座の方へまっすぐに飛びながら叫びました。

「お星さん。南の青いお星さん。どうか私をあなたの所へつれてって下さい。やけて死んでもかまいません。」

大犬は青や紫や黄やうつくしくせわしくまたたきながら云いました。

「馬鹿を云うな。おまえなんか一体どんなものだい。たかが鳥じゃないか。おまえのはねでここまで来るには、億年兆年億兆年だ。」そしてまた別の方を向きました。

34

よだかはがっかりして、よろよろ落ちて、それから又二へん飛びめぐりました。

それから又思い切って北の大熊星の方へまっすぐに飛びながら叫びました。

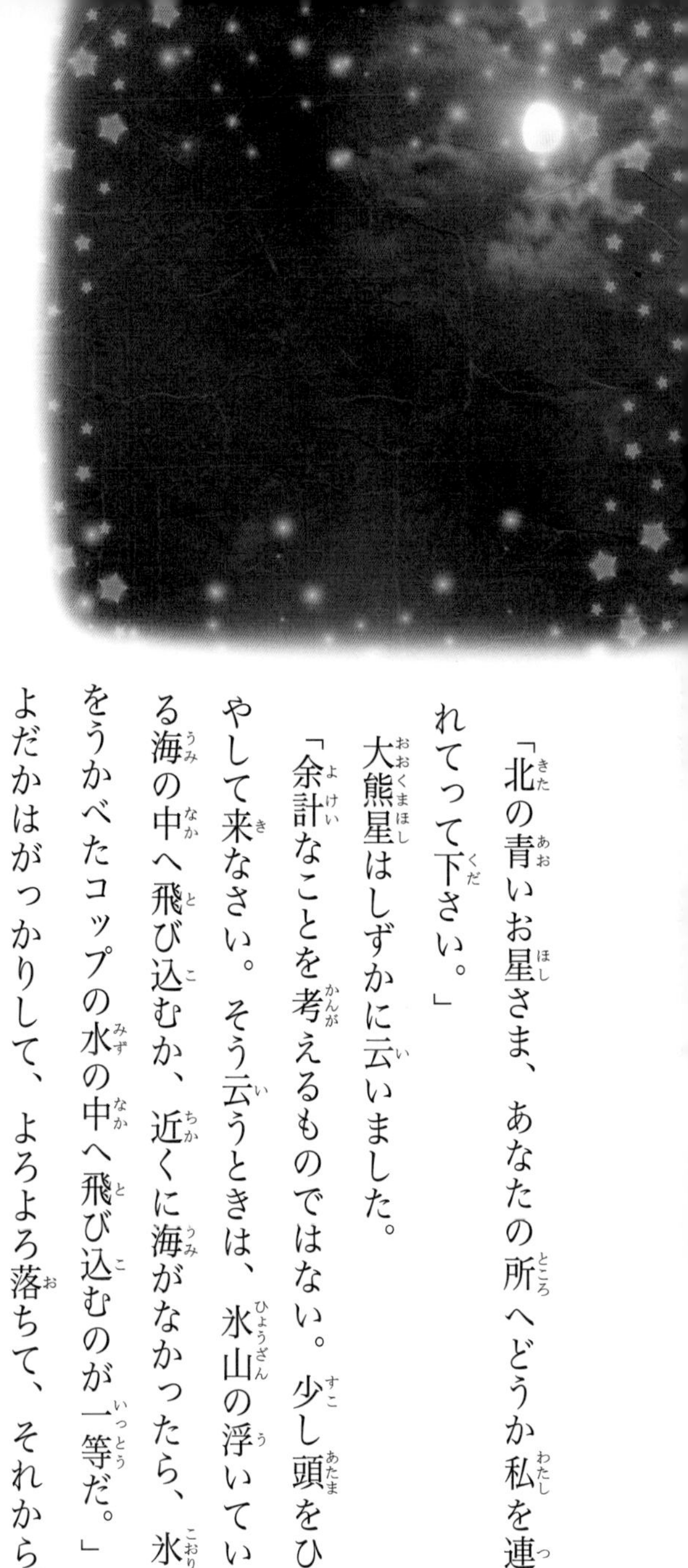

「北の青いお星さま、あなたの所へどうか私を連れてって下さい。」

大熊星はしずかに云いました。

「余計なことを考えるものではない。少し頭をひやして来なさい。そう云うときは、氷山の浮いている海の中へ飛び込むか、近くに海がなかったら、氷をうかべたコップの水の中へ飛び込むのが一等だ。」

よだかはがっかりして、よろよろ落ちて、それから又、四へんそらをめぐりました。そしてもう一度、東から今のぼった天の川の向う岸の鷲の星に叫びました。

「東の白いお星さま、どうか私をあなたの所へ連れてって下さい。やけて死んでもかまいません。」

鷲は大風に云いました。

35

「いいや、とてもとても、話にも何にもならん。星になるには、それ相応の身分でなくちゃいかん。又よほど金もいるのだ。」

よだかはもうすっかり力を落してしまって、はねを閉じて、地に落ちて行きました。そしてもう一尺で地面にその弱い足がつくというとき、よだかは俄かにのろしのようにそらへとびあがりました。そらのなかほどへ来て、よだかはまるで鷲が熊を襲うときするように、ぶるっとからだをゆすって毛をさかだてました。

それからキシキシキシキシキシッと高く高く叫びました。その声はまるで鷹でした。野原や林にねむっていたほかのとりは、みんな目をさまして、ぶるぶるふるえながら、いぶかしそうにほしぞらを見あげました。

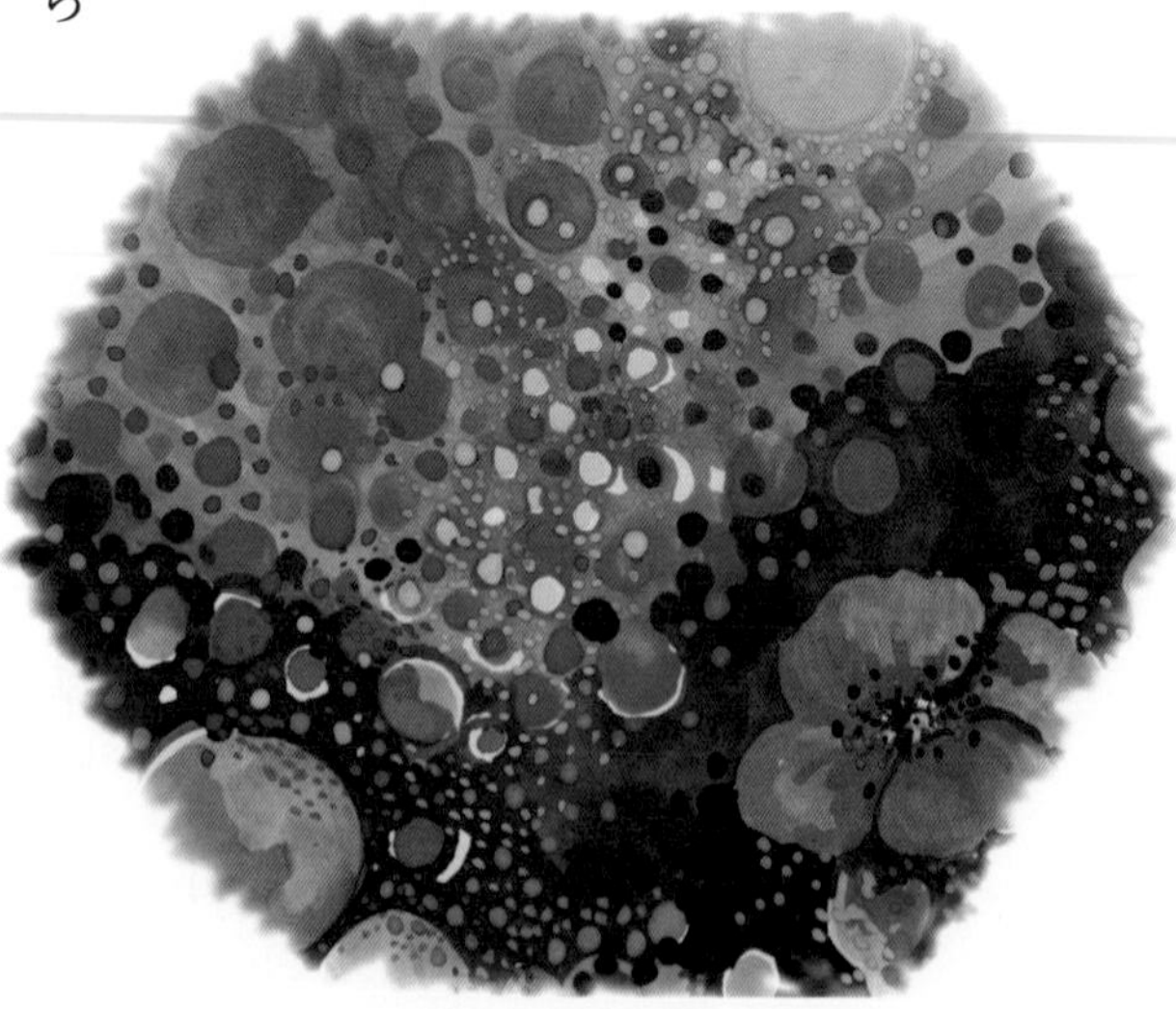

夜だかは、どこまでも、どこまでも、まっすぐに空へのぼって行きました。もう山焼けの火はたばこの吸殻のくらいにしか見えません。よだかはのぼってのぼって行きました。

寒さにいきはむねに白く凍りました。空気がうすくなった為に、はねをそれはそれはせわしくうごかさなければなりませんでした。

それだのに、ほしの大きさは、さっきと少しも変りません。つくいきはふいごのようです。寒さや霜がまるで剣のようによだかを刺しました。よだ

かははねがすっかりしびれてしまいました。そしてなみだぐんだ目をあげてもう一ぺんそらを見ました。そうです。これがよだかの最後でした。もうよだかは落ちているのか、のぼっているのか、さかさになっているのか、上を向いているのかも、わかりませんでした。ただこころもちはやすらかに、その血のついた大きなくちばしは、横にまがっては居ましたが、たしかに少しわらって居りました。

それからしばらくたってよだかははっきりまなこをひらきました。そして自分のからだがいま燐の火のような青い美しい光になって、しずかに燃えているのを見ました。

すぐとなりは、カシオピア座でした。天の川の青じろいひかりが、すぐうしろになっていました。

そしてよだかの星は燃えつづけました。いつまでもいつまでも燃えつづけました。

今でもまだ燃えています。


（大正十年〔一九二一〕左右撰寫，生前未發表，一九三四年死後才公開）

註

❶約一點八二公尺。

夜鷹之星

宮澤賢治

夜鷹實在是樣子醜陋的鳥。

臉上有些地方像沾了味噌似地斑斑點點，嘴巴扁平地直裂到耳朵。

腳呢，搖搖晃晃地，壓根兒走不到六尺。

其他鳥甚至已經到了光是看到夜鷹的臉，就覺得厭惡至極的地步。

譬如說，雲雀也美不到哪兒去，但連牠都自以為姿色遠比夜鷹好得多。傍晚時分，每每遇到夜鷹，就立刻擺出嫌棄的樣子，帶著鄙夷且陰險的表情閉起眼睛，別過頭去，懶得搭理牠。至於其他身型較小且愛嚼舌根的鳥類，則是絲毫不避諱地在夜鷹面前數落道：

「哼！不識相的，又跑出來了。瞧瞧牠那樣子，真是丟盡咱們鳥類的臉！」

「就是啊！牠那張嘴真是大到不像話，八成是青蛙的親戚之類的吧！」

就是這個樣子。如果不是夜鷹而是普通老鷹的話，像這種半調子的小鳥，恐怕光聽到老鷹的名字就會嚇到直打哆嗦，臉色大變，縮起身子躲到樹葉下了吧？可是，事實上，夜鷹既非老鷹的兄弟更非親戚。相反地，夜鷹原來是那美麗的翠鳥，以及如同鳥中寶石的蜂鳥的同胞哥哥。蜂鳥吸吮花蜜；翠鳥則是捕魚；夜鷹嘛，就吞食帶翅的小昆蟲。而且，夜鷹既沒有利爪也沒有尖喙，所以，再怎麼膽小的鳥都沒有懼怕夜鷹的理由。

那樣的話，將牠取名為『鷹』似乎沒什麼道理，不過這是有原因的。其一，由於夜鷹的翅膀異常強韌，所以當迎風翱翔時，看起來簡直就像隻老鷹。其二，牠嘹亮的叫聲，總覺得跟老鷹有些相似，因此命名為『鷹』。當然老鷹對這此耿耿於懷，深感不快。因此，只要一碰到夜鷹，就聳起肩，疾言厲色地要夜鷹改名字，改名字！

某天傍晚，老鷹終於來到夜鷹的家，

「喂！你在家嗎？你還沒改名字嗎？你可真不知羞恥！你我之間，在品格上可說是天壤之別。譬如說，我呢，可以在藍天中任意飛翔；你呢，只能在多雲陰暗的日子或晚上才出來。還有，看看我的嘴和爪子，再仔細和你自己的比比看！」

「老鷹大哥，那也太不講道理了。我的名字又不是我擅自取的，是神賜給我的。」

「不，若說我的名字是神賜的還差不多。你的呀，說起來，只不過是從我和夜晚借來的。來！還給我。」

「老鷹大哥，那太強人所難了！」

「一點兒也不難。我來告訴你個好名字。就叫『市藏』。懂嗎？就叫『市藏』！這是個好名字，對吧？那麼，改名字還得做件事，那就是昭告天下。聽好，你得在脖子上掛個牌子，上面寫市藏。然後挨家挨戶地去跟大夥兒打招呼，說明：敝人從現在開始改名叫市藏。」

「那種事我做不到！」

「不，做得到！你就給我那樣做。如果後天早上以前，你還沒有那樣做的話，我會馬上獵殺你。你給我牢牢記住『老鷹會獵殺我！』後天一早，我會一家家地去問，問你來過了沒有？只要你有一家漏掉沒有走到，那時候你就完蛋了！」

「可是，那未免太不講道理了，要我做那種事，那不如死了算了，你現在就殺了我吧！」

「哎呀，你待會兒再好好想想！其實市藏這名字挺不賴的，並沒有很差哩！。」老鷹奮力地張開巨大的翅膀，飛回自己的巢穴去了。

夜鷹閉上眼睛靜靜地思索著。

（到底為什麼我這麼惹人厭？是因為我的臉像塗了味噌，嘴裂得太大的關係吧！儘管如此，我可沒做過半件壞事。綠繡眼寶寶從窩裡掉下來，我還去救牠回巢呢！可是，綠繡眼竟然好像從小偷那兒搶回孩子似地，趕緊從我手上拉回牠的孩子，然後還嘲笑我。這次還搞了個「市藏」的牌子，啊，講起來真悲哀！）

四周已微暗，夜鷹飛出了巢穴。雲幕低垂，間隙裡不懷好意地透出亮光。夜鷹緊貼著雲邊，靜靜地翱翔天際。

然後，夜鷹突然張大嘴巴，筆直地展開翅膀飛向橫空，如箭般地畫破天際。夜鷹喉嚨裡吞進了無數隻的小飛蟲。

就當夜鷹身體幾乎接觸到地面的瞬間，隨即又翩然地飛彈回高空。雲朵已變成鼠灰色，而對面山上燒荒的烈火正燃燒得一片火紅。

當夜鷹奮力飛行時，天空感覺上就像裂成兩大半似的。一隻甲蟲飛進了夜鷹的喉嚨，拼命地掙扎。夜鷹很快地將牠吞了下去，但就在那一霎那，牠不禁感到背脊一陣發涼。

雲朵已經轉為漆黑，唯東方焚山的熊熊烈火映照著紅光，感覺有些恐怖的氣氛。夜鷹儘管覺得胸悶氣鬱，卻又再度衝向天空。

又一隻甲蟲飛進夜鷹的嘴裡，在牠喉嚨裡拍動著翅膀，亂攪亂扒一陣，簡直快把牠喉嚨給扯破了要。夜鷹雖勉強地嚥了下去，但那一刻卻突然心悸起來，胸口一陣糾結，讓牠忍不住放聲大哭。牠一面哭，一面繞著天空轉圈圈，盤旋不已。

（啊！甲蟲還有那許許多多的小飛蟲，每晚都被我殺死。然後，這次輪到我——這個世界上唯一的自己將被老鷹殺死。竟是如此令人感到痛苦！啊！好痛苦！好痛苦啊！我不要再吃蟲子了，我寧願餓死。不，在那之前老鷹恐怕早把我殺了吧！不，在那以前，我先到遙遠天空的另一邊去吧！）

焚山的野火，越燒越旺，似水流般逐漸蔓延開來，而映照著火光的浮雲看起來也像在燃燒一般地，發出火紅的光芒。

夜鷹直飛向弟弟翠鳥那裡。美麗的翠鳥剛睡醒，正凝望著遠處的焚山野火。看到夜鷹降落，牠開口問道：

「哥哥，晚安。是不是有什麼急事？」

「沒什麼，我即將要遠行，在那之前，先來看看你。」

「哥哥，您千萬不能走啊。蜂鳥也住在那麼遙遠的地方，那我不就變成孤零零的一個人嗎？」

「那，似乎也沒辦法呀。今天，你就什麼都別說了。還有，你呀，除非情非得已，不然也別惡作劇地亂捕魚喔！就這樣再見了。」

「哥哥，您怎麼了？別急著走，再等一下嘛。」

「不，一直在這裡也不能改變什麼。以後你再替我跟蜂鳥問候一聲。再見！我們不會再見了，再見！」

夜鷹哭著飛回到自己的巢中。短暫的夏夜，漸露曙光，馬上就要天亮了。

羊齒蕨的葉子汲吸著黎明的霧氣，冷冽青翠地搖晃著。夜鷹引吭高聲鳴叫。接下來，牠仔細地整理了棲身窩巢，把自己身上的羽毛梳理整齊後，旋即展翅高飛，離開了窩巢。

霧散了，太陽正從東方升起。夜鷹忍受著幾乎令人暈眩的刺眼陽光，宛如飛箭似地朝太陽飛了過去。

「太陽兄，太陽兄。請把我帶到您那兒去。即使燒灼而死也無所謂，像我這種醜陋的身體，即使燃燒也還是會發出細微的光芒吧，拜託您請帶我走吧！」

可是，不管夜鷹再怎麼往前飛，都還是無法靠近太陽，反而離太陽越來越遠。因距離漸漸拉遠而顯得更渺小的太陽此時開口了：

「你是夜鷹吧？原來如此，你真是吃了不少苦頭！你下次飛越天際，去向星星求求看吧！畢竟你不是白晝的鳥啊。」

夜鷹覺得自己好像應該有向太陽行禮致意，但是當牠突然感到一陣昏眩之後，終究還是墜落在原野的草地上。接下來，一切就像在做夢一樣。夜鷹覺得自己一會兒彷彿來來回回地穿越在紅色和黃色的星群間；一會兒又彷彿被強風吹得不曉得跑到哪裡去，過一陣子又像是被天外飛來的老鷹一把抓住了似的。

冰冰的東西遽然滴落在臉上，夜鷹張開眼睛，原來是一顆從嫩芒草葉上掉落下來的露珠。此時已是夜晚，天空一片深藍，滿天星斗星光閃爍。夜鷹飛向天空，今晚，焚山火仍然燒得火紅。夜鷹就在那微微的火光和冷冽的星光中盤旋。又盤旋了一圈後，繼而毅然決然地朝西邊天空那美麗的獵戶星座，邊鳴叫地筆直飛去。

「星星大哥，西邊的皚白星大哥，請帶我到您那兒去，即使燒灼而死也無所謂。」

獵戶星座繼續唱著振奮人心的歌曲，根本不理夜鷹。夜鷹哭喪著臉，踉蹌地墜落下來。好不容易穩住身體之後，又再度起飛盤旋。然後，直奔南方的大犬星座，同時喊著：

「星星大哥，南方的藍星大哥，請帶我到您那兒去，即使燒灼而死也無所謂。」

大犬星座不斷地閃爍著藍色、紫色、黃色的美麗光芒，看起來十分忙碌地說道：

「別說傻話了，你到底是什麼東西呀？不就是隻鳥而已嘛！要用你的翅膀飛到這裡來，需要一億年、一兆年、一億兆年呢！」說完，把臉轉向別的地方去了。

夜鷹很失望，踉蹌地跌落下來，盤旋兩圈後，打定主意，又往北邊的大熊星座奮力直飛而去，同時大喊著：

「北邊的藍星大哥，請帶我到您那兒去吧。」

大熊星靜靜地說道：

「別想太多了，去醒醒頭腦吧！這種時候，飛入浮著冰山的海裡，或者如果附近沒有海的話，就飛入浮有冰塊的杯子裡，那樣才是最聰明的法子了。」

夜鷹很失望，搖搖晃晃地墜落下來，在空中盤旋了四圈後，再度飛向剛從東方升起的銀河對岸的天鷹星座，對著它喊：

「東方的白星大人，請帶我到您那兒去吧，即使燒灼而死也無所謂。」

天鷹座鄙夷地說道：

「不，不像話！不像話！要做星星，也要身分相稱才行，而且還得花不少錢呢。」

夜鷹已經精疲力竭了，本來想收起翅膀落地，但就在無力的雙腳快觸

及地面的約一尺處前，突然又有如烽火般地再度向天空攀升而去。飛到接近天空中央的時候，夜鷹就像大冠鷲在偷襲大熊時般地猛烈晃動身體，倒豎起羽毛。

然後，嘎嘎嘎地高聲鳴叫，其聲音像極了老鷹。沉睡在原野和森林裡的其他的鳥兒全被驚醒，全身打顫地，狐疑地仰望星空。

夜鷹振翅疾飛，直衝天際，一刻也不停歇。儘管焚山野火看起來已像菸蒂餘燼般渺小，夜鷹依然不斷往天際飛衝攀升。

因為寒冷，呼氣在胸前凍成了白霧，而高空稀薄的空氣，讓牠不得不將翅膀拍動得更加快速。

然而，星星的大小卻絲毫沒有變化，與先前的大小完全相同。吸吐氣的速度快如鼓動的風箱。嚴寒與冷霜如劍般地刺向夜鷹。夜鷹的翅膀已完全麻痺，牠抬起頭睜開含著眼淚的雙眼，再度望了一眼天空。是的，這就是夜鷹最後的結局。夜鷹究竟是朝地面墜落？還是往高空飛升？或者是倒栽飛行？還是昂首向天？完全不得而知。不過，牠的心情非常平靜，而那張沾了血的大嘴巴雖然歪向一邊，但可以確定是，嘴角帶著一絲的微笑。

不久，夜鷹張開了眼睛。牠看到自己的身體已變成燐火似的美麗藍光，靜靜地燃燒著。

旁邊緊鄰的是仙后座，銀河的皚白光芒就在身後不遠處。

夜鷹之星繼續燃燒著，不停地、不停地持續燃燒著。

即使是現在，依舊燃燒著。

（大正十年〔一九二一〕左右執筆，生前未發表，一九三四年發表）

導讀　土神和狐狸

東吳大學日本語文學系助理教授　張桂娥

一九二三年至一九二四年左右撰寫，與〈夜鷹之星〉同時於一九三四年出版問世的〈土神和狐狸〉，不管寫作風格或是主題設定，都與其他童話有所不同，是筆者非常推薦的賢治童話傑作之一。如詩歌般展開的抒情文筆，正如栗原敦（一九八六）所言：讀來令人聯想到〈一本木野〉以及〈熔岩流〉，據推測這兩首詩恰巧與本作品在同時期誕生。這兩首詩作中交錯著詩人心中淨化的感情與不安的意念，而童話〈土神和狐狸〉裡，也可以窺知登場人物期待淨化與超越自我的渴望，卻因為狂熱執著於「唯一的願望」而引發焚身烈火，導致一發不可收拾的遺憾結局。

從風和日麗的早春到詩意盎然的暮秋，兩個男人（土神和狐狸）不論是晨曦初起的清晨，還是暮色低垂的夜晚，踩過沾滿露珠的原野或者頂著滿天的星光，殷勤走訪原野邊界，只為與心儀的女人（一棵美麗的女樺樹）見上一面，或者談天說地，或者傾吐煩惱。松田司郎（二〇〇三）分析說：這種故事的結構，只會讓人聯想到一個浪漫的愛情故事，任誰都無法預知，作品底蘊所隱藏的竟是極度的焦躁、憤怒與寂寞孤獨的情感。

筆者每一次讀完故事後，掩卷深思時，仍然不解什麼因素激怒了土神，讓他失去冷靜地咬牙切齒；而狐狸又為何必須不斷地說些高尚做作的謊言，動輒裝模作樣地矯情掩飾自己的行為。關於這篇故事的人物設定，宮澤賢治曾留下筆記，上面註記著：「土神——退休教授；狐狸——貧窮的詩人；

樺樹——村姑」，顯見這故事真的在敘述一段三角戀情引發土神殺死狐狸的悲劇，將主題歸類為男女情愛糾葛所衍生出的社會事件並無不妥。

可是，賢治童話的創作手法，往往在最後的結局之處，埋下重要的伏筆，一舉顛覆讀者對作品世界的固定概念。因一時衝動失去理智而動手殺人的加害者土神，竟然卸下神的矜持，不顧形象地淚如雨下，號啕痛哭；而向來熱心追求科學新知，崇尚邏輯推理，博學多聞且能言善道的被害者狐狸，在感受到土神爆發的情緒時，竟然放棄任何可以溝通與自我辯解的機會，毫無抵抗地接受上蒼不合情理的安排，甚至帶著反省與自責，在土神淚水的洗滌下，帶著一抹微笑，平靜地面對死亡。

其實整個故事裡最精彩與最難解的謎題，並不是在於狐狸臨死前的神秘微笑，而是從狐狸雨衣口袋裡面發現的「兩根茶色鴨茅草的花穗」，因為壓垮土神的最後一根稻草（鴨茅草就跟稻草一樣，屬於禾本科，歐洲原生種的多年生飼料植物，江戶時代傳來日本，初夏時會結出綠色的花穗），正是這兩根已經乾枯成茶色的鴨茅草花穗。原來，狐狸隨身攜帶的必備品並非望眼鏡、美學書籍或者《倫敦時報》這些象徵西洋文化的舶來品，而是滋養大地農作物的飼料。貴為土地之神的土神，從情敵口袋中掏出兩根鴨茅草花穗時，為何突然莫名地放聲大哭，其箇中理由，應該不難揣測。

筆者強烈推薦讀者，除了思考故事的寓意之外，一定要細心品味土神內心天人（神人）交戰，與試圖淨化私我慾念的描寫篇章，你會十分訝異：終生未婚也沒有留下轟烈情史紀錄的宮澤賢治，無論是描寫為情所困的傳統女性，或者因忌妒導致去理性的發狂情癡內心的感情糾葛，竟然可以如此傳神。讀者透過賢治之筆，可以切身感受狐狸的內疚自責、土神的痛苦掙扎與樺木的無奈無助，所以即便釀成悲劇，也實在不忍心苛責任何一方。

37

原文鑑賞

土神ときつね

宮沢賢治

（一）

一本木の野原の、北のはずれに、少し小高く盛りあがった所がありました。いのころぐさ❶がいっぱいに生え、そのまん中には一本の奇麗な女の樺の木がありました。

それはそんなに大きくはありませんでしたが幹はてかてか黒く光り、枝は美しく伸びて、五月には白い花を雲のようにつけ、秋は黄金や紅やいろいろの葉を降らせました。

ですから渡り鳥のかっこうや百舌も、又小さなみそさざいや目白もみんなこの木に停まりました。ただもしも若い鷹などが来ているときは小さな鳥は遠くからそれを見付けて決して近くへ寄りませんでした。

この木に二人の友達がありました。一人は丁度、五百歩ばかり離れたぐちゃぐちゃの谷地の中に住んでいる土神で一人はいつも野原の南の方からやって来る茶いろの狐だったのです。

樺の木はどちらかと云えば狐の方がすきでした。なぜなら土神の方は神という名こそついてはいましたがごく乱暴で髪もぼろぼろの木綿糸の束のよう眼も赤くきものだってまるでわかめに似、いつもはだしで爪も黒く長いのでした。ところが狐の方は大へんに上品な風で滅多に人を怒らせたり気にさわるようなことをしなかったのです。

ただもしよくよくこの二人をくらべて見たら土神の方は正直で狐は少し不正直だったかも知れません。

39

（二）

夏のはじめのある晩でした。樺には新らしい柔らかな葉がいっぱいについていいかおりがそこら中いっぱい、空にはもう天の川がしらしらと渡り星はいちめんふるえたりゆれたり灯ったり消えたりしていました。

その下を狐が詩集をもって遊びに行ったのでした。仕立おろしの紺の背広を着、赤革の靴もキッキッと鳴ったのです。

「実にしずかな晩ですねえ。」

「ええ。」樺の木はそっと返事をしました。

「蝎ぼしが向うを這っていますね。あの赤い大きなやつを昔は支那では火と云ったんですよ。」

「火星とはちがうんでしょうか。」

「火星とはちがいますよ。火星は惑星ですね、ところがあいつは立派な恒星なんです。」

「惑星、恒星ってどういうんですの。」

「惑星というのはですね、自分で光らないやつです。つまりほかから光を受けてやっと光るように見えるんです。恒星の方は自分で光るやつなんです。お日さまなんかは勿論恒星ですね。あんなに大きくてまぶしいんですがもし途方もない遠くから見たらやっぱり小さな星に見えるんでしょうね。」

「まあ、お日さまも星のうちだったんですわね。そうして見ると空にはずいぶん沢山のお日さまが、あら、お星さまが、あらやっぱり変だわ、お日さまがあるんですね。」

狐は鷹揚に笑いました。

「まあそうです。」

「お星さまにはどうしてああ赤いのや黄のや緑のやあるんでしょうね。」

狐は又鷹揚に笑って腕を高く組みました。詩集はぷらぷらしましたがなかなかそれで落ちませんでした。

「星に橙や青やいろいろある訳ですか。それは斯うです。全体星というものははじめはぼんやりした雲のようなもんだったんです。いまの空にも沢山あります。たとえばアンドロメダにもオリオンにも猟犬座にもみんなあります。猟犬座のは渦巻きです。それから環状星雲というのもあります。魚の口の形ですから魚口星雲とも云いますね。そんなのが今の空にも沢山あるんです。」

「まあ、あたしいつか見たいわ。魚の口の形の星だなんてまあどんなに立派でしょう。」

「それは立派ですよ。僕水沢の天文台で見ましたがね。」

42

「まあ、あたしも見たいわ。」

「見せてあげましょう。僕実は望遠鏡を独乙のツァイスに注文してあるんです。来年の春までには来ますから来たらすぐ見せてあげましょう。」狐は思わず斯う云ってしまいました。そしてすぐ考えたのです。ああ僕はたった一人のお友達にまたつい偽を云ってしまった。ああ僕はほんとうにだめなやつだ。けれども決して悪い気で云ったんじゃない。よろこばせようと思って云ったんだ。あとですっかり本当のことを云ってしまおう、狐はしばらくしんとしながら斯う考えていたのでした。樺の木はそんなことも知らないでよろこんで言いました。

「まあうれしい。あなた本当にいつでも親切だわ。」

狐は少し悄気ながら答えました。

「ええ、そして僕はあなたの為ならばほかのどんなことでもやりますよ。この詩集、ごらんなさいませんか。ハイネという人のですよ。翻訳ですけれども仲々よくできてるんです。」

「まあ、お借りしていいんでしょうかしら。」

「構いませんとも。どうかゆっくりごらんなすって。じゃ僕もう失礼します。はてな、何か云い残したことがあるようだ。」

「お星さまのいろのことですわ。」

「ああそうそう、だけどそれは今度にしましょう。僕あんまり永くお邪魔しちゃいけないから。」

「あら、いいんですよ。」

「僕又来ますから、じゃさよなら。本はあげてきます。じゃ、さよなら。」狐はいそがしく帰って行きました。そして樺の木はその時吹いて来た南風にざわざわ葉を鳴らしながら狐の置いて行った詩集をとりあげて天の川やそらいちめんの星から来る微かなあかりにすかして頁を繰りました。そのハイネの詩集にはロウレライやさまざま美しい歌がいっぱいにあったのです。そして樺の木は一晩中よみ続けました。ただその野原の三時すぎ東から金牛宮ののぼるころ少しとろとろしただけでした。

夜があけました。太陽がのぼりました。草には露がきらめき花はみな力いっぱい咲きました。

その東北の方から熔けた銅の汁をからだ中に被ったように朝日をいっぱいに浴びて土神がゆっくりゆっくりやって来ました。いかにも分別くさそうに腕を拱きながらゆっくりゆっくりやって来たのでした。

樺の木は何だか少し困ったように思いながらそれでも青い葉をきらきらと動かし

て土神の来る方を向きました。その影は草に落ちてちらちらちらちらゆれました。

土神はしずかにやって来て樺の木の前に立ちました。

「樺の木さん。お早う。」

「お早うございます。」

「わしはね、どうも考えて見るとわからんことが沢山ある、なかなかわからんことが多いもんだね。」

「まあ、どんなことでございますの。」

「たとえばだね、草というものは黒い土から出るのだがなぜこう青いもんだろう。黄や白の花さえ咲くんだ。どうもわからんねえ。」

「それは草の種子が青や白をもっているためではないでございましょうか。」

「そうだ。まあそう云えばそうだがそれでもやっぱり

わからんな。たとえば秋のきのこのようなものは種子もなし全く土の中からばかり出て行くもんだ、それにもやっぱり赤や黄いろやいろいろある、わからんねえ。」

「狐さんにでも聞いて見ましたらいかがでございましょう。」

樺の木はうっとり昨夜の星のはなしをおもっていましたのでつい斯う云ってしまいました。

この語を聞いて土神は俄かに顔いろを変えました。そしてこぶしを握りました。

「何だ。狐？　狐が何を云い居った。」

樺の木はおろおろ声になりました。

「何も仰っしゃったんではございませんがちょっとしたらご存知かと思いましたので。」

「狐なんぞに神が物を教わるとは一体何たることだ。えい。」

樺の木はもうすっかり恐くなってぷりぷりぷりぷりゆれました。土神は歯をきしきし噛みながら高く腕を組んでそこらをあるきまわりました。その影はまっ黒に草に落ち草も恐れて顫えたのです。

「狐の如きは実に世の害悪だ。ただ一言もまことはなく卑怯で臆病でそれに非常に妬み深いのだ。うぬ、畜生の分際として。」

樺の木はやっと気をとり直して云いました。

「もうあなたの方のお祭も近づきましたね。」

土神は少し顔色を和げました。

「そうじゃ。今日は五月三日、あと六日だ。」

土神はしばらく考えていましたが俄かに又声を暴らげました。

「しかしながら人間どもは不届だ。近頃はわしの祭にも供物一つ持って来ん、おのれ、今度わしの領分に最初に足を入れたものはきっと泥の底に引き擦り込んでやろう。」土神はまたきりきり歯噛みしました。

樺の木は折角なだめようと思って云ったことが又もや却ってこんなことになったのでもうどうしたらいいかわからなくなりただちらちらとその葉を風にゆすってい

ました。土神は日光を受けてまるで燃えるようになりながら高く腕を組みキリキリ歯噛みをしてその辺をうろうろしていましたが考えれば考えるほど何もかもしゃくにさわって来るらしいのでした。そしてとうとうこらえ切れなくなって、吠えるようにうなって荒々しく自分の谷地に帰って行ったのでした。

46

（三）

土神の棲んでいる所は小さな競馬場ぐらいある、冷たい湿地で苔やからくさやみじかい蘆などが生えていましたが又所々にはあざみやせいの低いひどくねじれた楊などもありました。

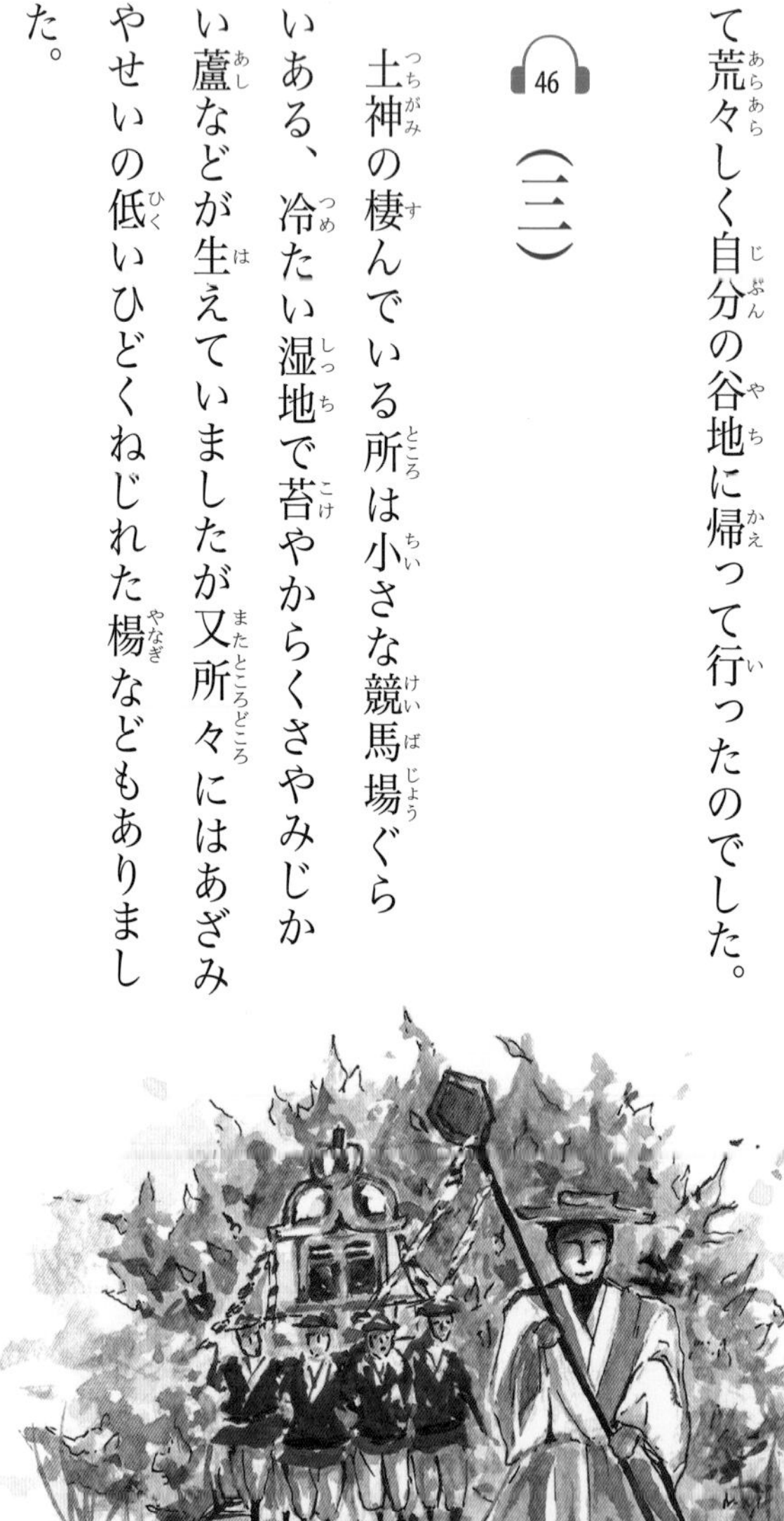

水がじめじめしてその表面にはあちこち赤い鉄の渋が湧きあがり見るからどろどろで気味も悪いのでした。

そのまん中の小さな島のようになった所に丸太で拵えた高さ一間ばかりの土神の祠があったのです。

土神はその島に帰って来て祠の横に長々と寝そべりました。そして黒い瘠せた脚をがりがり掻きました。土神は一羽の鳥が自分の頭の上をまっすぐに翔けて行くのを見ました。すぐ土神は起き直って「しっ」と叫びました。鳥はびっくりしてよろよろっと落ちそうになりそれからまるではねも何もしびれたようにだんだん低く落ちながら向うへ遁げて行きました。

土神は少し笑って起きあがりました。けれども又すぐ向うの樺の木の立っている高みの方を見るとはっと顔色を変えて棒立ちになりました。それからいかにもむしゃくしゃするという風にそのぼろぼろの髪毛を両手で掻きむしっていました。

その時谷地の南の方から一人の木樵がやって来ました。三つ森山の方へ稼ぎに出

48

るらしく谷地のふちに沿った細い路を大股に行くのでしたがやっぱり土神のことは知っていたと見えて時々気づかわしそうに土神の祠の方を見ていました。けれども木樵には土神の形は見えなかったのです。

土神はそれを見るとよろこんでぱっと顔を熱らせました。それから右手をそっちへ突き出して左手でその右手の手首をつかみこっちへ引き寄せるようにしました。すると奇体なことは木樵はみちを歩いていると思いながらだんだん谷地の中に踏み込んで来るようでした。それからびっくりしたように足が早くなり顔も青ざめて口をあいて息をしました。土神は右手のこぶしをゆっくりぐるっとまわしました。すると木樵はだんだ

んぐるっと円くまわって歩いていましたがいよいよひどく周章てだしてまるではあはあはあしながら何べんも同じ所をまわり出しました。何でも早く谷地から遁げて出ようとするらしいのでしたがあせってもあせっても同じ処を廻っているばかりなのです。とうとう木樵はおろおろ泣き出しました。そして両手をあげて走り出したのです。土神はいかにも嬉しそうににやにやにやにや笑って寝そべったままそれを見ていましたが間もなく木樵がすっかり逆上せて疲れてばたっと水の中に倒れてしまいますと、ゆっくりと立ちあがりました。そしてぐちゃぐちゃ大股にそっちへ歩いて行って倒れている木樵のからだを向うの草はらの方へぽんと投げ出しました。木樵は草の中にどしりと落ちてううんと云いながら少し動いたようでしたがまだ気がつきませんでした。

49

土神は大声に笑いました。その声はあやしい波になって空の方へ行きました。

空へ行った声はまもなくそっちからはねかえってガサリと樺の木の処にも落ちて行きました。樺の木ははっと顔いろを変えて日光に青くすきとおりせわしくせわしくふるえました。

土神はたまらなそうに両手で髪を掻きむしりながらひとりで考えました。おれのこんなに面白くないというのは第一は狐のためだ。狐のためよりは樺の木のためだ。狐と樺の木とのためだ。けれども樺の木の方はおれは怒ってはいないのだ。樺の木を怒らないためにおれはこんなにつらいのだ。樺の木さえどうでもよければ狐などはなおさらどうでもいいのだ。おれはいやしいけれどもとにかく神の分際だ。それに狐のことなどを気にかけなければならないというのは情ない。それでも気にかかるから

仕方ない。樺の木のことなどは忘れてしまえ。ところがどうしても忘れられない。今朝は青ざめて顫えたぞ。あの立派だったこと、どうしても忘れられない。おれはむしゃくしゃまぎれにあんなあわれな人間などをいじめたのだ。けれども仕方ない。誰だってむしゃくしゃしたときは何をするかわからないのだ。

土神はひとりで切ながってばたばたしました。空を又一疋の鷹が翔けて行きましたが土神はこんどは何とも云わずだまってそれを見ました。

ずうっとずうっと遠くで騎兵の演習らしいパチパチパチパチ塩のはぜるような鉄砲の音が聞えました。そらから青びかりがどくどくと野原に流れて来ました。それを呑んだためかさっきの草の中に投げ出された木樵はやっと気がついておずおずと起きあがりしきりにあたりを見廻しました。

それから俄かに立って一目散に遁げ出しました。三つ森山の方へまるで一目散に遁げました。

土神はそれを見て又大きな声で笑いました。その声は又青ぞらの方まで行き途中から、バサリと樺の木の方へ落ちました。

樺の木は又はっと葉の色をかえ見えない位こまかくふるいました。

土神は自分のほこらのまわりをうろうろうろうろ何べんも歩きまわってからやっと気がしずまったと見えてすっと形を消し融けるようにほこらの中へ入って行きました。

51

（四）

八月のある霧のふかい晩でした。土神は何とも云えずさびしくてそれにむしゃくしゃして仕方ないのでふらっと自分の祠を出ました。足はいつの間にかあの樺の木の方へ向っていたのです。本当に土神は樺の木のことを考えるとなぜか胸がどきっ

とするのでした。そして大へんに切なかったのです。このごろは大へんに心持が変ってよくなっていたのです。ですからなるべく狐のことなど樺の木のことなど考えたくないと思ったのでしたがどうしてもそれがおもえて仕方ありませんでした。おれはいやしくも神じゃないか、一本の樺の木がおれに何のあたいがあると毎日毎日土神は繰り返して自分で自分に教えました。それでもどうしてもかなしくて仕方なかったのです。殊に

ちょっとでもあの狐のことを思い出したらまるでからだが灼けるくらい辛かったのです。

土神はいろいろ深く考え込みながらだんだん樺の木の近くに参りました。そのうちとうとうはっきり自分が樺の木のとこへ行こうとしているのだということに気が付きました。すると俄かに心持がおどるようになりました。ずいぶんしばらく行かなかったのだからことによったら樺の木は自分を待っているのかも知れない、どうもそうらしい、そうだとすれば大へんに気の毒だというような考が強く土神に起って来ました。土神は草をどしどし踏み胸を踊らせながら大股にあるいて行きました。ところがその強い足なみもいつかよろよろしてしまい土神はまるで頭から青い色のかなしみを浴びてつっ立たなければなりませんでした。それは狐が来ていたのです。もうすっかり夜でしたが、ぼんやり月のあかりに澱んだ霧の向うから狐の声が聞えて来るのでした。

「ええ、もちろんそうなんです。器械的に対称の法則にばかり叶っているからってそれで美しいというわけにはいかないんです。それは死んだ美です。」

「全くそうですわ。」しずかな樺の木の声がしました。

「ほんとうの美はそんな固定した化石した模型のようなもんじゃないんです。対称の法則に叶うって云ったって実は対称の精神を有っているというぐらいのことが望ましいのです。」

「ほんとうにそうだと思いますわ。」樺の木のやさしい声が又しました。土神は今度はまるでべらべらした桃いろの火でからだ中燃されているようにおもいました。息がせかせかしてほんとうにたまらなくなりました。なにがそんなに

おまえを切なくするのか、高が樺の木と狐との野原の中でのみじかい会話ではないか、そんなものに心を乱されてそれでもお前は神と云えるか、土神は自分で自分を責めました。狐が又云いました。

「ですから、どの美学の本にもこれくらいのことは論じてあるんです。」

「美学の方の本沢山おもちですの。」樺の木はたずねました。

「ええ、よけいもありませんがまあ日本語と英語と独乙語のなら大抵ありますね。伊太利のは新らしいんですがまだ来ないんです。」

54

「あなたのお書斎、まあどんなに立派でしょうね。」

「いいえ、まるでちらばってますよ、それに研究室兼用ですからね、あっちの隅には顕微鏡こっちにはロンドンタイムス、大理石のシイザアがころがったりまるっきりごったごたです。」

「まあ、立派だわねえ、ほんとうに立派だわ。」

ふんと狐の謙遜のような自慢のような息の音がしてしばらくしいんとなりました。

土神はもう居ても立っても居られませんでした。狐の言っているのを聞くと全く狐の方が自分よりはえらいのでした。いやしくも神ではないかと今まで自分で自分に教えていたのが今度はできなくなったのです。ああつらいつらい、もう飛び出して行って狐を一裂きに裂いてやろうか、けれどもそんなことは夢にもおれの考えるべきことじゃない、けれどもそのおれというものは何だ結局狐にも劣ったもんじゃないか、一体おれはどうすればいいのだ、土神は胸をかきむしるようにしてもだえました。

「いつかの望遠鏡まだ来ないんですの。」樺の木がまた言いました。

「ええ、いつかの望遠鏡ですか。まだ来ないんです。なかなか来ないです。欧州航路は大分混乱してますからね。来たらすぐ持って来てお目にかけますよ。土星の環なんかそれぁ美しいんですからね。」

土神は俄に両手で耳を押えて一目散に北の方へ走りました。だまっていたら自分が何をするかわからないのが恐ろしくなったのです。

まるで一目散に走って行きました。息がつづかなくなってばったり倒れたところは三つ森山の麓でした。

土神は頭の毛をかきむしりながら草をころげまわりました。それから大声で泣きました。その声は時でもない雷のように空へ行って野原中へ聞えたのです。土神は泣いて泣いて疲れてあけ方ぼんやり自分の祠に戻りました。

56

（五）

そのうちとうとう秋になりました。樺の木はまだまっ青でしたがその辺のいのころぐさはもうすっかり黄金いろの穂を出して風に光りところどころすずらんの実も赤く熟しました。

あるすきとおるように黄金いろの秋の日土神は大へん上機嫌でした。今年の夏からのいろいろなつらい思いが何だかぼうっとみんな立派なもやのようなものに変って頭の上に環になってかかったように思いました。そしてもうあの不思議に意地の悪い性質もどこかへ行ってしまって樺の木なども狐と話したいなら話すがいい、両方ともうれしくてはなすのならほんとうにいいことなんだ、今日はそのことを樺の木に云ってやろうと思いながら土神は心も軽く樺の木の方へ歩いて行きました。

57

樺の木は遠くからそれを見ていました。

そしてやっぱり心配そうにぶるぶるふるえて待ちました。

土神は進んで行って気軽に挨拶しました。

「樺の木さん。お早う。実にいい天気だな。」

「お早うございます。いいお天気でございます。」

「天道というものはありがたいもんだ。春は赤く夏は白く秋は黄いろく、秋が黄いろになると葡萄は紫になる。実にありがたいもんだ。」

「全くでございます。」

「わしはな、今日は大へんに気ぶんがいいんだ。今年の夏から実にいろいろつらい目にあったのだがやっと今朝からにわかに心持ちが軽くなった。」

樺の木は返事しようとしましたがなぜかそれが非常に重苦しいことのように思われて返事しかねました。

「わしはいまなら誰のためにでも命をやる。みみずが死ななけぁならんならそれにもわしはかわってやっていいのだ。」土神は遠くの青いそらを見て云いました。その眼も黒く立派でした。

樺の木は又何とか返事しようとしましたがやっぱり何か大へん重苦しくてわずか吐息をつくばかりでした。

そのときです。狐がやって来たのです。

狐は土神の居るのを見るとはっと顔いろを変えました。けれども戻るわけにも行かず少しふるえながら樺の木の前に進んで来ました。

「樺の木さん、お早う、そちらに居られるのは土神ですね。」狐は赤革の靴をはき茶いろのレーンコートを着てまだ夏帽子をかぶりながら斯う云いました。

「わしは土神だ。いい天気だ。な。」土神はほんとうに明るい心持で斯う言いました。狐は嫉ましさに顔を青くしながら樺の木に言いました。

「お客さまのお出での所にあがって失礼いたしました。これはこの間お約束した本です。それから望遠鏡はいつかはれた晩にお目にかけます。さよなら。」

「まあ、ありがとうございます。」と樺の木が言っているうちに狐はもう土神に挨拶もしないでさっさと戻りはじめました。樺の木はさっと青くなってまた小さくぷりぷり顫いました。

土神はしばらくの間ただぼんやりと狐を見送って立っていましたがふと狐の赤革の靴のキラッと草に光るのにびっくりして我に返ったと思いましたら俄かに頭がぐらっとしました。狐がいかにも意地をはったように肩をいからせてぐんぐん向うへ歩いているのです。土神はむらむらっと怒りました。顔も物凄くまっ黒に変ったのです。美学の本だの望遠鏡だのと、畜生、さあ、どうするか見ろ、といきなり狐のあとを追いかけました。樺の木はあわてて枝が一ぺんにがたがたふるえ、狐もそのけはいにどうかしたのかと思って何気なくうしろを見ましたら土神がまるで黒くなって嵐のように追って来るのでし

60

た。さあ狐はさっと顔いろを変え口もまがり風のように走って遁げ出しました。

土神はまるでそこら中の草がまっ白な火になって燃えているように思いました。青く光っていたそらさえ俄かにガランとまっ暗な穴になってその底では赤い焔がどうどう音を立てて燃えると思ったのです。

二人はごうごう鳴って汽車のように走りました。

「もうおしまいだ、もうおしまいだ、望遠鏡、望遠鏡、望遠鏡」と狐は一心に頭の隅のとこで考えながら夢のように走っていました。

向うに小さな赤剥げの丘がありました。狐はその下の円い穴にはいろうとしてくるっと一つまわりました。それから首を低くしていきなり中へ飛び込もうとして後あしをちらっとあげたときもう土神はうしろからぱっと飛びかかっていました。と思うと狐はもう土神にからだをねじられて口を尖らして少し笑ったようになったままぐんにゃりと土神の手の上に首を垂れていたのです。

土神はいきなり狐を地べたに投げつけてぐちゃぐちゃ四五へん踏みつけました。

それからいきなり狐の穴の中にとび込んで行きました。中はがらんとして暗くただ赤土が奇麗に堅められているばかりでした。土神は大きく口をまげてあけながら少し変な気がして外へ出て来ました。

それからぐったり横になっている狐の屍骸のレーンコートのかくしの中に手を入れて見ました。そのかくしの中には茶いろなかもがやの穂が二本はいって居ました。土神はさっきからあいていた口をそのまままるで途方もない声で泣き出しました。

その泪は雨のように狐に降り狐はいよいよ首をぐんにゃりとしてうすら笑ったようになって死んで居たのです。

（大正十二、三年〔一九二三〜二四〕左右撰稿，生前未發表，一九三四年發表）

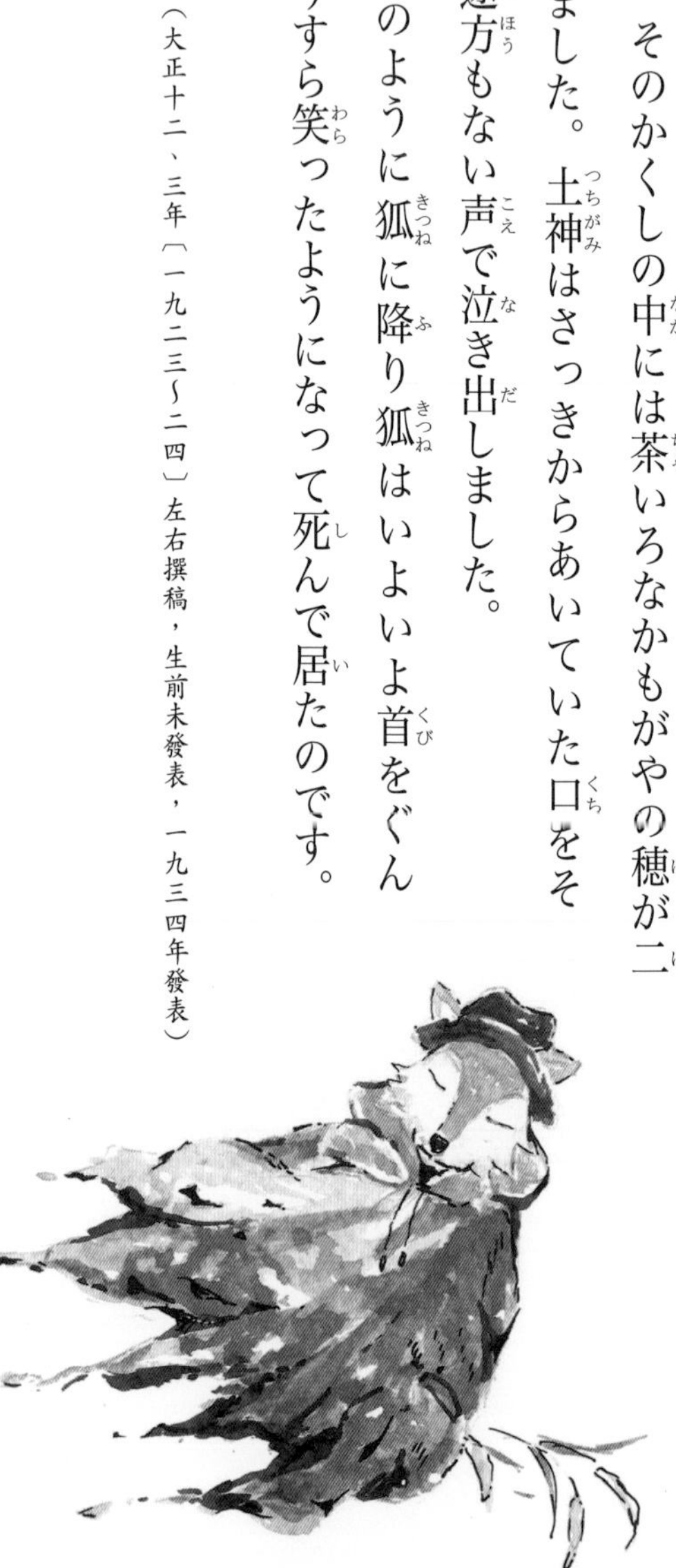

宮澤賢治

（一）

在北方盡頭有一棵樹的原野上，有一塊稍微隆起的高地，上面長滿了許許多多的狗尾草，就在這些草的正中間有一棵生長得非常漂亮的女樺樹。

那棵樺樹長得並不是很高大，但是樹幹發出烏黑的光澤，樹枝伸展得很漂亮，在五月時會開滿像雲朵般的白色花朵，到了秋天則會飄下金黃色或紅色等等五顏六色的葉子。

因此，時常會有候鳥來這棵樹上駐足歇息，像是布穀鳥、伯勞，或是小型的鷦鷯、綠繡眼等等。只是如果當時有年輕小老鷹飛過來時，這些小鳥從遠處發現的話，牠們就絕對不會靠近。

這棵樺樹有兩位朋友，一位是住在剛好離此地五百步左右、泥濘不堪的沼澤地的土神；另一位則是來自原野南方的茶色狐狸。

說起來樺樹比較喜歡狐狸，因為土神雖然擁有神明的封號，可是不但性情粗暴，頭髮也總是

亂糟糟的，像一把棉線，而且眼睛紅紅的，身上所穿的衣服也像海帶芽似的，還老是打著赤腳，手指甲又黑又長。然而，狐狸卻顯得非常的優雅，不但很少惹人生氣，而且也很少會發脾氣。

不過，如果仔細比較這兩個人的話，或許會覺得土神比較老實，而狐狸稍微有點不太老實吧！

（二）

那是在初夏的某個夜晚。樺樹才剛換上全新柔軟的樹葉，全身散發著怡人的香味。銀河銀光熠熠地橫跨天空，點點繁星忽明忽滅地閃爍著光芒。

這時，狐狸帶著一本詩集，頂著滿頭的星光到樺樹那兒去玩。只見牠身穿訂製的深藍色西裝，腳蹬著紅色的皮鞋，發出叩叩的聲音。

「這真是一個寧靜的夜晚耶！」

「嗯！」樺樹輕聲地回答。

「天蠍星正朝著遠方拖曳而去。據說在古代的中國，把那顆又紅又大的星星稱之為『火』喔！」

「跟現代的火星不一樣嗎？」

「它跟火星不同喔！火星是行星，但那顆星星可是很了不起的恆星。」

「行星和恆星有什麼不同嗎？」

「所謂的行星是指自己本身不會發光的天體。換句話說，它要接受來自其他天體的光，才會看起來好像在發光的樣子。而恆星則是指自己本身會發光的天體。不用說，太陽當然就是恆星囉！那樣又大又刺眼的太陽，如果從超乎想像的遙遠距離來看的話，它還是一顆很小的星星喔！」

「這麼說的話，那太陽也是星星的一種囉！如此看來，在天空中就好像有很多的太陽……不對……很多的星星……哎呀，這樣說好像也很奇怪，反正就是空中有很多太陽的意思囉。」

狐狸發出爽朗而灑脫的笑聲。

「是啊！妳那樣說也沒錯啦！」

「那星星為什麼會有紅色的、黃色的或綠色的呢？」

狐狸又露出爽朗的笑容，雙手高高地交叉在胸前，手上的詩集晃來晃去，不過卻沒有掉下來。

「星星之所以會呈現橘色或藍色，其實是有各種原因的。整體來說，起初星星就像雲一樣，是一團模糊不清的東西，現在天空中也有很多。譬如說，有仙女座、獵戶星座、獵犬星座等等。獵犬星座是漩渦狀的，還有所謂的環狀星雲，因為看起來像魚嘴巴形狀，所以又稱為魚口星雲。現在的天空中也很多類似那樣的星星。」

「哎呀！我好希望自己有一天可以親眼見到。像魚嘴巴形狀的星星，那是多麼壯觀的星星啊！」

「它的確是很壯觀耶！我就在水澤的天文台親眼目睹過。」

「哎啊！我也好想看喔！」

「我再讓妳看吧！其實我已經訂了一台德國蔡司的望遠鏡。明年春天之前就會送來，等貨送來後我就立刻拿來讓妳觀賞吧！。」狐狸忍不住如此說道。隨即牠又想到，自己竟然又對唯一的朋友撒謊了。啊！我真的是一個很糟糕的人。可是我並沒有惡意，我會那樣說只不過是想讓對方高興而已。之後，我再找機會跟她說出一切真相。狐狸一邊暫時保持沉默，一邊如此思索著。而樺樹則是完全一無所知，很開心地說道：

「我好高興喔！你總是對我這麼親切！」

狐狸有點垂頭喪氣地回答說：「嗯！我可以為妳做任何事情。妳要不要看這本詩集呢？這是一位名叫海涅的詩人所寫的詩集。雖然是翻譯作品，不過譯得相當不錯。」

「這樣啊！那我跟你借一下，可以嗎？」

「沒關係！妳可以拿去慢慢看。那我先告辭了。咦？奇怪，我剛剛好像還有話沒有說完呢！」

「是啊！關於星星顏色的話題。」

「啊！沒錯沒錯！不過，我想那個話題就留待下次再聊吧！因為我也不方便打擾妳太久。」

「哎啊！無所謂啦！」

「我會再來看妳的。再見！書就送給妳了。再見！」

狐狸急急忙忙地打道回府。而此時，正好吹來的一陣南風，樺樹讓樹葉一邊發出沙沙的聲音，一邊拿起狐狸所留下的詩集，借著銀河以及天空中微弱的星光，一頁一頁翻開來欣賞。那本海涅的詩集中記載著海妖羅蕾萊的故事和各種美妙的詩歌。然後，樺樹一整個晚上都在看著那本詩集。只有在原野時間半夜三點過後，當金牛星座升起時，稍微打了一下瞌睡而已。

天亮了，太陽升起了。

草上的露珠閃閃發亮，白花齊放。

只見土神從東北的方向緩緩地走了

過來，他沐浴在晨光中，宛如全身被熔化的銅汁給包圍。他一邊拱著手一邊緩緩地走過來，看起來像是個非常通情達理的人。

樺樹看起來似乎有點為難的樣子，但儘管如此，她還是閃動著綠色的葉子，面對著土神走來的方向。樹葉的陰影紛紛地落在草地上，搖啊搖的，不斷地晃動著。土神靜靜地站在樺樹的面前。

「樺樹小姐，早啊！」

「早安！」

「我呢！就是有很多怎麼想也想不明白的事情。我有很多事情就是想不通啊！」

「哎呀！到底是什麼事情呢？」

「譬如說，就拿草來說好啦！這些從黑色的泥土裡生長出來的草，為什麼會像這樣變成是綠色的呢？甚至還會開出黃色或白色的花朵。這點我就是想不明白啊！」

「我想應該是因為草的種子本身就帶有綠色或白色的性質吧！」

「原來如此！聽妳這麼一說，好像也有道理。但是，我還是不太明白。譬如說，像秋天的菇類，明明完全沒有種子，為什麼會一直從土裡冒出來呢？而且有些是紅的，有些是黃的；還有其他各式各樣的顏色，我就是不太明白。」

「您不如去請教一下狐狸先生，您覺得如何呢？」

因為樺樹一直在思索昨晚聊星星話題的事，所以有點心不在焉，才會脫口說出這樣的話。

土神一聽到這句話之後，突然臉色大變，而且還緊握著拳頭。

「什麼！狐狸？狐狸牠說了什麼呢？」

樺樹感到驚慌失措，聲音變得有些膽怯。

「牠沒說什麼啦！我只是突然想到，說不定牠會知道而已。」

「神明還需要狐狸來教嗎？這還像話嗎？哼！」

這時樺樹已經嚇到渾身顫抖，抖啊抖的抖個不停。土神一邊咬牙切齒，一邊雙手高高地交叉在胸前，在附近走來走去，不停地繞圈子。他的影子黑壓壓地落在草地上，就連雜草也害怕得全身發抖。

「像狐狸這種傢伙，簡直就是這世上的禍害。牠說的話沒有一句是真心的。牠是個既卑鄙又懦弱的小人，而且還很善妒呢！哼！畜生！也不想想自己的身分。」

樺樹好不容易才恢復平靜，振作精神，轉換話題說：

「對了！您的節慶也快要到了，對吧！」

這時土神的臉色才稍微緩和一些。

「沒錯。今天是五月三日，還剩下六天就到了。」

土神稍微想了一下，隨即聲音又變得粗暴起來。

「可是，這些人類也真的很不懂得禮數。最近來參加我的慶典，竟然連個供品也不帶。可惡！這次要是誰敢第一個踏進我的地盤的話，我就要把他給拖進爛泥巴裡面。」土神又開始氣得咬牙切齒。

樺樹心想：自己提這件事原本是要安撫他，哄他開心的，沒想到反而變成這樣。她一時之間也不知道該如何是好，只能讓樹葉隨風搖曳。土神在陽光的照射下，簡直就像著了火似地，無法遏止火冒三丈的情緒爆發。只見他雙手高高地交叉在胸前，同時咬牙切齒，在那附近走來走去，但似乎越想越

生氣，對任何事情都看不順眼。最後他終於忍無可忍了。像野獸般發出狂吠的吼叫聲，然後才粗暴地返回自己的沼澤地。

（三）

土神居住的地方，是個小型賽馬場大小的濕冷沼澤地，不但長滿許多青苔、藤蔓以及矮蘆葦等雜草，還有到處可見的薊草或個頭矮小而嚴重彎曲的楊柳樹等等。

因為水氣潮濕的關係，所以沼澤表面上到處都浮著一層紅色的鐵銹，看起來泥濘不堪，陰森森的氣氛，讓人感覺很不舒服。

就在沼澤地的正中間有一處像小島的地方，用原木搭成一間大約一點八二公尺高的祠堂，那就是土神鎮守的宮廟。

土神回到島上，橫躺在祠堂的旁邊，然後一動也不動地一直躺著。過一會兒，他伸手開始幫自己那雙又黑又瘦的腳搔起癢來。土神看見一隻鳥筆直地飛過自己的頭頂，於是立刻起身對那隻鳥大聲地「噓」了一聲。那隻鳥受到驚嚇，搖搖晃晃地差點跌落下來，之後彷彿連翅膀還有其他部位都已經麻痺似地，越飛越低，狼狽地朝著遠方飛逃而去。

土神這才起身，稍微露出笑容。不過，隨即又往樺樹高聳的山丘方向遠遠地望去，立刻又臉色大變，一臉茫然的表情，呆呆地站在原地，一動也不動。之後，又歇斯底里地用他的雙手開始搔起他那一頭亂七八糟的頭髮，任由情緒潰堤。

這時候，從沼澤地的南方來了一位樵夫。只見他沿著沼澤地邊緣的小徑大步行走著，看來似乎是要往三森山的方向去砍柴。不過，看來他似乎知道土神的事，只見他不時神情緊張地望著土神祠堂的方向。但是，樵夫是看不見土神的。

土神見狀非常高興，忽然臉上發燙，然後他伸出右手臂打直，再用左手去抓住自己的右手腕，作勢把右手腕朝自己身體方向拉過來。這麼一來，令人感到奇怪的是原本一直以為自己走在路上的樵夫，像是一步步地踏進了沼澤地裡面。之後，他彷彿受到驚嚇似的，加快腳步、臉色發白、張著嘴巴不停地喘氣。接著，土神開始慢慢地轉著自己的右拳頭。結果，樵夫就像是在原地打轉似的，不斷地在繞圈圈，轉到後來他變得非常驚慌，只見他氣喘吁吁的，一直不斷地在原地打轉。他似乎想要盡快逃離這個沼澤地，儘管他心急如焚，但卻還是在同一個地方打轉，始終走不出去。到最後樵夫竟然急得放聲大哭，舉起雙手開始狂奔。土神見狀，似乎非常開心的樣子，暗自竊笑，依然保持橫躺的姿勢看著樵夫出糗的模樣。不久，樵夫已經轉得頭昏眼花了，到最後因為疲累不堪，整個人啪達一聲，倒臥在水中。這時，土神才慢慢地站了起來，邁開又髒又濕的步伐走到那邊去，將倒在沼澤裡的樵夫身體撈起來，砰一聲給扔到另一邊的草原裡去了。樵夫被重重地摔落在草地上，一邊發出呻吟，一邊稍微挪動一下身體，但似乎還沒有回過神來。

土神見狀又開始哈哈大笑，他的笑聲變成詭異的聲波傳到了空中。

不久，轟隆隆的回音又從空中傳回了地面，也落在樺樹的所在地。樺樹嚇了一大跳，臉色大變，在陽光下變得慘白透明，像被電擊般地全身不停地顫抖。

土神似乎還是難以忍受，只見他一邊用雙手不斷地搔著頭髮，一邊獨自在思索著。他心想：我之所以會如此的無趣，首先這全都要怪狐狸。與其說是因為狐狸的關係，倒不如說是因為樺樹的關係，是因為狐狸與樺樹的關係。不過，我並沒有生樺樹的氣。就是為了不生樺樹的氣，我才會如此的痛苦。只要我不覺得樺樹有什麼好在乎的話，那隻臭狐狸更不值得我花心思去理會牠！雖然我很卑鄙，但怎麼說我也是個神明。怎麼會讓自己搞到不得不在意狐狸的地步，實在太丟臉，太沒尊嚴了。儘管如此，但我還是很在意。算了！想辦法完全忘掉樺樹的事吧！但是我卻又忘不了。她今天早上臉色慘白、渾身發抖。她長得那麼標緻，身影如此高尚，我無論如何也忘不了。而我只會欺負可憐的人來打發我亂糟糟的心情。但這也是無可奈何的事。相信任何人在心情亂七八糟的時候，都不知道自己會做出什麼事情來。

土神獨自傷心難過地踱步。這時又有一隻老鷹騰空飛越上空，這次土神則是不發一語地靜靜望著那隻老鷹。

這時，從遙遠的地方傳來類似騎兵演習的聲音，霹哩啪啦的槍聲此起彼落。之後，一道道藍色的火光不斷地竄向草原，蔓延開來。而剛剛被扔到草原上的樵夫，可能是因為被煙嗆到的關係，這才終於清醒過來，只見他戰戰兢兢地站起來，不斷地環顧著四周。

之後，他突然站起來，隨即一溜煙地逃之夭夭。朝著三森山的方向頭也不回地狂奔逃竄。土神見狀之後，又開懷地哈哈大笑。他的笑聲一路傳到藍色的天空中，但在半路上啪擦一聲，又墜落到樺樹的方向。

樺樹忽然又改變樹葉的顏色，發出幾乎是肉眼看不見的輕微顫抖。

土神在自己的祠堂附近來回不停地踱步。走了好幾遍之後，心情才終於平靜下來。只見他像個隱形人似的，迅速地走進自己的祠堂裡面。

（四）

那是八月某個濃霧的夜晚。土神因為有著一股難以言喻的空虛感，而感到心情煩悶，於是信步走出自己的祠堂。雙腳在不知不覺之間，朝著樺樹的方向走去。老實說也不知道為什麼，土神只要一想到樺樹，內心就會糾結成一團，變得忐忑不安，而且還異常難受。最近他的情緒似乎有變得比較好了。所以他想說盡量不要去想狐狸或是樺樹的事。但是，他還是會忍不住去想，總讓人覺得莫可奈何。好歹我也是個神明嘛！一棵樺樹對我來說又有什麼價值呢？土神每天不停反覆地告訴自己。但儘管如此，他還是感到非常的悲傷，痛苦萬分。尤其是萬一不小心剛好想到狐狸的時候，那簡直就像是身體被烈焰灼傷般地痛苦難耐。

土神左思右想，慢慢地來到樺樹的附近。在這個過程中，他終於很清楚地察覺到是自己的雙腳正領著自己走到樺樹的家。如此一來，他的心情頓時變得興奮不已。自己也有好長一段時間沒有去找樺樹了，說不定她也正在期待我的來訪呢！看起來好像是這樣，如果真是這樣的話，那她也未免太可憐了吧！土神的腦海中萌生如此強烈的念頭。只見他懷著雀躍的心情，用力踩著草地，邁開大步往前行。只不過他那原本強而有力的步伐，卻在不知不覺間變得踉踉蹌蹌。土神彷彿全身都籠罩在漆黑陰沉的悲傷氣氛中。原來是他看見狐狸早就待在那裏了。雖然天色已經完全暗了下來，但是在朦朧的月光下，他聽見從濃霧瀰漫的遠方傳來了狐狸的聲音。

「嗯！當然是這樣沒錯。並非符合機械性的對稱法則，就一定是美的事物。因為那只是一種死氣沉沉的美而已。」

「真的就如同你所說的耶！」樺樹發出很平靜的聲音。

「真正美麗的事物，並不是那種僵化的化石模型般的東西。所謂的符合對稱的法則，我認為最理想的狀態，其實就是擁有對稱的精神即可。」

「真的！我也這麼認為耶！」樺樹又發出很溫柔的聲音。這下子土神心思紊亂，彷彿桃紅色的火焰讓他全身著火般地，無情地吞噬了他。只見他呼吸急促，看來是真的已經到了忍無可忍的地步了。到底是什麼東西，竟然有本事讓你如此的悲戚！充其量這也只是樺樹和狐狸兩人在原野上進行短暫的交談而已，你的心情有必要因此而大受影響，被攪得亂七八糟的嗎？你這樣也算是個神明嗎？土神開始責怪起自己來。這時狐狸又說話了。

「因此，任何一本美學的書也大概都是在討論這些觀點。」

「你有很多關於美學方

面的書嗎？」樺樹問道。

「嗯！雖然沒有很多，但如果是日文書、英文書和德文書的話，我大概都有。義大利的著作比較新，只可惜還沒有送來。」

「哎呀！那你的書房一定很氣派吧！」

「哪裡！我的書房很亂，而且還是一間研究室兼當書房用的小房間啦！在那個角落放著一架顯微鏡，在這邊則擺著《倫敦時報》，還有大理石的凱薩雕像隨便亂放，簡直就是一團亂。」

「哇啊！好氣派喔！真的好氣派喔！」

狐狸發出一聲既像是謙虛，又像是引以為傲的呼吸聲，然後兩人之間暫時保持沉默。

這時的土神已經坐立難安了。聽狐狸這麼一說，好像牠比自己還要了不起。「我再怎麼卑賤不起眼，好歹也是個神明嘛！」一直以來土神都這麼告訴自己，但是這次看來這招已經不管用了。啊！好難受啊！好難受啊！真恨不得現在就衝出去把那隻狐狸給撕成兩半。但是，這種事情是我連做夢都不應該想的事啊！可是那個想殺狐狸的我，到底又是誰呢？到最後我竟然比那隻狐狸還要不如？我到底該怎麼做才好呢？土神的心頭彷彿揪成了一團，感到非常的苦悶而陷入掙扎糾葛的泥淖。

「你之前訂的那個望遠鏡還沒有送來嗎？」樺樹又開口說話了。

「是啊！妳說我之前訂的那個望遠鏡

對吧？還沒有送來。遲遲都沒有送來耶！我想是因為歐洲的航線很混亂的關係吧！等它一送來，我就會立刻拿來讓妳觀賞的。因為土星環真的好美喔！」

土神突然用雙手遮住耳朵，一溜煙地朝著北邊的方向跑走了。因為他害怕若是一直保持沉默的話，自己不知道接下來會做出什麼樣的事情來。

他整個人就像是腳底抹油似地逃走了。直到他喘不過氣來，整個人才啪地一聲，倒臥在三森山的山麓。

土神一邊搔著頭髮，一邊在草地上來回滾動著。之後，才放聲大哭。而他的哭聲就像是時序錯亂的意外轟天雷一樣，響徹天空、傳遍整個原野。土神一直哭到疲累不堪，直到天亮，才一臉茫然地返回自己的祠堂。

（五）

不久，秋天終於來臨了。樺樹依然綠意盎然，但在她四周的狗尾草則已經結出金黃色的花穗，在風中閃閃發亮，而處處搖曳生姿的鈴蘭也結出成熟的紅色果實。

在某個金黃色澄明亮麗的秋天，土神心情顯得非常好。今年夏天種種不愉快的痛苦回憶，也不知道為什麼，就覺得好像變成了很棒的環狀雲霧，籠罩在頭上。還有，他之前的那些奇怪的不好的邪念，似乎也已經消失得無影無蹤了。如果樺樹想和狐狸聊天的話，那就去聊天好了。只要兩人都聊得很愉快的話，那也未嘗不是一件好事。土神今天就是想去告訴樺樹這件事，所以心情變得很輕鬆，朝著樺樹的方向走去。

而樺樹則是從很遠的地方就看見

土神朝她走過來了。

她似乎還是很擔心的樣子，只見她全身發抖地在等著他。

土神主動走向前去，神情輕鬆地跟她打招呼。

「樺樹小姐，早啊！今天的天氣真的很好耶！」

「早安！今天的天氣真好。」

「太陽實在很難能可貴。春天是紅色的、夏天是白色的、秋天是黃色的，一旦變成金黃色的秋天，葡萄就變成紫色的了。這實在是很難能可貴。」

「您說得很對。」

「我今天心情非常好。雖然今年夏天我遇到很多傷心難過的事情，但是好不容易從今天早上開始，我的心情突然變得很輕鬆。」

樺樹本來想回他的話，但不知道為什麼，總覺得那似乎是一件很沉重的事，因此很難開口。

「現在的我可以為任何人不惜犧牲性命。如果蚯蚓一定得死的話，我願意代替他去送死。」土神望著遠方藍色的天空如此說道。他的眼睛顯得又黑又明亮。

這時樺樹似乎欲言又止，不過她只是輕微地嘆了口氣，似乎仍有什麼事情讓她感到非常煩悶似地。

就在這個時候，狐狸遠道而來。

狐狸一見到土神，突然臉色大變，但也不好隨即轉身折返，只見他一邊微微發抖，一邊來到樺樹的面前。

「樺樹小姐，早！那邊那一位貴客是土神，對吧？」狐狸穿著紅色的皮鞋，咖啡色的雨衣，還戴著一頂夏天的帽子，如此說道。

「我是土神。今天的天氣真好，對吧！」土神真的是以輕鬆愉快的心情如此說道。狐狸心生忌妒，只見他臉色鐵青地對樺樹說道。

「妳有客人來訪，我前來打擾，實在很抱歉。這是我上次說好要借給妳的書。還有望遠鏡，等某個晴朗的夜晚我會帶來給妳觀賞的。再見！」

「哎啊！謝謝你。」當樺樹向他道謝，話都還沒有說完的時候，狐狸連跟土神打聲招呼都沒有，就立刻轉身離開了。樺樹見狀，立刻臉色發白，又開始發出輕微的顫抖。

土神呆立在那裡目送著狐狸好一會兒，突然間看到狐狸的紅色皮鞋在草叢間發出閃光，這才嚇了一跳，回過神來。他突然感到一陣眩暈。因為狐狸看起來一副非常意氣用事的樣子，只見他一股勁兒地甩肩疾行，頭也不回地朝著遠方走去。土神見狀不禁怒火中燒，終於火冒三丈。他的臉色一沉，變得非常難看。什麼美學的書啦、望遠鏡啦，畜生！來吧！看我怎麼教訓你！土神突然跑去追趕狐狸。樺樹則是驚慌地讓整片樹枝都發出顫抖。狐狸也察覺了樺樹的動態，心想不知道發生了什麼事，於是若無其事地回頭往後看，這時他看見土神像一團黑色的暴風雨追趕過來。狐狸突然臉色大變，歪著嘴巴，像一陣風似的，趕緊逃之夭夭。

土神覺得周遭一整片的草原，彷彿變成了正在燃燒的白色火焰。甚至連藍色亮麗的天空，也在轉瞬間變成了黑漆漆的洞穴，在洞穴深度燃燒著熊熊的紅色火焰，發出霹哩啪啦的巨大聲響。

兩人就像發出轟隆聲響的火車一

樣，不停地在奔跑著。

「完了！完了！這下完了！望遠鏡、望遠鏡、望遠鏡。」狐狸一邊像做夢般地在奔跑，一邊在腦海的角落中專心想著這件事。

遠方有一個光禿禿的暗紅色小丘陵。狐狸先是繞著一圈，想要鑽進那個丘陵下方的圓洞穴。然後他低著頭，稍稍抬起後腳，正準備要衝進洞穴時，土神已經從後面啪地一聲飛撲上來。還來不及思考，狐狸的身體就已經被土神給扭住，只見狐狸像是在微笑般地嘟起尖尖的嘴巴，垂著頭、全身癱軟地躺在土神的手上。

土神突然很用力地把狐狸給摔在地上，還在他身上亂踩了四、五下。之後，他又突然地鑽進了狐狸的洞穴，發現昏暗的洞穴內、空無一物，只有用漂亮的紅色泥土鞏固起來而已。土神張著大大的、歪斜的嘴巴，感覺似乎有點怪怪的，然後走出外面。

之後，當他收拾癱軟無力地橫躺在地上的狐狸屍骸時，從他的雨衣口袋裡面發現有兩根茶色鴨茅草的花穗。土神打從剛剛一直張得大大的嘴巴，突然莫名地放聲大哭。

土神的眼淚像雨水般落在狐狸的身上，這時狐狸的脖子才終於軟弱無力地垂下來，彷彿像是微笑般地死去。

（大正十二、三年〔一九二三～二四〕左右完成，生前未發表，一九三四年發表）

註

❶ 同「ねこじゃらし」。（狗尾草）

導讀　貓咪事務所

東吳大學日本語文學系助理教授　張桂娥

宮澤賢治生前，除了自費出版的童話集《花樣繁多的餐館》（收錄九個短篇創作）之外，零星發表於雜誌新聞等刊物的童話創作僅有九篇。而其中三篇作品（〈歐茲貝爾與象〉（オツベルと象）、〈榻榻米客廳小精靈的故事〉（ざしき童子のはなし）與〈貓咪事務所〉）則集中發表於詩人尾形龜之助主辦的《月曜》雜誌，自一九二六年一月創刊號起，至一九二六年三月止連續三期各刊載一篇。仔細分析這三篇童話，發現有一個共通點，就是作品裡都充滿了旺盛的批判精神，尤其在〈貓咪事務所〉中，作者更是赤裸裸地吐露了對社會充斥違逆人情事理現象的憤恨不平以及無可奈何的心境。

《月曜》雜誌創刊的一九二六年一月，正好與宮澤賢治撰述生前唯一的藝術論——〈農民藝術概論綱要〉的時期重疊，而發表〈貓咪事務所〉之後的四月，賢治便辭去教職，一邊從事文藝創作，一邊身體力行展開農耕自炊的勞動生活，同時創辦「羅須地人協會」，獻身於農村教育。賢治之所以辭去農業學校的教職，背後有許多複雜的因素，不論真相為何，〈貓咪事務所〉的結局似乎預告了賢治決定重新規劃人生的抉擇。就像獅子命令事務所解散之後，黑貓事務長與白貓、虎斑貓、花貓、灶貓等四位書記官，得以擺脫職場人際關係的痛苦糾葛，各自展開新生活一樣，賢治毅然決然地揮別職場，為實踐理想而勇敢地開啟人生新頁。

日本著名的文藝評論家吉田隆明（一九七八）認為：〈貓咪事務所〉的灶貓與〈夜鷹之星〉的夜

鷹，這兩個人物都意圖「以良善之心為出發點，做出各式各樣的善舉，可是卻換來周遭大眾的輕視與侮辱，甚至被視為異類而受到惡意的排擠」。除此，宮澤賢治筆下的灶貓與夜鷹還有一個共通點，就是雙方都擁有懦弱的性格，習慣蜷縮於黑暗的角落，對周遭較強勢之人採取妥協的姿態，唯唯諾諾地任命運擺布。換句話說，那些因為與生俱有的缺陷而被迫面對悲慘境遇的弱勢族群，正是賢治關注的經典人物類型。

一般認為〈貓咪事務所〉這篇故事除了引發讀者對灶貓的境遇產生共鳴之外，還蘊含告發寓意，傳達作者對社會大眾縱容集體霸凌事件蔓延之利己主義所做的嚴厲批判。只不過令人難以理解的是——當「弱」「小」「醜」「卑」之人物，帶著「唯唯諾諾」的「善意」，調整心態以「不求回報之心」甘受命運捉弄時，賢治卻突如其來的神來一筆，或讓夜鷹重生成為天上的星星，或者安排擁有絕對權力的「獅子」宣布解散事務所，將原先充斥在作品裡那種難以言喻的羞恥與狼狽，以及令人不知所措的敏銳感受性瞬間席捲一空，然後故事就嘎然而止。

雖然多虧作者近乎「暴走」的神來之筆掃盡陰霾氣氛，讓故事世界呈現一元復始，萬象更新的好氣象，同時也讓故事裡的登場人物彷彿獲得了真正的救贖。不過，被賢治挑起高漲情緒的讀者對急轉直下的故事結局卻不免感到錯愕，尤其是〈貓咪事務所〉的最後一行：「我有一半是同意獅子的」，更是讓眾多讀者在掩卷之餘不禁咀嚼再三，卻又依然難解其中奧妙。

至於黑貓為何特別垂用灶貓還多次袒護？灶貓為何變成職場霸凌對象？而事務所又為何面臨關閉命運等，安藤宏（二〇〇三）提出政治力學的觀點加以解讀。他認為：與灶貓同處弱勢的黑貓只是想利用施小惠於部下以拉攏人心，最終目的是要鞏固自己的權力核心而已；而堅信只要職場表現突出就可獲得肯定的灶貓則過於天真，沒有警覺個人追求自我實現的私心已對同儕構成威脅，讓同儕陷入喪失工作權與生存權的雙重恐懼中；而掌管貓族歷史與地理典籍的事務所成員（＝文史工作者或高級知識分子）竟然欠缺政治智慧以阻止霸凌發生，造成社會混亂，這才是導致事務所被迫關閉的導火線。

筆者認為安藤的分析非常精闢，為故事登場人物的舉止思維做了合理的解釋。事實上，根據宮澤賢治全集記載，這篇作品的草稿，並非以簡單俐落的一句「我有一半是同意獅子的」作為結尾，而是一大段敘述，說明可憐的不是只有灶貓而已，包括其他三隻貓以及事務長，甚至獅子個個都非常可憐，十分值得同情，最後更以「這些人，每一個都很可憐，很悲哀。真的，好可憐，好可憐，好可憐。」作為結尾。

由此看來，站在霸凌受害者的立場揭發遭受職場歧視的社會黑暗面並非〈貓咪事務所〉的創作目的，賢治意圖拋出的核心議題是——人生在世，只要活著一天，就永遠無法掙脫政治力學操弄的社會，其實是「很可憐」、「很悲哀」的，希望讀者有機會思索如何解決這個人生課題。

62

原文鑑賞

猫の事務所

宮沢賢治

……ある小さな官衙に関する幻想……

軽便鉄道の停車場のちかくに、猫の第六事務所がありました。ここは主に、猫の歴史と地理をしらべるところでした。

書記はみな、短い黒の繻子の服を着て、それに大へんみんなに尊敬されましたから、何かの都合で書記をやめるものがあると、そこらの若い猫は、どれもどれも、みんなそのあとへ入りたがってばたばたしました。

けれども、この事務所の書記の数はいつもただ四人ときまっていましたから、そ

63

の沢山の中で一番字がうまく詩の読めるものが、一人やっととえらばれるだけでした。

事務長は大きな黒猫で、少しもうろくしてはいましたが、眼などは中に銅線が幾重も張ってあるかのように、じつに立派にできていました。

さてその部下の
一番書記は白猫でした、
二番書記は虎猫でした、
三番書記は三毛猫でした、
四番書記は竈猫でした。
竈猫というのは、これは生れ付き

ではありません。生れ付きは何猫でもいいのですが、夜かまどの中にはいってねむる癖があるために、いつでもからだが煤できたなく、殊に鼻と耳にはまっくろにすみがついて、何だか狸のような猫のことを云うのです。

ですからかま猫はほかの猫には嫌われます。

けれどもこの事務所では、何せ事務長が黒猫なもんですから、このかま猫も、あたり前ならいくら勉強ができても、とても書記なんかになれない筈のを、四十人の中からえらびだされたのです。

大きな事務所のまん中に、事務長の黒猫が、まっ赤な羅紗をかけた卓を控えてどっかり腰かけ、その右側に一番の白猫と三番の三毛猫、左側に二番の虎猫と四番のかま猫が、めいめい小さなテーブルを前にして、きちんと椅子にかけていました。

ところで猫に、地理だの歴史だの何になるかと云いますと、

まあこんな風です。

事務所の扉をこつこつ叩くものがあります。

「はいれっ。」事務長の黒猫が、ポケットに手を入れてふんぞりかえってどなりました。

四人の書記は下を向いていそがしそうに帳面をしらべています。

ぜいたく猫がはいって来ました。

「何の用だ。」事務長が云います。

「わしは氷河鼠を食いにベーリング地方へ行きたいのだが、どこらがいちばんいいだろう。」

「うん、一番書記、氷河鼠の産地を云え。」

一番書記は、青い表紙の大きな帳面をひらいて答えました。

「ウステラゴメナ、ノバスカイヤ、フサ河流域であります。」

事務長はぜいたく猫に云いました。

「ウステラゴメナ、ノバ……何と云ったかな。」

「ノバスカイヤ。」一番書記とぜいたく猫がいっしょに云いました。

「そう、ノバスカイヤ、それから何!?」

「フサ川。」またぜいたく猫が一番書記といっしょに云ったので、事務長は少しきまり悪そうでした。

「そうそう、フサ川。まああそこらがいいだろうな。」

「で旅行についての注意はどんなものだろう。」

「うん、二番書記、ベーリング地方旅行の注意を述べよ。」

「はっ。」二番書記はじぶんの帳面を繰りました。「夏猫は全然旅行に適せず」するとどういうわけか、この時みんながかま猫の方をじろっと見ました。

「冬猫もまた細心の注意を要す。函館付近、馬肉にて釣らるる危険あり。特に黒猫は充分に猫なることを表示しつつ旅行するに非れば、応々黒狐と誤認せられ、本気

にて追跡さるることあり。」

「よし、いまの通りだ。貴殿は我輩のように黒猫ではないから、まあ大した心配はあるまい。函館で馬肉を警戒するぐらいのところだ。」

「そう、で、向うでの有力者はどんなものだろう。」

「三番書記、ベーリング地方有力者の名称を挙げよ。」

「はい、ええと、ベーリング地方と、はい、トバスキー、ゲンゾスキー、二名であります。」

「トバスキーとゲンゾスキーというのは、どういうようなやつらかな。」

「四番書記、トバスキーとゲンゾスキーについて大略を述べよ。」

「はい。」四番書記のかま猫は、もう大原簿のトバスキーとゲンゾスキーとのと

66

ころに、みじかい手を一本ずつ入れて待っていました。そこで事務長もぜいたく猫も、大へん感服したらしいのでした。

ところがほかの三人の書記は、いかにも馬鹿にしたように横目で見て、ヘッとわらっていました。かま猫は一生けん命帳面を読みあげました。

「トバスキー酋長、徳望あり。眼光炯々たるも物を言うこと少しく遅しゲンゾスキー財産家、物を言うこと少しく遅けれども眼光炯々たり。」

「いや、それでわかりました。ありがとう。」

ぜいたく猫は出て行きました。

こんな工合で、猫にはまあ便利なものでした。ところが今のおはなしからちょうど半年ばかりたったとき、とうとうこの第六事務所が廃止になってしまいました。というわけは、もうみなさんもお気づきでしょうが、四番書記のかま猫は、上の方の三人の書記からひどく憎まれていましたし、ことに三番書記の三毛猫は、このかま猫の仕事をじぶんがやって見たくてたまらなくなったのです。かま猫は、何とかみんなによく思われようといろいろ工夫をしましたが、どうもかえっていけませんでした。

たとえば、ある日となりの虎猫が、ひるのべんとうを、机の上に出してたべはじめようとしたときに、急にあくびに襲われました。

そこで虎猫は、みじかい両手をあらんかぎり高く延ばして、ずいぶん大きなあくびをやりました。これは猫仲間では、目上の人にも無礼なことでも何でもなく、人ならばまず鬚でもひねるぐらいのところですから、それはかまいませんけれども、いけないことは、足をふんばったために、テーブルが少し坂になって、べんとうばこがするするっと滑って、とうとうがたっと事務長の前の床に落ちてしまったのです。それはでこぼこではありましたが、アルミニュームでできていましたから、大丈夫こわれませんでした。そこで虎猫は急いであくびを切り上げて、机の上から手をのばして、それを取ろうとしましたが、やっと手がかかるかかからないか位なので、べんとうばこは、あっちへ行ったりこっちへ寄ったり、なかなかうまくつかまりませんでした。

「君、だめだよ。とどかないよ。」と事務長の黒猫が、もしゃもしゃパンを喰べながら笑って云いました。その時四番書記のかま猫も、ちょうどべんとうの蓋を開いたところでしたが、それを見てすばやく立って、弁当を拾って虎猫に渡そうとしました。ところが虎猫は急にひどく怒り出して、折角かま猫の出した弁当も受け取らず、手をうしろに廻して、自暴にからだを振りながらどなりました。

「何だい。君は僕にこの弁当を喰べろというのかい。机から床の上へ落ちた弁当を

君は僕に喰えというのかい。」

「いいえ、あなたが拾おうとなさるもんですから、拾ってあげただけでございます。」

「いつ僕が拾おうとしたんだ。うん。僕はただそれが事務長さんの前に落ちてあんまり失礼なもんだから、僕の机の下へ押し込もうと思ったんだ。」

「そうですか。私はまた、あんまり弁当があっちこっち動くもんですから……」

「何だと失敬な。決闘を……」

「ジャラジャラジャラジャラジャラン。」事務長が高くどなりました。これは決闘をしろと云ってしまわせない為に、わざと邪魔をしたのです。

「いや、喧嘩するのはよしたまえ。かま猫君も虎猫君に喰べさせようというんで拾ったんじゃなかろう。それから今朝云うのを忘れたが虎猫君は月給が十銭あがったよ。」

虎猫は、はじめは恐い顔をしてそれでも頭を下げて聴いていましたが、とうとう、よろこんで笑ひ出しました。

「どうもおさわがせいたしましてお申しわけございません。」それからとなりのかま猫をじろっと見て腰掛けました。

みなさんぼくはかま猫に同情します。

それから又五六日たって、丁度これに似たことが起こったのです。こんなことがたびたび起るわけは、一つは猫どもの無精なたちと、も一つは猫の前あし即ち手が、あんまり短いためです。今度は向うの三番書記の三毛猫が、朝仕事を始める前に、筆がポロポロころがって、とうとう床に落ちました。三毛猫はすぐ立てばいいのを、骨惜みして早速前に虎猫のやった通り、両手を机越しに延ばして、それを拾ひ上げようとしました。今度もやっぱり届きません。

三毛猫は殊にせいが低かったので、だんだん乗り出して、とうとう足が腰掛けからはなれてしまいました。かま猫は拾ってやろうかやるまいか、この前のこともありますので、しばらくためらって眼をパチパチさせて居ましたが、とうとう見るに見兼ねて、立ちあがりました。

ところが丁度この時に、三毛猫はあんまり乗り出し過ぎてガタンとひっくり返ってひどく頭をついて机から落ちました。それが大分ひどい音でしたから、事務長の黒猫もびっくりして立ちあがって、うしろの棚から、気付けのアンモニア水の瓶を取りました。ところが三毛猫はすぐ起き上って、かんしゃくまぎれにいきなり、

「かま猫、きさまはよくも僕を押しのめしたな。」とどなりました。

今度はしかし、事務長がすぐ三毛猫をなだめました。

「いや、三毛君。それは君のまちがいだよ。

かま猫君は好意でちょっと立っただけだ。君にさわりも何もしない。しかしまあ、こんな小さなことは、なんでもありゃしないじゃないか。さあ、ええとサント

71

ンタンの転居届けと。ええ。」事務長はさっさと仕事にかかりました。そこで三毛猫も、仕方なく、仕事にかかりはじめましたがやっぱりたびたびこわい目をしてかま猫を見ていました。

こんな工合ですからかま猫はじつにつらいのでした。

かま猫はあたりまえの猫になろうと何べん窓の外にねて見ましたが、どうしても夜中に寒くてくしゃみが出てたまらないので、やっぱり仕方なく竈のなかに入るのでした。

なぜそんなに寒くなるかというのに皮がうすいためで、なぜ皮が薄いかというのに、それは土用に生れたからです。やっぱり僕が悪いんだ、仕方ないなあと、かま猫は考えて、なみだをまん円な眼一杯にためました。

けれども事務長さんがあんなに親切にして下さる、それにかま猫仲間のみんなが

72

あんなに僕の事務所に居るのを名誉に思ってよろこぶのだ、どんなにつらくてもぼくはやめないぞ、きっとこらえるぞと、かま猫は泣きながら、にぎりこぶしを握りました。

ところがその事務長も、あてにならなくなりました。それは猫なんていうものは、賢いようでばかなものです。ある時、かま猫は運わるく風邪を引いて、足のつけねを椀のように腫らし、どうしても歩けませんでしたから、とうとう一日やすんでしまいました。かま猫のもがきようといったらありません。泣いて泣いて泣きました。納屋の小さな窓から射し込んで来る黄いろな光をながめながら、一日一杯眼をこすって泣いていました。

その間に事務所ではこういう風でした。

「はてな、今日はかま猫君がまだ来んね。遅いね。」と事務長が、仕事のたえ間に云いました。

「なあに、海岸へでも遊びに行ったんでしょう。」白猫が云いました。

「いいやどこかの宴会にでも呼ばれて行ったろう」虎猫が云いました。

「今日どこかに宴会があるか。」事務長はびっくりしてたずねました。猫の宴会に自分の呼ばれないものなどある筈はないと思ったのです。

「何でも北の方で開校式があるとか云いましたよ。」

「そうか。」黒猫はだまって考え込みました。

「どうしてどうしてかま猫は、」三毛猫が云い出しました。「この頃はあちこちへ呼ばれているよ。何でもこんどは、おれが事務長になるとか云ってるそうだ。だから馬鹿なやつらがこわがってあらんかぎりご機嫌をとるのだ。」

「本とうかい。それは。」黒猫がどなりました。

「本とうですとも。お調べになってごらんなさい。」三毛猫が口を尖せて云いました。

「けしからん。あいつはおれはよほど目をかけてやってあるのだ。よし。おれにも考えがある。」

そして事務所はしばらくしんとしました。

さて次の日です。

かま猫は、やっと足のはれが、ひいたので、よろこんで朝早く、ごうごう風の吹くなかを事務所へ来ました。するといつも来るとすぐ表紙を撫でて見るほど大切な自分の原簿が、自分の机の上からなくなって、向う隣り三つの机に分けてあります。

「ああ、昨日は忙しかったんだな、」かま猫は、なぜか胸をどきどきさせながら、かすれた声で独りごとしました。

ガタッ。扉が開いて三毛猫がはいって来ました。

「お早うございます。」かま猫は立って挨拶しましたが、三毛猫はだまって腰かけて、あとはいかにも忙がしそうに帳面を繰っています。ガタン。ピシャン。虎猫がはいって来ました。

「お早うございます。」かま猫は立って挨拶しましたが、虎猫は見向きもしません。

「お早うございます。」三毛猫が云いました。

「お早う、どうもひどい風だね。」虎猫もすぐ帳面を繰りはじめました。

ガタッ、ピシャーン。白猫が入って来ました。

「お早うございます。」虎猫と三毛猫が一緒に挨拶しました。

「いや、お早う、ひどい風だね。」白猫も忙がしそうに仕事にかかりました。その時かま猫は力なく立ってだまっておじぎをしましたが、白猫はまるで知らないふりをしています。

ガタン、ピシャリ。

「ふう、ずいぶんひどい風だね。」事務長の黒猫が入って来ました。

「お早うございます。」三人はすばやく立っておじぎをしました。かま猫もぼんやり立って、下を向いたままおじぎをしました。

「まるで暴風だね、ええ。」黒猫は、かま猫を見ないで斯う言いながら、もうすぐ

仕事をはじめました。

「さあ、今日は昨日のつづきのアンモニアックの兄弟を調べて回答しなければならん。二番書記、アンモニアック兄弟の中で、南極へ行ったのは誰だ。」仕事がはじまりました。かま猫はだまってうつむいていました。原簿がないのです。それを何とか云いたくっても、もう声が出ませんでした。

76

「パン、ポラリスであります。」虎猫が答えました。

「よろしい、パン、ポラリスを詳述せよ。」と黒猫が云います。ああ、これはぼくの仕事だ、原簿、原簿、とかま猫はまるで泣くように思いました。

「パン、ポラリス、南極探検の帰途、ヤップ島沖にて死亡、遺骸は水葬せらる。」一番書記の白猫が、かま猫の原簿で読んでいます。かま猫はもうかなしくて、かなしくて頬のあたりが酸っぱくなり、そこらがきいんと鳴ったりするのをじっとこら

77

えてうつむいて居りました。

事務所の中は、だんだん忙しく湯の様になって、仕事はずんずん進みました。みんな、ほんの時々、ちらっとこっちを見るだけで、ただ一ことも云いません。

そしておひるになりました。かま猫は、持って来た弁当も喰べず、じっと膝に手を置いてうつむいて居りました。

とうとうひるすぎの一時から、かま猫はしくしく泣きはじめました。そして晩方まで三時間ほど泣いたりやめたりまた泣きだしたりしたのです。

それでもみんなはそんなこと、一向知らないというように面白そうに仕事をしていました。

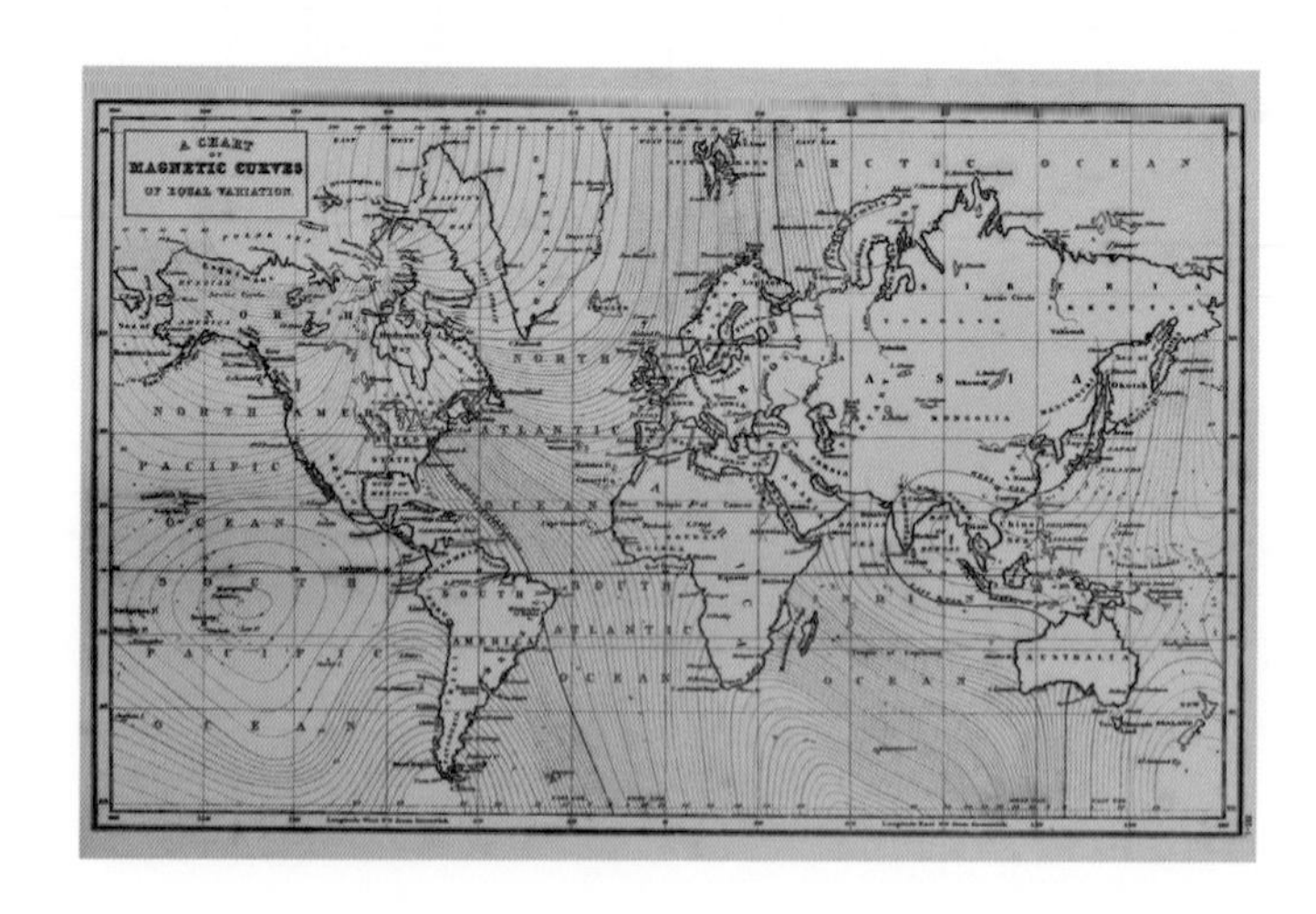

その時です。猫どもは気が付きませんでしたが、事務長のうしろの窓の向うにいかめしい獅子の金いろの頭が見えました。

獅子は不審そうに、しばらく中を見ていましたが、いきなり戸口を叩いてはいって来ました。猫どもの愕ろきようといったらありません。うろうろうろうろそこらをあるきまわるだけです。かま猫だけが泣くのをやめて、まっすぐに立ちました。

獅子が大きなしっかりした声で云いました。

「お前たちは何をしているか。そんなことで地理も歴史も要ったはなしでない。やめてしまえ。えい。解散を命ずる」

こうして事務所は廃止になりました。

ぼくは半分獅子に同感です。

（大正十五年〔一九二六年〕三月發表於《月曜》雜誌〔東京市芝區惠風館〕三月號）

中文翻譯

貓咪事務所——關於某個小小衙門的幻想

宮澤賢治

……關於某個小小衙門的幻想……

簡易鐵路的停車場附近，有一間貓咪第六事務所。這裡主要是讓人家查貓咪歷史和地理的地方。

這裡的書記官們都穿著黑色的綢緞短褂，相當受到人們的尊敬，因此一旦有人不得已辭去書記官的工作，這些年輕一輩的小貓們，都爭先恐後想遞補進去。

不過，由於事務所的書記官數量規定只能維持四位，所以眾多貓咪中，也只有字最漂亮而且詩讀得最好的人才會雀屏中選，成為萬中選一的書記官。

所長是一隻大黑貓，雖然年事已高，漸漸開始有些老糊塗了，但他那像拉直了好幾層銅線般的眼睛，氣宇非凡，超乎想像地優秀而卓越。

接著，介紹他的部下。

一號書記官是白貓，

二號書記官是虎斑貓，

三號書記官是花貓，

四號書記官是灶貓。

所謂灶貓，並非天生就有這種貓，而是出生時不論是哪一品種都沒差別，主要是由於牠們習慣夜晚鑽進爐灶中睡覺，所以身上總是被煤炭弄得髒兮兮，尤其是鼻子和耳朵，讓煤炭沾得烏漆抹黑，感覺上像一隻狸貓似的，故通稱其為灶貓一族。

也因為如此，灶貓總是被其他的貓嫌棄。

但在這事務所裡，反正所長也是隻黑貓。所以本來不論成績如何優秀，再怎麼努力也都當不了書記官的灶貓，還是從四十人之中被選上了。

偌大的事務所中，黑貓所長如重鎮般坐在鋪著鮮紅色絨布的桌前，右邊是一號白貓和三號花貓，左邊是二號虎斑貓和四號灶貓，各自規規矩矩坐在小桌前的椅子上。

要說地理呀、歷史呀對這些貓咪有啥用處，其實啊，是這樣的。

話說有人咚咚敲了事務所的門。

「進來！」黑貓所長把手插在口袋裡，仰躺在椅子上大聲說。

四位書記官都低著頭，一副很忙的樣子在查資料。

奢侈貓進來了。

「什麼事？」所長說。

「俺想到白令地區去吃冰河鼠，哪裡最好呢？」

「嗯，一號書記官，說說冰河鼠的產地。」

一號書記官打開藍色封面的大型資料簿回答。

「烏斯特拉葛美那、諾巴斯凱亞和扶桑河流域。」

於是所長向奢侈貓說。

「烏斯特拉葛美那、諾巴……你說什麼來著？」

「諾巴斯凱亞。」一號書記官和奢侈貓同聲說。

「對！諾巴斯凱亞。然後是什麼！？」

「扶桑河。」奢侈貓又和一號書記官齊聲回答，所長感到有點難堪而不高興。

「對啦對啦，扶桑河。嗯，那裡就不錯了吧！」

「那，旅行時要注意些什麼呢？」

「嗯。二號書記官，你說說白令地區的旅遊注意事項。」

「是！」二號書記官翻著自己的資料簿說：「夏天完全不適合貓咪旅遊。」這一來不知為何，大夥兒全偷偷瞄向灶貓那邊。

「冬天，貓也要特別注意，在函館附近有被馬肉誘釣的危險。尤其是黑貓，如果不確實表明自己的身分是一隻貓咪，經常會被誤認為黑狐狸而遭受猛烈追殺。」

「好，就是這樣。您也不像我是隻黑貓，所以，嗯，沒什麼好擔心的。就是在函館時要注意一下馬肉吧！」

「對了，那，那邊有權有勢的是誰呢？」

「三號書記官，舉幾個白令地區有權有勢者的名字！」

「是的。嗯……，白令地區，有了，杜巴司基和延佐司基兩位。」

「杜巴司基和延佐司基是怎麼樣的人呢？」

「四號書記官，你大略說明一下關於杜巴司基和延佐司基的事蹟。」

「是。」四號書記官是灶貓，早已將短短的手指夾在厚重的原始資料簿中有關杜巴司基和延佐司基的頁面間等著了。這下子，所長和奢侈貓好像都很佩服的樣子。

但其他三位書記官卻用鄙視的斜眼盯著牠，還哼一聲，極度不屑地訕笑著。灶貓努力把資料唸出來。

「杜巴司基酋長，德高望重。目光炯炯有神，說起話來慢條斯理。延佐司基是資產家，雖然說起話來慢條斯理，但目光炯炯有神。」

「喔，這樣我知道了。謝謝。」

奢侈貓說完就出去了。

像這類的事對貓咪來說，嗯，也算是挺方便的。不過就在距上述事情發生後剛好半年的時候，事務所終於關門大吉。是怎麼一回事，我想大家大概也察覺了吧。四號灶貓書記官，被上頭的三位書記官所極為討厭，尤其是三號花貓書記官，垂涎灶貓的工作很久了。雖然灶貓用盡各種功夫想扭轉大家對他的印象，但似乎總是弄巧成拙。

譬如說，有一天隔壁的虎斑貓把午餐便當拿出來放在桌上，正要開始吃的時候，突然很想打哈欠。

於是虎斑貓就盡情地將兩隻短短的手臂高高伸展，打了一個好大好大的哈欠。這在貓夥伴間並不是什麼不敬的事，就算在長輩面前打哈欠也無傷大雅，只不過是像一般人捻捻鬍鬚般的動作罷了。雖然打哈欠這種事並不打緊，但糟的是，因為雙腳用力踩直了，而使得桌子微微傾斜，便當盒就咕嚕咕嚕地朝地面滑落了，終於鏗鏘一聲，掉在所長前面地板上。雖然地板凹凸不平，不過便當盒是鋁做的，還好沒有摔壞。於是虎斑貓急急忙忙停止哈欠，從桌上把手伸長想要撿，但卻卡在就要搆到又搆不太到的地方，便當盒一下滾過來一下又滾過去，一直沒辦法順利撿到。

「你啊，不行啦。搆不到的啦。」黑貓所長一邊咀嚼著麵包一邊笑。這時，四號灶貓書

記官也正好打開了便當蓋。牠看到這情形立刻站起來，撿了便當要交給虎斑貓。但虎斑貓忽然大發脾氣，也不理會灶貓刻意遞過來的便當，把手環到後面激動地晃著身子怒吼著。

「你幹嘛！你的意思是要叫我吃這個便當，是嗎？你在命令我吃這個從桌上掉到地板的便當嗎？」

「不是的，因為您想去撿它，所以我就把它撿給您，如此而已。」

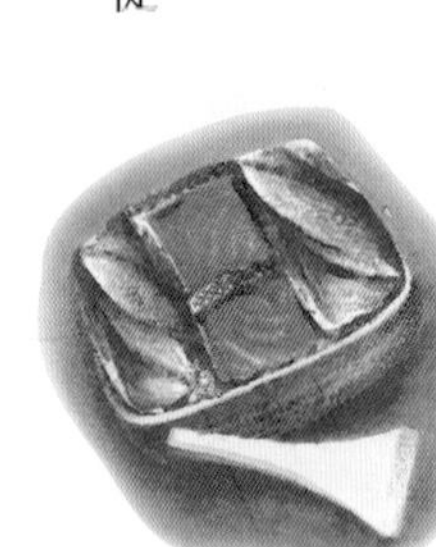

「我什麼時候想去撿了？哼。我只是因為它掉在所長面前，這樣太失敬了，才想說把它塞到我的桌子底下。」

「這樣啊。我也是看到便當在那邊滾來滾去的……」

「你說這是什麼無禮的話。來決鬥……」

「咯啦咯啦咯啦咯啦。」所長大聲嘶吼。這是為了不讓他們脫口說出「來決鬥」而故意阻擾的。

「好了！不要再吵了。灶貓也不是為了要讓虎斑貓吞下那個便當才把它撿起來的，不是嗎？還有啊，今天早上忘記說了，虎斑貓的月薪提高十錢了喔。」

虎斑貓本來還一臉兇惡，不過卻按捺住一肚子的怨氣，仍然低著頭恭聽所長的訓示，一直聽到這兒，牠終於也高興地笑了起來。

「剛才引起一陣騷動，真是對不起啊。」

邊說邊瞪著隔壁的灶貓，然後坐了下來。

各位看倌，我真是同情灶貓。

過了五六天，又發生一次類似的狀況。會不停發生這樣的事件，一方面是因為貓咪們懶惰的個性，另一方面是因為貓咪的前腳，也就是手，實在是太短了的緣故。這次是對面的三號花貓書記官，在開始上午的工作之前，筆就咕嚕咕嚕地滾動起來，最後掉到地板上。本來花貓立刻站起來就沒事了，但因為懶惰，就學

上次虎斑貓一樣，兩隻手伸出去跨過桌子用力地伸展開，想要把筆撿起來。這次還是搆不到。花貓又因為身材特別矮，牠把身體慢慢伸出去、再伸出去，最後雙腳竟然離開了椅子。灶貓因為有前車之鑑，猶豫著要不要去幫牠撿起來，牠待在座位眨了眨眼睛，終於看不下去而站起來。

但就在此時，花貓因為把身體伸得太出去了，咚隆一聲四腳朝天翻過去，從桌上摔下去，重重地撞了頭。那聲巨響實在是太驚人了，黑貓所長嚇得趕忙站了起來，隨手從身後架上拿起醒腦用的阿摩尼亞瓶子。不過花貓也馬上站了起來，突然生氣破口大罵：「灶貓，你竟然敢推我！」

不過這次所長也是馬上安撫花貓。

「哎呀，花貓。這是你的不對了。」

「灶貓只是好心好意站起來一下而已，連碰都沒有碰到你喔。不過啊，這麼小的事，根本也沒有什麼嘛，不是嗎？好了，唔……，三東堂的遷徙證書，還有那個也要處理。」所長趕緊回到工作崗位，開始處理公務。於是，花貓也情不得已地只好開始工作，但仍不時張著一雙嚇人的眼睛看著灶貓。

在這樣的情勢下，灶貓其實也很痛苦。

灶貓學著像普通的貓咪一樣，到窗外睡了幾次，但總在半夜冷得直打噴嚏，沒辦法還是又回到爐灶裡。

說到為什麼灶貓會這麼怕冷，是因為皮毛很薄；至於為什麼皮毛很薄，是因為出生在立秋前十八天最熱的節令時分。「果然是我自己的錯，沒辦法了。」灶貓想到這兒，圓滾滾的雙眼充滿眼淚。

但是所長對我那樣地親切，再加上我的灶貓夥伴們都以我在事務所工作為榮，為我高興。所以再怎麼辛苦我也不要辭職，一定可以堅忍地承受這一切的。灶貓邊哭邊握緊了拳頭。

然而，終於那位所長也不能依靠了。因為所謂貓咪這種動物，是一種看似聰明其實很笨的動物。有一次，灶貓運氣不好感冒了，大腿髖骨關節腫得像碗一樣大，完全沒法走路，不得已只好休一天假。灶貓非常痛苦地掙扎，一直哭一直哭一直哭。灶貓看著從倉庫小窗戶射進來的金黃色陽光，拼命揉著雙眼哭了一整天。

而同一時間，事務所則是這樣的光景。

「咦？今天灶貓還沒來啊？好晚了。」所長工作了一段落，停下來稍事休息時問了大家。

「什麼？不會是到海邊玩了吧？」白貓說。

「不，應該是被邀請到哪兒去參加宴會了吧？」虎斑貓說。

「今天哪裡有宴會嗎？」所長吃驚地問。所長心想：貓咪宴會的話，自己應該不可能沒被邀請到吧！

「聽說北部好像有舉行開學典禮呢。」

「是嗎？」黑貓默默地沉思。

「為什麼？為什麼灶貓他……」花貓衝口而出，不滿地說：「他這一陣子到處被邀請呢！聽說他到處放風說下次的所長可能就是他了，所以呢，那些笨蛋們一定是因為怕他，才想盡辦法拉攏他，向他示好的。」

「你說的是真的嗎？」黑貓生氣地大叫。

「當然是真的！您可以調查看看。」花貓嘟著嘴反駁他。

「混蛋！虧我這麼照顧那傢伙。好！我自有打算。」

然後，事務所內一陣沉寂。

第二天。

灶貓的腿總算消腫了，高興得一早就頂著呼呼的風來到事務所。結果，那個平常最珍惜的資料簿——他平常一進事務所就會先把封面撫玩一下的那一大套資料簿，並不在自己的桌子上，而被分到隔壁三張桌子上了。

「哎呀，昨天很忙吧，」灶貓不禁胸口緊張地怦怦跳，一邊用沙啞的聲音自言自語。

嘎噹！門開了，花貓走進來。

「早安。」灶貓站起來打招呼，但是花貓卻不發一語坐下，然後看似忙碌地翻閱資料簿。嘎噹！砰！虎斑貓進來了。

「早安。」灶貓站起來打招呼，但是虎斑貓連頭也沒轉過來。

「早安。」花貓對著虎斑貓打招呼說。

「早。真是好大的風啊。」虎斑貓也馬上開始翻閱資料簿。

嘎噹！砰！白貓進來了。

「早安。」虎斑貓和花貓齊聲打招呼。

「啊，早啊，好大的風啊。」白貓也忙碌地埋頭工作。

當時，灶貓無力地站起來，一聲不響地點頭行禮，但白貓完全一副不知情的樣子。

嘎噹！砰！

「呼！真是好強的風啊。」黑貓所長進來了。

「早安。」三人馬上站起來行禮。灶貓也恍恍惚惚地跟著站起來，頭垂著低低地鞠躬行禮。

「好像是暴風呢。哎！」黑貓也不瞧灶貓一眼，邊說邊立刻開始工作。

「好，繼續昨天所調查的安摩尼亞克兄弟事件，今天必須回覆調查結果了。二號書記官，安摩尼亞克的兄弟當中，誰到過南極？」就這樣開始正式工作了。灶貓默默低著頭。沒有資料簿，即使想回答所長的問題，也無法發出聲音。

「潘・波拉力斯。」虎斑貓回答了。

黑貓說：「很好。那就詳細說明一下潘・

波拉力斯。」黑貓說。啊，這是我的工作，資料簿！資料簿！灶貓急得好想哭出來。

「潘・波拉力斯在南極探險的歸途中，死在雅普島岸邊，遺體水葬。」一號白貓書記官唸著灶貓的資料簿。灶貓傷心至極，臉頰一酸，強忍住想嚎啕大哭一場的心情，直低著頭。

事務所漸漸變得忙碌起來，整個房間沸沸騰騰地，工作不斷在進行著。大家只是偶爾偷瞄一下這邊，什麼也沒說。

然後，中午時分了。

灶貓沒有吃早上帶來的便當，只是靜靜把手放在膝上一直低著頭。

終於過了中午，灶貓從一點鐘開始低聲啜泣，哭累了停一下，接著又繼續哭，直到傍晚，斷斷續續哭了三個鐘頭。

然而，大家還是一副渾然不覺的模樣，完全無視灶貓的存在，只是興致高昂地工作著。

就在那時候，貓咪們並沒有察覺到所長身後的窗戶那邊，出現了一個威猛的金色獅子頭。

獅子一臉狐疑地看了裡面一會兒，突然敲門進來。貓咪們個個錯愕得不得了，只能手足無措地晃來晃去，在房間裡打轉踱步。只有灶貓停止哭泣，筆直地站起來。

最後，獅子用宏亮的聲音大吼：

「你們在做什麼啊！？這樣還需要什麼地理、歷史的！不要做了！聽著！我命令你們解散！」

於是乎，事務所就被廢除了。

我有一半是同意獅子的。

（大正十五年（一九二六年）三月發表於《月曜》雜誌（東京市芝區惠風館發行）三月號）

小川未明（おがわみめい）

小川未明

東吳大學日本語文學系助理教授　張桂娍

「近代童話之父」小川未明被喻為「日本的安徒生」，畢生創作了一一八二篇童話作品，其中集結成冊的出版品（包括童話集．童話全集）更多達一〇八冊。究竟未明童話作品的魅力何在？

小埜裕二（二〇一二）將未明畢生童話作品分類整理之後，將之歸納成下列五大領域：

(一)浪漫主義童話：充滿幻想性，描繪夢中的理想世界（大正前半，一九一二～一九一八）

(二)社會主義童話：隱含希冀社會有所變革之訴求（大正後半，一九一八～一九二五）

(三)生活童話：描寫現實社會中等身大的兒童生活百態（昭和初期，一九二五～一九三四）

(四)戰爭童話：從解放亞洲的觀點敘說太平洋戰爭（昭和一〇年代，一九三五～一九四四）

(五)人道主義童話：闡述愛與自由以及互助的人本精神（二次世界大戰後，一九四五～一九六一）

小埜進一步指出：未明童話前半段的大正時期作品藝術性較高且不限定讀者年齡層，而後半段的昭和期作品則以站在兒童角度描寫的創作為中心。

鳥越信（一九九五）分析未明童話，認為其最顯著的特徵為：描述人類之死、草木枯萎、城鎮崩壞等負面題材濃厚的故事內容，但實質上，未明想凸顯的並非字面上的生命之死，而是闡述東洋佛教思想中，萬物永生不滅的自然循環定理。這種帶有佛教色彩的思想底蘊並非未明童話獨特的現象，也傳承給其他日本兒童文學者——如坪田讓治與新美南吉等，是日本民族的傳統思想產物。

久米依子（二〇〇八）分析未明童話之表現手法——未明本人將之命名為「我個人獨創之特異詩形」——發現未明童話將富含寓意性與幻想性的世界印象拓展得淋漓盡致，讓人留下深刻印象。同時刻劃遭受凌虐的社會弱勢，糾彈功利主義帶來的黑暗面。

因為小川未明的堅持與嘗試，日本近代童話發展出具有藝術之美的表現手法，讓原本具有濃厚說教意味的兒童故事主題，導入追求社會正義之意識取向，也因此獲得「近代童話之父」美譽。

本書收錄的三篇作品，集中發表於大正後期（一九二〇～一九二二），同屬於社會主義童話的範疇。當時未明面臨生活困頓而漸漸傾倒於社會主義思想，並於一九二〇年以發起人身分加入日本社會主義同盟，希望藉由實際行動，喚起大眾對社會改革的支持。

這三篇作品是未明童話愛好者必讀之經典，其創作手法與主題意識是架構未明童話世界之礎石。筆者認為透過這些作品，讀者可以充分感受到未明童話的特質與魅力所在。

新潟縣上越市出身的小川未明（一八八二年四月～一九六一年五月）本名健作，父親為高田藩下級士族，一九〇一年創設春日山神社並擔任神官一職。獨生子未明原本排行老二，上有不幸夭折早逝的長兄，因祈願未明順利長大成，家人遵從當地習俗——被棄養的小孩比較不容易夭折——，暫時將未明託付給經營蠟燭店的鄰居寄養，直到他滿三歲才接回家中團圓。

根據未明本人的回憶（一九五一）：這段童年的生活經驗，提供他日後從事童話創作的養分，例如在〈紅蠟燭和人魚〉故事中安排人魚女兒被蠟燭店夫婦拾獲的情節，便源自於他的親身經歷。此外，在「寂寥幽靜」的雪國——故鄉高田度過幼少時期的經驗，也讓他對「沒有冰雪寒冬以及溫暖又明亮的地方」產生莫名的憧憬，那股強烈的嚮往自然而然地形成未明童話世界的底蘊，讓讀者留下深刻的感受。

一八九五年未明進入新潟縣立高田中學校後，開始對文藝創作產生興趣，跟朋友一起組文學社團，發行內部同人雜誌，發表文章討論社會問題，同時沉浸於詩的創作。由此可知，未明童話最常出現的社會議題以及行文如詩的寫作手法，於少年時代便開始萌芽。一九〇〇年中學四年級的未明決定中途退學，一九〇一年離開故鄉轉至東京專門學校（第二年升格為早稻田大學）就讀。在學期間，除了鑽研英國文學之外，同時在《讀賣新聞》

《新小說》（雜誌）發表多篇小說作品，以新人作家之姿闖蕩文壇而漸漸嶄露頭角，並且獲得當代著名作家坪內逍遙的賞識。據說，未明這個筆名就是逍遙幫他取的。

一九〇五年未明以〈小泉八雲論〉做為畢業論文，自早稻田大學畢業後，獲島村抱月推薦而進入早稻田文學社工作，負責編輯兒童雜誌《少年文庫》。雖然這份雜誌出了第一期之後就宣告無疾而終，可是未明在該雜誌上發表了〈海底之都〉等四篇童話以及多首童謠與兒歌，讓他與兒童文學產生了命運般的邂逅。

未明在擔任《讀賣新聞》記者之餘，致力於小說創作，於一九〇七年出版處女小說集《綠髮》，成為眾所矚目的「新浪漫主義」❶的旗手。另一方面，持續耕耘童話創作的未明於一九一〇年發行個人第一本童話集《紅色的船》（『赤い船』），以滿溢情感的筆觸描述少年男女對神祕世界之美的憧憬，特別強調抒情氣息與凝聚浪漫氛圍，打破舊時代日本童話作品重視說教色彩以及無法與民間故事性質切割的傳統概念，形塑具有近代「童話」風格的作品世界，獲得廣大讀者的支持。

因為這本童話集的出現，日本兒童文學史正式邁向近代化，開啟童心主義童話之風潮。也因此未明被推崇為兒童文學界的第一人，在一九一一年進入大正時期之後，除了繼續創作小說之外，順應日本童話、童謠革新運動盛行趨勢，在當時最具權威的兒童雜誌《赤鳥》（鈴木三重吉於一九一八年創刊，標榜追求藝術性的兒童文化運動）與各大主流報章雜誌發表無數童話創作，包括著名的〈金色的鐵圈〉、〈牛女〉、〈野薔薇〉、〈紅蠟燭和人魚〉、〈抵達港口的小黑人〉、〈月夜和眼鏡〉等都是本時期的代表作。

一九二五年未明集結大正時期的作品，出版了《小川未明選集》（小說四卷與童話二卷），成立「早稻田大學童話會」培養後進。接著在一九二六年發表著名的〈童話宣言〉❷，表明今生今世將全心投入童話創作，成為專職的童話作家。直到一九六一年五月辭世為止，為世人留下多達一一八二篇童話創作。被譽為「日本的安徒生」的未明生前曾三度出版個人全集（一九二七年～一九三一年共五卷，一九五〇年～一九五二年共十二卷，一九五四年～一九五五年共五卷）；除獲得「少國民文化功勞賞」、「野間文藝賞」、「藝術院賞」等獎項外，還曾獲推舉為「文化功勞者」、「藝術院會員」。

回顧日本兒童文學史，我們可以清楚得知曾經擔任兒童文學者協會第一任會長（一九四六）的未明宛如擎天巨樹般，在日本兒童文學界獨領風騷達半世紀之久，可謂日本近代兒童文學史上最著名的童話作家。

不過，時代潮流的演變卻無情地改寫了未明童話的歷史定位，讓他帶著些許惆悵落寞的心情度過苦澀的晚年。

雖然未明童話在大正時代因為創作方法在充實「文學性」方面具有革命性的突破而大放異彩，可是在深耕「兒童文學性」方面顯得資質不足的批評聲浪，卻在戰後逐漸高漲。一九五〇年代之後，由兒童文學新生代作家主導的改革運動興起，認為戰前童話的弱點亟需克服，尤其對近代童話象徵之未明童話展開嚴厲的批判。一九六〇年代之後，日本兒童文學作家開始強力主張創作者應站在兒童的立場，以宣揚理想的向陽性作品為創作目標。未明童話雖然不符合當代兒童文學作家的期待，可是他的存在卻讓新生代作家找到改革的理由與方向，藉由否定未明童話，而確立戰後兒童文學的理念方向。

換句話說，若沒有未明童話作為媒介，日本兒童文學不但無法擺脫明治時代民間故事的窠臼發展出近代童話；更無法催生出現代兒童文學創作，誘導更多作家深入探索兒童文學的本質。

一九七〇年代之後，小川未明再次受到柄谷行人（一九八〇）等文藝評論家的肯定，認為他發現了兒童並讓兒童成為值得被關注的對象，從此未明在日本兒童文學史上具有舉足輕重的歷史定位便屹立不搖！

註

❶ 後期浪漫樂派（Neo-Romanticism）。

❷ 分別刊載於《早稻田文學》雜誌與《東京日日新聞》。

導讀　野薔薇

東吳大學日本語文學系助理教授　張桂娥

以反戰童話獲得正面評價的〈野薔薇〉，最先刊載於《大正日日新聞》❶，兩年被收錄於未明第六本童話集《小草與太陽》❷，是小川未明最著名的代表作之一，曾經被選入國小教科書語文教材。

未明在童話集《小草與太陽》的序文中寫道：「藝術乃真正立足於現實之產物。而童話則為藝術中之藝術；是一把不可思議的鑰匙，串聯虛無的自然與有生就有死的人生。」

這篇〈野薔薇〉裡因時令交替而出現的自然景觀變化，以及人與人的生死離別，交織成一齣不可思議的童話劇場。

未明在該序文中也提到：

「我在構思童話世界之時，早將汙濁的世界徹底拋諸腦後。當我熱衷於童話創作而燃燒靈魂之時，映照我雙眸深處的只有那片無窮清澄的藍天，讓我如癡如醉地陷入恍惚之境。」、「許多欠缺建設性誠實的平凡眾生，因為看不見美的世界、正義的世界、親愛的世界與人類共樂的世界而不知道該對這些世界抱持嚮往與憧憬，所以那些平凡眾生絕對不可能真正了解純真的童話世界！」

由上述序文可推知，〈野薔薇〉裡的老人與年輕人之所以能夠化解敵我意識進而成為心靈夥伴，是因為他們都對「美的世界、正義的世界、親愛的世界與人類共樂的世界」充滿了嚮往與憧憬。節錄故事中最讓筆者忍不住會心一笑的片段，即可獲得印證。

剛開始下棋時，幾乎都是老人一路遙遙領先，先吃下對方的棋子。但是，下到最後有時候老人竟也會棋差一招地輸給了對方。……儘管兩人在棋盤上拼個你死我活，但內心卻非常的融洽。……年輕人因為勝算在握，所以神情顯得很愉快，只見他眼神閃耀著光芒，一直想將對方一軍。

這兩位「心地非常善良」、「誠懇老實、待人親切」的人，如同未明所願，互相在對方身上看見了「建設性的誠實」心性。

根據続橋達雄（一九七七）的調查，發現未明在一九二〇年發表〈野薔薇〉前後，還分別發表幾篇有關戰爭題材的作品。包括一篇童話〈強悍大將的故事〉❸以及兩篇小說〈戰爭〉❹、〈血染的車輪〉❺。

短篇童話〈強悍大將的故事〉描寫因戰爭而失去丈夫兒子的老婦人的悲哀，向世人訴說戰爭的悲慘。〈戰爭〉與〈血染的車輪〉兩篇小說中，除了告發戰爭之惡，凸顯生命的可貴，對強行發動戰爭的國家權力與殺人兇器的機械文明更是展開嚴厲的批判。

一九二二年七月出版的散文集《生活之火》中，未明也曾以〈我對戰爭的感想〉為題，吐露自身對戰爭的看法。

「我雖然這樣講，但也絕非全盤否定戰爭，對於攪亂人生和平與違背正義的人事物，還是要勇敢地持續奮戰到底才行！」「敵人到底指的是什麼？仔細想想，還不是跟我們一樣都是人類？跟自己一樣有愛有淚的人類，不是嗎？」

由此可知，未明在二〇年代對戰爭是極度憎惡與異常反感的。如同〈野薔薇〉故事中的片段——

剛好就在這時候，兩國因為某種利益衝突而開始發動戰爭。如此一來，過去原本每天和睦相處的

兩人，開始演變成敵我的關係。讓人覺得這是一件多麼不可思議的事。（省略）

「你在說什麼啊！為什麼我們兩人要變成敵人呢？我的敵人肯定在別的地方。戰爭一直都是在遙遠的北方開打。我要去北方打戰。」

〈野薔薇〉中的年輕人對老士兵雖然沒有敵我意識，但仍然選擇為國家的正義而戰。親切、體貼的老士兵擔憂與自己一樣有愛有淚的年輕人的處境，衷心期盼那位年輕人還有機會活著回來，聞聞野薔薇的花香，卻希望落空。就像枯死的野薔薇一樣，因為戰爭而失去和平生活與友情的兩個好朋友也各自凋零了。

故事結尾寫著：當老人正想要跟夢中的年輕人說話時，老人卻醒了。每次讀到這段，筆者總是忍不住在心裡暗忖道：究竟這老士兵想跟年輕人說什麼呢？想著想著，腦海中卻浮現故事裡圍繞著野薔薇，享受採蜜之趣的蜜蜂們的悠揚舞姿。也許，未明想將尋找答案的樂趣留給讀者們慢慢享用吧！

註

❶ 大正九年（一九二〇）四月十二日晚報。
❷ 『小さな草と太陽』一九二二年九月由「赤い鳥社」發行，為《赤鳥》雜誌叢書之第十二卷，總共收錄十九篇童話作品。
❸ 「強い大将の話」『読売新聞』大正九年（一九二〇）十一月十五～十八日雜誌。
❹ 一九一八年一月《科學與文明》雜誌。
❺ 「血の車輪」一九二二年十月《文章世界》雜誌。

78

原文鑑賞

野ばら

小川未明

大きな国と、それよりはすこし小さな国とが隣り合っていました。当座、その二つの国の間には、なにごとも起こらず平和でありました。

ここは都から遠い、国境であります。そこには両方の国から、ただ一人ずつの兵隊が派遣されて、国境を定めた石碑を守っていました。大きな国の兵士は老人でありました。そうして、小さな国の兵士は青年でありました。

二人は、石碑の建っている右と左に番をしていました。いたってさびしい山でありました。そして、まれにしかその辺を旅する人影は見られなかったのです。

79

初め、たがいに顔を知り合わない間は、二人は敵か味方かというような感じがして、ろくろくものもいいませんでしたけれど、いつしか二人は仲よしになってしまいました。二人は、ほかに話をする相手もなく退屈であったからであります。そして、春の日は長く、うららかに、頭の上に照り輝いているからでありました。

ちょうど、国境のところには、だれが植えたということもなく、一株の野ばらがしげっていました。その花には、朝早くからみつばちが飛んできて集まっていました。その快い羽音が、まだ二人の眠っているうちから、夢心地に耳に聞こえました。

「どれ、もう起きようか。あんなにみつばちがきている。」と、二人は申し合わせたように起きました。そして外へ出ると、はたして、太陽は木のこずえの上に元気よく輝いていました。

二人は、岩間からわき出る清水で口をすすぎ、顔を洗いにまいりますと、顔を合わせました。

「やあ、おはよう。いい天気でございますな。」

「ほんとうにいい天気です。天気がいいと、気持ちがせいせいします。」

二人は、そこでこんな立ち話をしました。たがいに、頭を上げて、あたりの景色をながめました。毎日見ている景色でも、新しい感じを見る度に心に与えるものです。

青年は最初将棋の歩み方を知りませんでした。けれど老人について、それを教わりましてから、このごろはのどかな昼ごろには、二人は毎日向かい合って将棋を差

していました。

初めのうちは、老人のほうがずっと強くて、駒を落として差していましたが、しまいにはあたりまえに差して、老人が負かされることもありました。

この青年も、老人も、いたっていい人々でありました。二人とも正直で、しんせつでありました。二人はいっしょうけんめいで、将棋盤の上で争っても、心は打ち解けていました。

「やあ、これは俺の負けかいな。こう逃げつづけでは苦しくてかなわない。ほんとうの戦争だったら、どんなだかしれん。」と、老人はいって、大きな口を開けて笑いました。

青年は、また勝ちみがあるのでうれしそうな顔つきをして、いっしょうけんめいに目を輝かしながら、相手の王さまを追っていました。

小鳥はこずえの上で、おもしろそうに唄っていました。白いばらの花からは、よい香りを送ってきました。

冬は、やはりその国にもあったのです。寒くなると老人は、南の方を恋しがりました。

その方には、せがれや、孫が住んでいました。

「早く、暇をもらって帰りたいものだ。」と、老人はいいました。

「あなたがお帰りになれば、知らぬ人がかわりにくるでしょう。やはりしんせつな、やさしい人ならいいが、敵、味方というような考えをもった人だと困ります。どうか、もうしばらくいてください。そのうちには、春がきます。」と、青年はいいました。

やがて冬が去って、また春となりました。ちょうどそのころ、この二つの国は、なにかの利益問題から、戦争を始めました。そうしますと、これまで毎日、仲むつまじく、暮らしていた二人は、敵、味方の間柄になったのです。それがいかにも、不思議なことに思われました。

82

「さあ、おまえさんと私は今日から敵どうしになったのだ。私はこんなに老いぼれていても少佐だから、私の首を持ってゆけば、あなたは出世ができる。だから殺してください。」と、老人はいいました。

これを聞くと、青年は、あきれた顔をして、

「なにをいわれますか。どうして私とあなたとが敵どうしでしょう。私の敵は、ほかになければなりません。戦争はずっと北の方で開かれています。私は、そこへいって戦います。」と、青

年はいい残して、去ってしまいました。

国境には、ただ一人老人だけが残されました。青年のいなくなった日から、老人は、茫然として日を送りました。野ばらの花が咲いて、みつばちは、日が上がると、暮れるころまで群がっています。いま戦争は、ずっと遠くでしているので、たとえ耳を澄ましても、空をながめても、鉄砲の音も聞こえなければ、黒い煙の影すら見られなかったのであります。老人はその日から、青年の身の上を案じていました。日はこうしてたちました。

ある日のこと、そこを旅人が通りました。老人は戦争について、どうなったかとたずねました。すると、旅人は、小さな国が負けて、その国の兵士はみなごろしになって、戦争は終わったということを告げました。

老人は、そんなら青年も死んだのではないかと思いました。そんなことを気にかけながら石碑の礎に腰をかけて、うつむいていますと、いつか知らず、うとうと居眠りをしました。かなたから、おおぜいの人のくるけはいがしました。見ると、一列の軍隊でありました。そして馬に乗ってそれを指揮するのは、かの青年でありました。その軍隊はきわめて静粛で声ひとつたてません。やがて老人の前を通るときに、青年は黙礼をして、ばらの花をかいだのでありました。

老人は、なにかものをいおうとすると目がさめました。それはまったく夢であったのです。それから一月ばかりしますと、野ばらが枯れてしまいました。その年の秋、老人は南の方へ暇をもらって帰りました。

（大正九年〔一九二〇年〕四月十二日《大正日日新聞》）

中文翻譯

野薔薇

小川未明

有一個大國和一個比它稍微小一點的國家，兩國相鄰。兩國之間暫時相安無事，沒有任何的紛爭。

此地是兩國的邊界，距離首都很遠。而兩國都各自派遣一名駐軍負責看守邊境的石碑。大國的士兵是一位老人，而小國的士兵則是一名年輕人。兩人各自守衛著石碑的一左一右。

那地方算是荒山野嶺，平時人跡罕至，除了偶爾行經的旅人之外，也很難見到人的蹤影。

雖然剛開始兩人因為互不相識，分不清楚對方是敵是友，所以幾乎從未好好地交談過。不過，兩人卻在不知不覺之間變成了好朋友。可能是因為日子太過無聊又沒有其他可以聊天的對象。加上春日漫長，豔陽高高地照射在頭頂上的關係吧！

而剛好就在國境的地方，生長著一叢野生的野薔薇。從一大清早開始就會有蜜蜂飛來群集在花朵上。當兩人還在睡夢之中，恍惚之間就能聽

到這愉悅的振翅聲。

「啊！差不多該起床了！外面都已經飛來好大一群蜜蜂了呢！」兩人就像互相說好似地，不約而同地起床。然後走到外面，發現太陽果然已經高掛在樹梢上，射出燦爛的陽光照亮大地了。

兩人用岩縫間湧出的清泉來漱口、洗臉，然後面對面互相打招呼說：「早啊！今天的天氣真不錯耶！」

「天氣真的很不錯。天氣一好，讓人也感覺神清氣爽。」

兩人就這樣站在那裡聊起天來。彼此抬頭眺望四周的景色。雖然日復一日眼前都是同樣的風景，但每次見到心中都有煥然一新的感覺。

那位年輕人一開始不懂得如何下棋，但經過老人的調教之後，近日以來兩人每天在悠閒的中午時分，都會在一起面對面地下棋。

剛開始下棋時，幾乎都是老人一路遙遙領先，先吃下對方的棋子。但是，下到最後，有時候老人竟也會被將一軍，棋差一著地輸給了對方。

其實這位年輕人和老人，兩位都是心地非常善良的人。兩人都誠懇老實、待人親切。儘管兩人在棋盤上拼個你死我活，但內心卻非常的融洽。

「哎呀！這下我認輸了。我這樣一直節節敗退、陷於苦戰，還是贏不了你。要是真的打起戰來的話，也不知道結果會怎樣呢！」老人說著說著，張開嘴巴發出哈哈大笑。

年輕人因為勝算在握，所以神情顯得很愉快，只見他眼神閃耀著光芒，一直想將對方一軍。

小鳥在樹梢上也似乎看得津津有味地發出婉轉的歌聲，白色的薔薇花散發著宜人的香味。

這個國家也有冬天。只要天氣一冷，老人便懷念起南方的家鄉。

他的兒子和孫子，都住在南方的家鄉呢。

「我真希望能夠早點告老還鄉。」老人說道。

年輕人不捨地說：「要是您告老返鄉的話，可能會換成一個不認識的人來替代您。如果對方也同樣是個親切、體貼的人就好了。但如果是那種敵我意識分明的人，那我可就傷腦筋了。所以請您還是暫時留下來吧！相信再過不久，春天就會來了。」

不久冬天遠離了，又是春暖花開的季節。剛好就在這時候，兩國因為某種利益衝突而開始發動戰爭。如此一來，過去原本每天和睦相處的兩人，開始演變成敵我的關係。讓人覺得那是一件多麼不可思議的事。

「從今天開始，你我就是敵對的關係了。我雖然已經老態龍鍾，但也還是個少校。你只要把我的首級拿去的話，可以讓你飛黃騰達。所以就請你把我殺了吧！」老人說道。

年輕人聽到此言，滿臉錯愕。

「您在說什麼啊！為什麼我跟您會變成敵人呢？我的敵人肯定在別的地方。戰爭一直都是在遙遠的北方開打。我要去北方打戰。」年輕人留下這句話之後便離開了。

國境就只剩下老人獨自一個人。年輕人不在的日子，老人每天過著茫茫然的生活。

野薔薇的花朵盛開

著，只要太陽一出來，蜜蜂便在花朵上群集飛舞，直到太陽下山為止。戰爭距離此地非常的遙遠，即使豎起耳朵傾聽，遠眺著天空，不但聽不見砲聲隆隆的聲音，甚至見不到任何煙硝戰火的蹤跡。老人從那天開始擔心那位年輕人的處境。日子就這樣一天天地流逝。

有一天，有位旅人路過此地。老人向他問起關於戰爭的結局。結果旅人告訴他說，戰爭已經結束了，小國打了敗仗，所以該國的士兵全部都被殲滅了。

老人心想那位年輕人該不會也死了吧！只見他低著頭坐在石碑的基石上面，為那位年輕人的生死未卜感到非常的憂心。結果在不知不覺之間，竟然打起盹來。他感覺好像從遠方來了一大群人。他一看，竟是一整列的軍隊，而騎在馬上的指揮官，就是那位年輕人。那支軍隊非常的肅靜，完全沒有發出任何的聲音。不久當那支軍隊通過老人的面前時，那位年輕人向老人行注目禮，然後彎下腰來，聞了一下薔薇的花香。

當老人正想要跟他說話時，老人卻醒了。原來剛才的情景完全是他的夢境。後來大約經過一個月之後，野薔薇花枯萎凋謝了。而就在那一年的秋天，老人也告老退役，返回南方的家鄉了。

（發表於大正九年〔一九二〇年〕四月十二日《大正日日新聞》）

導讀　紅蠟燭和人魚

東吳大學日本語文學系助理教授　張桂娥

未明童話的浪漫主義時期傑作〈紅蠟燭和人魚〉發表於《東京朝日新聞》晚報，自大正十年（一九二一）二月十六日至二十日分成五次連載，同年五月將本篇收錄於未明的第四本童話集《紅蠟燭和人魚》（天佑社）中。未明將人魚姑娘的悲傷、北方海域的荒涼景象描寫生動逼真。故事軸線翻轉之後出現的陰鬱詭譎氛圍，更是讓人顫慄而驚悚，如此入木三分的描寫功力，也讓本品作被公認為未明最經典的代表作之一。

關於〈紅蠟燭和人魚〉的成立動機，上笙一郎（一九六六）以未明本人也曾撰文提及到這點為佐證，證實應該取材於未明就讀於高田中學時代（一九〇〇年）寄宿家庭的一對母女。鳥越信（一九八二）則認為應該與韓國民間故事〈赤眼地藏〉也有相當深的淵源。至於故事開端的第一句描寫，更是讓人無法不聯想到安徒生的〈人魚公主〉，因此在欣賞本作品時，讀者可以結合歐亞民間傳說的文本閱讀經驗，以多元文化的觀點來解析故事內容。

〈人魚公主〉的人魚因為戀上人類世界的王子而以悲劇結尾，〈紅蠟燭和人魚〉的女主角也一樣擺脫不了命運無情的捉弄。佐藤宗子（二〇一〇）分析故事架構，認為本故事其實是闡述一個「人魚＝人類＝海神」三角關係的故事。被人類扶養長大的人魚姑娘藉由親手製作的彩繪蠟燭為媒介，傳達人魚母親對人類的信賴以及人類對海神的信仰，建構雙方互信互賴的和平願景，於是海神守護海上安全，讓以海為生的漁民得以安身立命，共創漁村的榮景。只是這一切卻因為江湖藝人的出現，而產生無可挽回的破局。

深具愛心又慈祥的蠟燭店夫婦為何突然成為拜金的錢奴？為何受到嚴懲的不只是背叛人魚的老夫婦，連無辜的村民也連帶受罰甚至慘遭滅村的天譴，這些都是在五〇年代未明童話被嚴詞批判時，最常被學者提出來的質疑。

當然故事末尾也留下許多謎團。例如明明人魚姑娘只留下兩三根蠟燭，為何之後還有源源不絕的紅蠟燭可以銷售？究竟是誰夜訪廟堂確認的確有人供奉紅蠟燭並且將火點燃？等等不甚合理的情節設定，也是令研究者詬病的缺陷題材。

續橋達雄（一九七七）認為滅村悲劇的發生有其必然性，因為未明的童話世界總是結合了神秘性、不寒而慄的驚悚以及無法駕馭的激烈情緒，如同巨濤狂瀾驟起般，經常無預警地突然爆發出來，讓讀者感受到飽含重量感與張力感的情緒印象，而那也是未明童話的精髓所在。這種帶有強烈悲劇性特質的兒童文學，在日本近代非常普遍。除了未明童話之外，宮澤賢治、新美南吉與芥川龍之介等人，也都有不少負面題材的作品，只是未明的童話大多留下強烈與鮮明的印象，而較缺乏安排獲得救贖的心靈慰藉。

筆者認為，引發悲劇的根源或許出自於人類與異族彼此之間的看法與抱持的立場。原本將人魚視為天賜驕子而疼愛有加的老夫婦，因為信心不足導致立場不夠堅定，所以讓遊走江湖的雜耍藝人有機可趁進讒言，最終將人魚視為不吉祥的深海怪獸，決定放手讓江湖藝人帶走。

另一方面，因為對人類理解不夠而充滿不切實際幻想的人魚母親，因為老夫婦的背叛而遷怒於全體人類，於是如著魔般地展開恐怖復仇行動，摧毀那座曾經讓她寄託美夢的漁村，殲滅那群她曾經在海上日夜守護過的漁民們。

故事人物的境遇固然值得同情，但若將作品主題意識回歸到人類社會的價值思維框架，讀者會發現這個故事還有更高層次的寓意——人類與異族之間（或者活在不同世界的人），要建立真正的信任基礎，實在近乎不可能。

在人魚母親的眼裡，人類可說是「這個世界上最仁慈的生物」，「絕對不會欺負或虐待那些可憐或是無依無靠的人。而且一旦跟他們有所關連的話，就不會隨便拋棄他們。」從小就被人類收養的人魚女兒也天真地以為只要咬緊牙根，逆來順受，付出勞力支撐家計，就可以滿足父母的慾望，換取終生的幸福。但事與願違，殘酷的事實證明了那些都只是人魚母女一廂情願的幻想而已。

以兒童「代辯者」自居的未明曾撰文為「無聲的被虐兒童」（一九二六）發出不平之鳴。他發現當時的大人常常會因為個人因素使喚孩童參與勞動甚至壓榨孩童的勞力，不但經常蹂躪孩童的感情、威脅孩童，有時候更是全然忽視孩童的存在，踐踏兒童人權。只因為處於社會弱勢的兒童，只能選擇服從，沒有任何訴苦的機會藉以表達不滿。於是未明以童話創作為手段，希望透過語言的藝術為兒童發聲。

經過〈紅蠟燭和人魚〉慘烈結局的震撼教育之後，相信所有讀者將虔心祝福弱者獲得真正的幸福，祈願飽受凌虐的兒童早日迎接和平安穩的生活。

84

原文鑑賞

赤いろうそくと人魚

小川未明

一

人魚は、南の方の海にばかり棲んでいるのではありません。北の海にも棲んでいたのであります。

北方の海の色は、青うございました。あるとき、岩の上に、女の人魚があがって、あたりの景色をながめながら休んでいました。

雲間からもれた月の光がさびしく、波の上を照らしていました。どちらを見ても

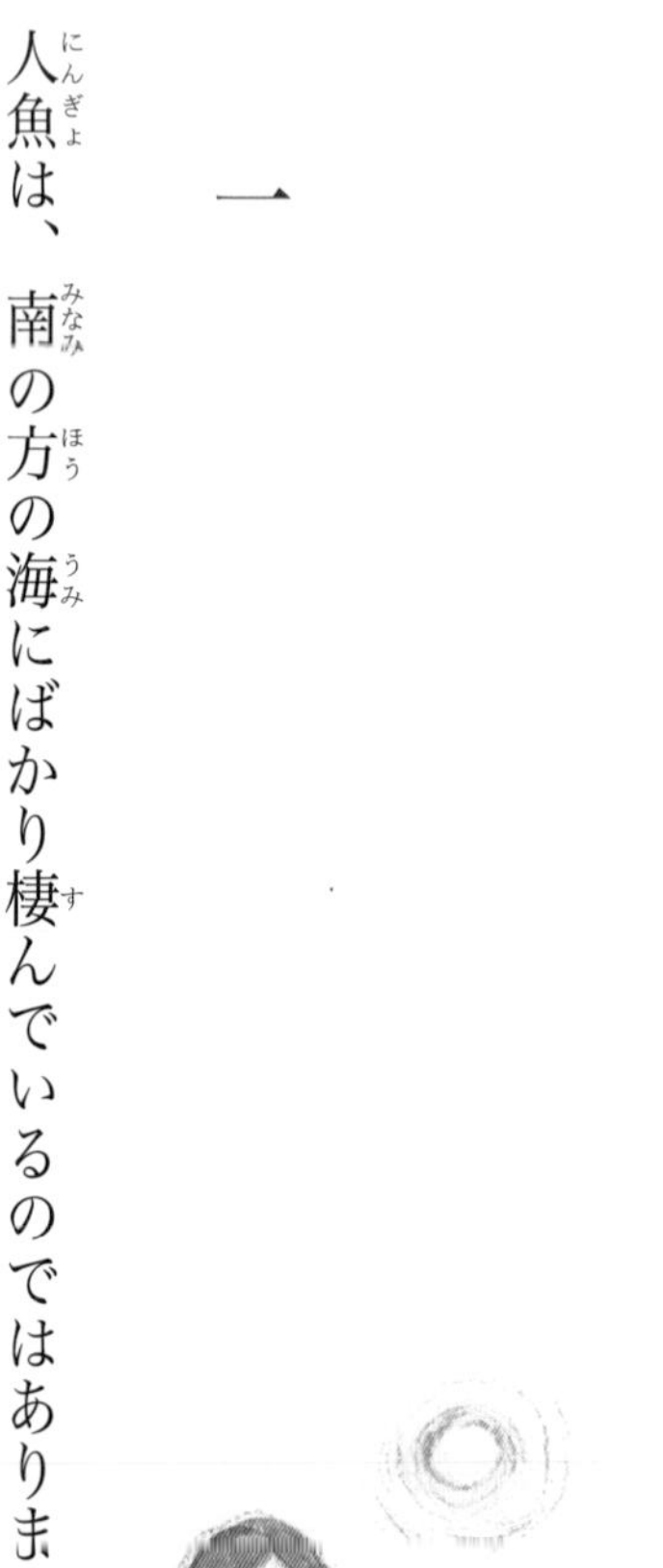

限りない、ものすごい波が、うねうねと動いているのであります。

なんという、さびしい景色だろうと、人魚は思いました。自分たちは、人間とあまり姿は変わっていない。魚や、また底深い海の中に棲んでいる、気の荒い、いろいろな獣物などとくらべたら、どれほど人間のほうに、心も姿も似ているかしれない。それだのに、自分たちは、やはり魚や、獣物などといっしょに、冷たい、暗い、気の滅入りそうな海の中に暮らさなければならないというのは、どうしたことだろうと思いました。

85

長い年月の間、話をする相手もなく、いつも明るい海の面をあこがれて、暮らしてきたことを思いますと、人魚はたまらなかったのであります。そして、月の明るく照らす晩に、海の面に浮かんで、岩の上に休んで、いろいろな空想にふけるのが常でありました。

「人間の住んでいる町は、美しいということだ。人間は、魚よりも、また獣物よりも、人情があってやさしいと聞いている。私たちは、魚や獣物の中に住んでいるが、もっと人間のほうに近いのだから、人間の中に入って暮らされないことはないだろう。」と、人魚は考えました。

その人魚は女でありました。そして妊娠でありました。……私たちは、もう長い間、このさびしい、話をするものもない、北の青い海の中で暮らしてきたのだから、もはや、明るい、にぎやかな国は望まないけれど、これから産まれる子供に、せめても、こんな悲しい、頼りない思いをさせたくないものだ。……

子供から別れて、独り、さびしく海の中に暮らすということは、このうえもない悲しいことだけれど、子供がどこにいても、しあわせに暮らしてくれたなら、私の喜びは、それにましたことはない。

人間は、この世界の中で、いちばんやさしいものだと聞いている。そして、かわいそうなものや、頼りないものは、けっしていじめたり、苦しめたりすることはな

87

いと聞いている。いったん手づけたなら、けっして、それを捨てないとも聞いている。幸い、私たちは、みんなよく顔が人間に似ているばかりでなく、胴から上は人間そのままなのであるから――魚や獣物の世界でさえ、暮らされるところを思えば――人間の世界で暮らされないことはない。一度、人間が手に取り上げて育ててくれたら、きっと無慈悲に捨てることもあるまいと思われる。……

　人魚は、そう思ったのでありま

した。

せめて、自分の子供だけは、にぎやかな、明るい、美しい町で育てて大きくしたいという情けから、女の人魚は、子供を陸の上に産み落とそうとしたのでありま す。そうすれば、自分は、ふたたび我が子の顔を見ることはできぬかもしれないが、子供は人間の仲間入りをして、幸福に生活をすることができるであろうと思ったのです。

はるか、かなたには、海岸の小高い山にある、神社の燈火がちらちらと波間に見えていました。ある夜、女の人魚は、子供を産み落とすために、冷たい、暗い波の間を泳いで、陸の方に向かって近づいてきました。

88

二

海岸に、小さな町がありました。町には、いろいろな店がありましたが、お宮のある山の下に、貧しげなろうそくをあきなっている店がありました。

その家には、年よりの夫婦が住んでいました。おじいさんがろうそくを造って、おばあさんが店で売っていたのであります。この町の人や、また付近の漁師がお宮へおまいりをするときに、この店に立ち寄って、ろうそくを買って山へ上りました。

山の上には、松の木が生えていました。その中にお宮がありました。海の方から吹いてくる風が、松のこずえに当たって、昼も、夜も、ゴーゴーと鳴っています。そして、毎晩のように、そのお宮にあがったろうそくの火影が、ちらちらと揺らめいているのが、遠い海の上から望まれたのであります。

ある夜のことでありました。おばあさんは、おじいさんに向かって、

「私たちが、こうして暮らしているのも、みんな神さまのお蔭だ。この山にお宮

がなかったら、ろうそくは売れない。私どもは、ありがたいと思わなければなりません。そう思ったついでに、私は、これからお山へ上っておまいりをしてきましょう。」といいました。

「ほんとうに、おまえのいうとおりだ。私も毎日、神さまをありがたいと心ではお礼を申さない日はないが、つい用事にかまけて、たびたびお山へおまいりにゆきもしない。いいところへ気がつきなされた。私の分もよくお礼を申してきておくれ。」

と、おじいさんは答えました。

おばあさんは、とぼとぼと家を出かけました。月のいい晩で、昼間のように外は明るかったのであります。お宮へおまいりをして、おばあさんは山を降りてきますと、石段の下に、赤ん坊が泣いていました。

「かわいそうに、捨て子だが、だれがこんなところに捨てたのだろう。それにしても不思議なことは、おまいりの帰りに、私の目に止まるというのは、なにかの縁だろう。このままに見捨てていっては、神さまの罰が当たる。きっと神さまが、私た

ち夫婦に子供のないのを知って、お授けになったのだから、帰っておじいさんと相談をして育てましょう。」と、おばあさんは心の中でいって、赤ん坊を取り上げながら、

「おお、かわいそうに、かわいそうに。」といって、家へ抱いて帰りました。

おじいさんは、おばあさんの帰るのを待っていますと、おばあさんが、赤ん坊を抱いて帰ってきました。そして、一部始終をおばあさんは、おじいさんに話しますと、

「それは、まさしく神さまのお授け子だから、大事にして育てなければ罰が当たる。」と、おじいさんも申しました。

二人は、その赤ん坊を育てることにしました。その子は女の子であったのです。そして胴から下のほうは、人間の姿でなく、魚の形をしていましたので、おじいさ

んも、おばあさんも、話に聞いている人魚にちがいないと思いました。

「これは、人間の子じゃあないが……。」と、おじいさんは、赤ん坊を見て頭を傾けました。

「私も、そう思います。しかし人間の子でなくても、なんと、やさしい、かわいらしい顔の女の子でありませんか。」と、おばあさんはいいました。

「いいとも、なんでもかまわない。神さまのお授けなさった子供だから、大事にして育てよう。きっと大きくなったら、りこうな、いい子になるにちがいない。」と、おじいさんも申しました。

その日から、二人は、その女の子を大事に育てました。大きくなるにつれて、黒目勝ちで、美しい頭髪の、肌の色のうす紅をした、おとなしいりこうな子となりました。

92

三

娘は、大きくなりましたけれど、姿が変わっているので、恥ずかしがって顔を外へ出しませんでした。けれど、一目その娘を見た人は、みんなびっくりするような美しい器量でありましたから、中にはどうかしてその娘を見たいと思って、ろうそくを買いにきたものもありました。

おじいさんや、おばあさんは、

「うちの娘は、内気で恥ずかしがりやだから、人さまの前には出ないのです。」といっていました。

奥の間でおじいさんは、せっせとろうそくを造っていました。娘は、自分の思いつきで、きれいな絵を描いたら、みんなが喜んで、ろうそくを買うだろうと思いま

93

したから、そのことをおじいさんに話しますと、そんならおまえの好きな絵を、ためしにかいてみるがいいと答えました。

娘は、赤い絵の具で、白いろうそくに、魚や、貝や、または海草のようなものを、産まれつきで、だれにも習ったのではないが上手に描きました。おじいさんは、それを見るとびっくりいたしました。だれでも、その絵を見ると、ろうそくがほしくなるように、その絵には、不思議な力と、美しさとがこもっていたのであります。

「うまいはずだ。人間ではない、人魚が描いたのだもの。」と、おじいさんは感嘆して、おばあさんと話し合いました。

「絵を描いたろうそくをおくれ。」といって、朝から晩まで、子供や、大人がこの店頭へ買いにきました。はたして、絵を描いたろうそくは、みんなに受けたのであります。

すると、ここに不思議な話がありました。この絵を描いたろうそくを山の上のお

94

宮にあげて、その燃えさしを身につけて、海に出ると、どんな大暴風雨の日でも、けっして、船が転覆したり、おぼれて死ぬような災難がないということが、いつからともなく、みんなの口々に、うわさとなって上りました。

「海の神さまを祭ったお宮さまだもの、きれいなろうそくをあげれば、神さまもお喜びなさるのにきまっている。」と、その町の人々はいいました。

ろうそく屋では、ろうそくが売れるので、おじいさんはいっしょうけんめいに朝から晩まで、ろうそくを造りますと、そばで娘は、手の痛くなるのも我慢して、赤い絵の具で絵を描いたのであります。
「こんな、人間並でない自分をも、よく育てて、かわいがってくだすったご恩を忘れてはならない。」と、娘は、老夫婦のやさしい心に感じて、大きな黒い瞳をうるませたこともあります。

この話は遠くの村まで響きました。遠方の船乗りや、また漁師は、神さまにあがった、絵を描いたろうそくの燃えさしを手に入れたいものだというので、わざわざ遠いところをやってきました。そして、ろうそくを買って山に登り、お宮に参詣して、ろうそくに火をつけてささげ、その燃えて短くなるのを待って、またそれをいただいて帰りました。だから、夜となく、昼となく、山の上のお宮には、ろうそくの火の絶えたことはありません。殊に、夜は美しく、燈火の光が海の上からも望まれたのであります。

95

「ほんとうに、ありがたい神さまだ。」という評判は、世間にたちました。それで、急にこの山が名高くなりました。

神さまの評判は、このように高くなりましたけれど、だれも、ろうそくに一心をこめて絵を描いている娘のことを、思うものはなかったのです。したがって、その娘をかわいそうに思った人はなかったのであります。娘は、疲れて、おりおりは、月のいい夜に、窓から頭を出して、遠い、北の青い、青い、海を恋しがって、涙ぐんでながめていることもありました。

96

四

あるとき、南の方の国から、香具師❶が入って

きました。なにか北の国へいって、珍しいものを探して、それをば南の国へ持っていって、金をもうけようというのであります。

香具師は、どこから聞き込んできたものか、または、いつ娘の姿を見て、ほんとうの人間ではない、じつに世に珍しい人魚であることを見抜いたものか、ある日のこと、こっそりと年寄り夫婦のところへやってきて、娘にはわからないように、大金を出すから、その人魚を売ってはくれないかと申したのであります。

年寄り夫婦は、最初のうちは、この娘は、神さまがお授けになったのだから、どうして売ることができよう。そんなことをしたら、罰が当たるといって承知をしませんでした。香具師は一度、二度断られてもこりずに、またやってきました。そし

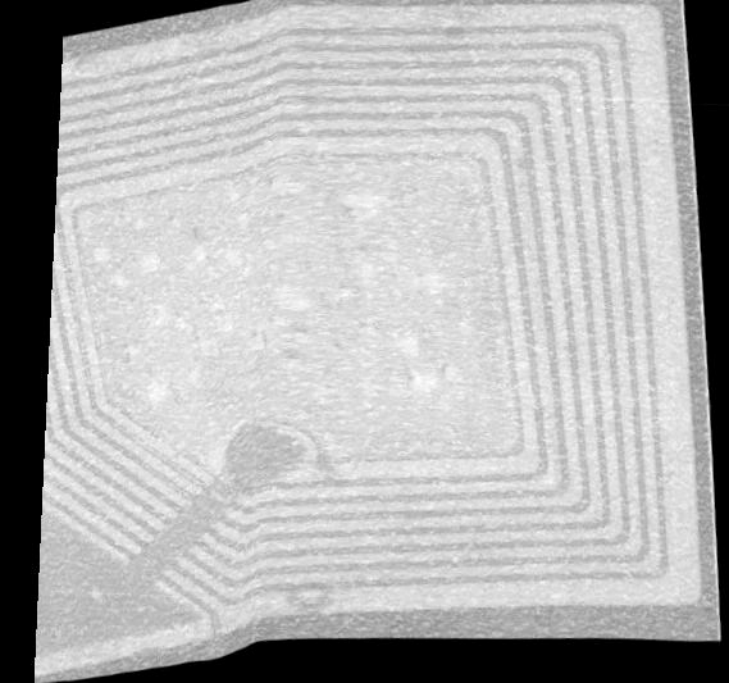

て、年より夫婦に向かって、

「昔から、人魚は、不吉なものとしてある。いまのうちに、手もとから離さないと、きっと悪いことがある。」と、まことしやかに申したのであります。

年より夫婦は、ついに香具師のいうことを信じてしまいました。それに大金になりますので、つい金に心を奪われて、娘を香具師に売ることに約束をきめてしまったのであります。

香具師は、たいそう喜んで帰りました。いずれそのうちに、娘を受け取りにくるといいました。

この話を娘が知ったときは、どんなに驚いたでありましょう。内気な、やさしい娘は、この家から離れて、幾百里も遠い、知らない、熱い南の国へゆくことをおそれました。そして、泣いて、年より夫婦に願ったのであります。

「わたしは、どんなにでも働きますから、どうぞ知らない南の国へ売られてゆくことは、許してくださいまし。」といいました。

しかし、もはや、鬼のような心持ちになってしまった年寄り夫婦は、なんといっても、娘のいうことを聞き入れませんでした。

娘は、へやのうちに閉じこもって、いっしんにろうそくの絵を描いていました。しかし、年寄り夫婦はそれを見ても、いじらしいとも、哀れとも、思わなかったのであります。

月の明るい晩のことであります。娘は、独り波の音を聞きながら、身の行く末を思うて悲しんでいました。波の音を聞いていると、なんとなく、遠くの方で、自分を呼んでいるものがあるような気がしましたので、窓から、外をのぞいてみました。けれど、ただ青い、青い海の上に月の光が、はてしなく、照らしているばかりでありました。

娘は、また、すわって、ろうそくに絵を描いていました。すると、このとき、表の方が騒がしかったのです。いつかの香具師が、いよいよこの夜娘を連れにきたのです。大きな、鉄格子のはまった、四角な箱を車に乗せてきました。その箱の中には、かつて、とらや、ししや、ひょうなどを入れたことがあるのです。

このやさしい人魚も、やはり海の中の獣物だというので、とらや、ししと同じように取り扱おうとしたのであります。ほどなく、この箱を娘が見たら、どんなにたまげたでありましょう。

娘は、それとも知らずに、下を向いて、絵を描いていました。そこへ、おじいさんと、おばあさんとが入ってきて、

「さあ、おまえはゆくのだ。」といって、連れだそうとしました。

娘は、手に持っていたろうそくに、せきたてられるので絵を描くことができずに、それをみんな赤く塗ってしまいました。

娘は、赤いろうそくを、自分の悲しい思い出の記念に、二、三本残していったのであります。

100

五

ほんとうに穏やかな晩のことです。おじいさんとおばあさんは、戸を閉めて、寝てしまいました。

真夜中ごろでありました。トン、トン、と、だれか戸をたたくものがありました。年寄りのものですから耳さとく、その音を聞きつけて、だれだろうと思いました。

「どなた?」と、おばあさんはいいました。

けれどもそれには答えがなく、つづけて、トン、トン、と戸をたたきました。

おばあさんは起きてきて、戸を細めにあけて外をのぞきました。すると、一人の色の白い女が戸口に立っていました。

女はろうそくを買いにきたのです。おばあさんは、すこしでもお金がもうかることなら、けっして、いやな顔つきをしませんでした。

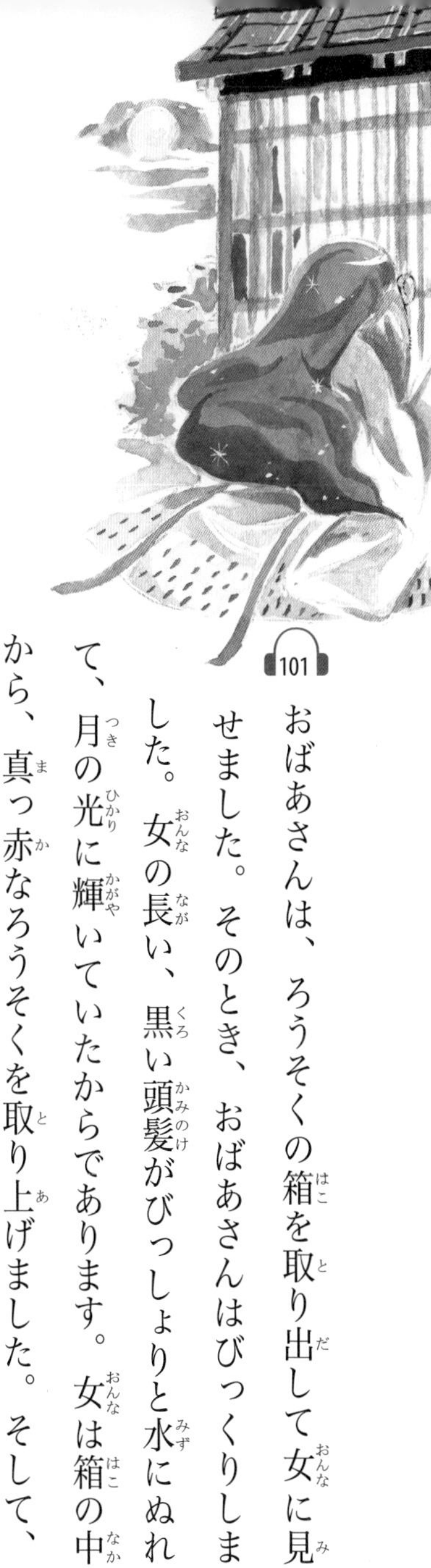

おばあさんは、ろうそくの箱を取り出して女に見せました。そのとき、おばあさんはびっくりしました。女の長い、黒い頭髪がびっしょりと水にぬれて、月の光に輝いていたからであります。女は箱の中から、真っ赤なろうそくを取り上げました。そして、じっとそれに見入っていましたが、やがて金を払って、その赤いろうそくを持って帰ってゆきました。

おばあさんは、燈火のところで、よくその金をしらべてみると、それはお金ではなくて、貝がらでありました。おばあさんは、だまされたと思って、怒って、家から飛び出してみましたが、もはや、その女の影は、どちらにも見えなかったのであります。

その夜のことであります。急に空の模様が変わって、近ごろにない大暴風雨となりました。ちょうど香具師が、娘をおりの中に入れて、船に乗せて、南の方の国へ

102

ゆく途中で、沖にあったころであります。

「この大暴風雨では、とても、あの船は助かるまい。」と、おじいさんと、おばあさんは、ぶるぶると震えながら、話をしていました。

夜が明けると、沖は真っ暗で、ものすごい景色でありました。その夜、難船をした船は、数えきれないほどであります。

不思議なことには、その後、赤いろうそくが、山のお宮に点った晩は、いままで、どんなに天気がよくても、たちまち大あらしとなりました。それから、赤いろうそくは、不吉ということになりました。ろうそく屋の年より夫婦は、神さまの罰が当たったのだといって、それぎり、ろうそく屋

103

をやめてしまいました。

　しかし、どこからともなく、だれが、お宮に上げるものか、たびたび、赤いろうそくがともりました。昔は、このお宮にあがった絵の描いたろうそくの燃えさしさえ持っていれば、けっして、海の上では災難にはかからなかったものが、今度は、赤いろうそくを見ただけでも、そのものはきっと災難にかかって、海におぼれて死んだのであります。

　たちまち、このうわさが世間に伝わると、もはや、だれも、この山の

上のお宮に参詣するものがなくなりました。こうして、昔、あらたかであった神さまは、いまは、町の鬼門となってしまいました。そして、こんなお宮が、この町になければいいものと、うらまぬものはなかったのであります。

船乗りは、沖から、お宮のある山をながめておそれました。夜になると、この海の上は、なんとなくものすごうございました。はてしもなく、どちらを見まわしても、高い波がうねうねとうねっています。そして、岩に砕けては、白いあわが立ち上がっています。月が、雲間からもれて波の面を照らしたときは、まことに気味悪うございました。

真っ暗な、星もみえない、雨の降る晩に、波の上から、赤いろうそくの灯が、漂って、だんだん高く登って、いつしか山の上のお宮をさして、ちらちらと動いてゆくのを見たものがあります。

幾年もたたずして、そのふもとの町はほろびて、滅くなってしまいました。

（大正十年〔一九二一年〕二月十六日〜二十日《東京朝日新聞》）

中文翻譯

紅蠟燭和人魚

小川未明

一

人魚不僅棲息在南方的海域，同時也棲息在北方的海域。北方大海的顏色是藍色的。有一天，一隻女人魚爬到岩石上，一邊休息，一邊眺望著周遭的景色。

從雲間流瀉而出的月光，冷冷清清地映照著海浪。只見一望無際的波濤洶湧地翻滾著。

人魚心想：「這是多麼淒涼的景色啊！」自己的外型跟人類相去不遠，比起那些魚類或棲息在海底的各種性情粗暴的海獸，自己無論是內心或樣貌其實都跟人類極為相似。但是，自己卻還是得跟那些魚類或海獸等等，一起生活在冰冷、幽暗、陰鬱的深海之中，這究竟是怎麼回事呢？她心裡一直感到非常地疑惑。

長年累月連個可以傾訴的對象都沒有，總是嚮往可以住在明亮的海面上，人魚只要一想到自己的一生，活得如此痛苦，便難以忍受。因此，每當皎潔的月光映照在海面上時，人魚總是會浮出海面到岩石上休息，同時沉浸在各

種幻想之中。

人魚心想：「人類所居住的城鎮好美啊！我聽說人類比起魚類或獸類更具有人情味，也很親切。我們人魚雖然生活在魚群和海獸之中，但畢竟我們更近似人類，或許我們可以生活在人群之中吧！」

這位人魚是女的，而且已經懷有身孕。

「……我們人魚長期生活在北方淒冷的藍色海域，連個說話的對象都沒有。因此，我並不奢望可以居住在明亮、熱鬧的國度，但至少可以不要讓我即將出世的孩子，承受這種悲傷、無依無靠的感覺。……

固然沒有比跟孩子分離，獨自居住在寂寞冷清的海底，更令人感到傷心難過的了。但無論孩子身在何處，只要他能夠過得幸福的話，對我來說就是最大的欣慰。

我曾經聽說人類是這個世界上最仁慈的生物了。而且我還聽說他們絕對不會欺負或虐待那些可憐或是無依無靠的人。而且一旦跟他們有所關連的話，就不會隨便拋棄他們。幸好我們人魚不僅外型跟人類長得很像，我們的上半身幾乎就跟人類沒什麼兩樣。——我想我們人魚既然能夠生活在魚類和海獸之中的話——那麼我們當然也可以生活在人類的世界。我想只要我的孩子被人類抱去扶養的話，應該就不會狠心拋棄他才對。……」

人魚內心作如是想。

至少可以讓自己的孩子在熱鬧、明亮、美麗的城鎮長大成人。基於疼惜孩子的父母心，因此女人魚決心要在陸地上產下自己的孩子。這樣一來，或許自己就再也無法見到自己的孩子了。但是，也許孩子就能夠成為人類的一員，從此過著幸福快樂的生活。

位於彼方遙遠的海岸有一座小山，山上有間神社，在浪濤間可以看見神社的燈火發出一閃一閃的亮光。有一天晚上，女人魚為了生下孩子，在冰冷、陰暗的海浪中游泳，只見她慢慢地朝著陸地的方向游去。

二

在海岸旁有一座小城鎮。鎮上有各式各樣的店家，而就在神社所在的山下，有一戶以販賣蠟燭為生的貧窮店家。

那戶人家住著一對年邁的老夫婦。由老爺爺負責製作蠟燭，再交由老婆婆在店內販賣。這個鎮上的居民或是附近的漁民，去神社參拜時，都會順道來這家店買蠟燭再上山。

山上生長著許多的松樹，而神社就位於松樹之中。從海面吹拂而來的海風，吹過松樹的樹梢，無論是白天或晚上都發出呼呼的聲響。而且每天晚上從遙遠的海面上就可以看見，神社所點燃的蠟燭燈火發出一閃一閃的光芒。

某一天晚上，老婆婆對老爺爺說：「我們之所以可以這樣過活，都是拜眾神所賜，要是這座山上沒有這間神社的話，我們的蠟燭就沒有生意。我們一定要對神明心存感恩才行。我想說我這就順道上山去參拜吧！」老婆婆說道。

「真的，就如妳所說的。我也是每天都在心裡感謝神明的幫忙，但總是忙於工作，也沒時間上山去參拜。多虧妳設想周到。妳就替我上山去好好地感謝一下神明吧！」老爺爺回答道。

老婆婆拖著沉重的步伐離開家門。因為這是一個月色皎潔的夜晚，所以外面就像白天一樣的明亮。當老婆婆參拜完神社之後，慢步走下山時，在石階下面發現有個嬰兒正在哭泣。

「好可憐喔！是個棄嬰，可能是被什麼人給丟棄在這個地方的吧！不過話說回來，怎麼這麼不可思議，正好在我的回程路上讓我看到，可能是跟我有某種緣分吧！如果我就這樣棄之不顧的話，可能會遭到神明的處罰。這肯定是剛剛的神明知道我們夫妻倆沒有小孩，所以才賜給我們的。我還是回去跟老爺爺商量，扶養這個孩子吧！」老婆婆一邊抱起嬰兒，一邊在心裡如此說道。

「喔！好可憐喔！好可憐喔！」老婆婆邊說，邊抱著孩子回家。

老爺爺正在家中等老婆婆回來，結果看見老婆婆手上抱著嬰兒回來。然後老婆婆把事情的經過一五　十地告訴老爺爺。老爺爺聽完之後，也說道：「看來這是神明賜給我們的孩子，我們得要好好地將她扶養長大才行，否則會遭天譴。」

於是兩人決定扶養那個嬰兒。那嬰兒是個女孩子。只是嬰兒的下半身並非人類的形狀，而是魚的形狀，因此，老爺爺和老奶奶都認為：這嬰兒一定就是傳說中的人魚。

「這不是人類的小孩……」老爺爺歪著頭，滿臉疑惑地看著嬰兒說道。

「我也是這麼認為。不過，就算不是人類

的小孩，這個小女嬰的臉蛋也長得挺溫柔、挺可愛的，不是嗎？」老婆婆說道。

「有何不可，反正也無所謂。這畢竟是神明賜給我們的孩子，我們就好好地把她扶養長大吧！相信她長大之後，一定會是個聰明伶俐的好孩子。」老爺爺附和道。

打從那天開始，老夫婦倆便全心全意地照顧那名女嬰。隨著孩子的逐漸長大，小女嬰蛻變成一位有著烏溜溜的黑眼珠、漂亮的頭髮，以及粉嫩肌膚、乖巧聰明伶俐的女孩子。

三

女孩雖然已經長大成人了，但因為身型古怪而感到害羞，所以從不在外拋頭露面。但是，只要見過她一眼的人，無不被她的美貌驚為天人，甚至還有一些客人就是為了想見她一面，所以才專程來買蠟燭的。

老爺爺和老婆婆對客人說：「我們家女兒因為內向、害羞的關係，所以不敢出來見客。」

老爺爺在裡面的房間拼命地製作蠟燭，女兒靈機一動，心想：如果她隨興所至地為蠟燭畫上美麗的圖案的話，大家會很歡喜地前來買蠟燭吧？於是她將這個想法告訴老爺爺。老爺爺便回答女兒說：那不妨就試試在蠟燭上面畫妳喜歡的圖案吧！

女兒用紅色的繪畫顏料，在白色的蠟燭上面畫上魚類、貝類、或是像海草般的圖案。她似乎與生俱來就是個繪畫高手，也沒有跟誰學過，就畫得很好。連老爺爺看到她畫的圖案也大吃一驚。因為任何人只要一看到那些圖案，就會很想要買下那些臘燭。因為那些圖案蘊藏著不可思議的力量與美感

「難怪她畫得那麼好。畢竟不是人類畫的，而是人魚畫的東西。」老爺爺有感而發地對著老婆婆說道。

「我要買上面有圖案的蠟燭。」從早到晚，無論是大人還是小孩，來店裡買蠟燭的人絡繹不絕。看來有畫上圖案的蠟燭，果然深受大家的喜愛。

結果，出現了不可思議的事。也不知道從什麼時候開始，從大家的口中開始流傳說：只要帶著畫有圖案的蠟燭去山上的神社參拜，然後把燃燒剩下的蠟燭帶在身上出海的話，無論遇到多大的暴風雨都不會發生船隻翻覆或有人溺死的船難。

「那是祭拜海神的神社嘛！只要供上美麗的蠟燭，神明也會歡喜吧！」鎮上的居民說道。

蠟燭店因為蠟燭暢銷的關係，所以老爺爺從早到晚拼了命地在製作蠟燭，女兒則在一旁忍著手痛，用紅色的顏料替蠟燭畫上圖案。

「雖然我不是人類，但他們還是把我扶養長大，對我疼愛有加，我絕對不能忘記他們對我的恩情。」有時候，女孩那雙烏溜溜的大眼睛也會因為感念老大婦對她的仁慈心，而變得熱淚盈眶。

這個傳聞甚至傳到了遠方的村莊。遠方的船員或漁民，為了取得供奉給神明之後燃燒剩餘的圖案蠟燭特地遠道而來，向老夫婦購買蠟燭。然後上山去神社參拜，把點燃的蠟燭獻給神明，等到蠟燭燒到只剩下一小截時，再如獲至寶般地把它帶回去。因此，無論是晚上或白天，山上的神社一片燭火通明。尤其是夜晚的景色更美，從海面上就可以眺望燭光點點。

「神明真的很靈驗。」由於山上的神社廣受好評，使得這座山突然變得遠近馳名。

雖然神明的聲名如此遠播，但卻完全沒有人考慮到那位一心一意為蠟燭上畫的女孩的感受，因此也沒有人會同情她。女孩感到疲累不堪，於是在月色美好的夜晚，她有時也會從窗戶探頭出來，眼眶含著淚水，眺望著遠方，思念北方遙遠的湛藍海洋。

四

有一次，從南方的國度來了一位江湖藝人。他專程來北國找尋看看是否有什麼稀奇罕見的東西，想把它們帶回南國去大賺一筆。

也不知道江湖藝人是打哪兒聽來的消息，抑或是他曾經看過女孩的模樣，看穿了她其實並不是人類，而是世界上極為罕見的人魚。有一天，他悄悄地來找這對年邁的老夫婦，瞞著他們的女兒，拿出一大筆錢來，要求他們把人魚賣給他。

剛開始這對老夫婦認為人魚是神明賜給他們的女兒，因此無論如何都不肯把她賣掉。他們認為一旦做出這種事情的話，恐怕會遭天譴，所以遲遲不肯答應。江湖藝人即使一次、兩次被拒絕，還是不死心，又再度找上門。他對老夫婦說：「自古以來，人魚就被認為是不祥之物。如果你們不趁現在趕緊脫手的話，一定會招來厄運的。」說得就跟真的一樣。

最後老夫婦終於相信江湖藝人所說的話了。況且又可以賣得一大筆錢，老夫婦禁不住財迷心竅，最後終於答應把女孩賣給江湖藝人。

江湖藝人非常高興地離開。雙方說好哪一天要來帶走女孩。

當女孩得知這件事情之後，感到極度的震驚，簡直無法接受。這位生性害羞內向、溫柔可人的女孩，知道自己即將離開這個家，前往好幾百里遠的南方熱帶陌生國度，因而感到害怕。於是她淚流滿面地向這對老夫婦懇求說：「我會竭盡所能，更努力地工作，拜託不要把我賣到陌生的南方國度去。求求您們原諒我。」

但是，這對老夫婦早就已經鬼迷心竅，無論女孩如何苦苦哀求，就是不肯答應女孩。

於是女孩把自己關在房內，專心地為蠟燭畫圖。但是，老夫婦即使看見女孩那個樣子，還是絲毫不為所動，對她沒有任何的同情心或憐憫心。

那是一個月光皎潔的夜晚。女孩一邊獨自聽著海浪拍打的聲音，一邊想起自己今後的命運，不禁感到悲從中來。她傾聽著海浪的聲音，感覺遠方似乎有人在呼喚她。於是她窺探一下窗外，但卻只見到月光映照在一望無際的藍色海面上而已。

於是女孩又坐下來，在蠟燭上畫畫。這時候，從大門口傳來一陣吵雜的聲音。原來是那位江湖藝人，終於要在今天晚上來把她帶走。他用一輛車子運來一個很大的方型鐵籠，那個鐵籠子曾經是用來運老虎、獅子、豹等等的猛獸。

這位溫柔可人的人魚，畢竟是海中的野獸，所以對方才會想以對待老虎、獅子的同一方式來對待她。等一下要是女孩見到這個鐵籠子的話，會是如何的吃驚啊！

女孩完全不知情地，低著頭在畫畫。老夫婦走進女孩的房間，對她說：「來吧！妳也該走了。」一想把她帶出來。

在老夫婦的催促之下，女孩無法把手上的蠟燭圖案好好地畫完，於是便把蠟燭完全塗成紅色。

女孩留下兩、三根紅色的蠟燭，當作是自己傷心回憶的紀念品。

五

那是一個十分寧靜的夜晚。老爺爺和老婆婆關好門窗，正在睡覺。

三更半夜，突然傳來有人咚、咚、咚的敲門聲。老夫婦雖然年紀很大了，但耳朵卻還很靈，他們豎起耳朵傾聽，心想會是誰呢？

「哪位啊？」老婆婆說道。

但對方卻沒有回答，依然咚、咚、咚，繼續不斷地敲著門。

老婆婆起身，打開一道門縫，窺探外面。這時，她看到一位皮膚白皙的女人站在門口。

女人是來買蠟燭的。只要是能賺錢的事，即使只有蠅頭小利，老婆婆也絕對不會擺臭臉給人家看的。

老婆婆拿出裝著蠟燭的盒子給女人看。這時候，老婆婆大吃一驚，因為那位女人一頭烏黑的長髮被水淋得濕透，在月光下閃閃發亮。女人從

盒子裡挑選出紅色的蠟燭，同時看得很入神，不久才終於付錢，拿著那根紅色的蠟燭離開。

老婆婆在燈光下仔細地檢查那女人所付的錢，她發現那不是錢，而是貝殼。老婆婆認為自己被騙了，很生氣地衝出家門去查看。但那位女人卻已經不知去向了。

就在那天晚上，天空突然風雲變色，颳起了近來從未發生過的暴風雨。剛好這個時候江湖藝人正帶著被關在鐵籠內的女孩，搭著船在海面上航行，要返回南方的國度。

「遇到這種狂風暴雨，看來那艘船肯定沒救了。」老爺爺和老婆婆兩人渾身直打縮哆嗦地談論著。

天亮之後，海面上黑鴉鴉的一片，眼前所看到的是令人膽顫心驚的景像。因為在當天的晚上，有無數的船隻遭遇到海難。

令人感到不可思議的是，在那之後，只要山上的神社點上紅蠟燭的夜晚，無論當天原本的天氣是多麼的晴朗，都會在突然之間轉成狂風暴雨。從此之後，紅蠟燭也就成了不祥之物。蠟燭店的老夫婦認為這是受到神明的責罰，自此之後蠟燭店也就關門大吉了。

不過，偶爾還是會有不知打哪兒來的香客，上神社參拜時會點上紅色的蠟燭。雖然過去傳說只要身上帶著獻給神社後殘餘的圖案蠟燭的話，就絕對不會在海上遇到船難。但現在則是只要看見紅蠟燭的話，就必定會遭遇船難，在海中溺斃。

這個傳聞馬上就流傳開來，從此再也沒有人上山去神社參拜了。就這樣，原本過去十分靈驗的神明，如今卻被視為鬼門關，成了鎮上的不祥之地。當地的居民甚至個個都在埋怨著說：要是鎮上沒有這間神社就好了。

船員很怕從海面上望見這座神社所在的山。一到夜晚，這片海域總讓人感到不寒而慄。只見一望無際的巨浪波濤洶湧地翻滾著，不斷地拍打

著岩石，濺起陣陣白色的浪花。而當月亮穿透雲間、映照在海面上時，更是令人感覺到毛骨悚然。

在漆黑一片、看不見任何星光、飄著細雨的晚上，可以看見海浪上漂浮著紅色蠟燭的燭光，不斷地升高，悄然之間，那燭光朝著山上的神社移動，不斷地發出閃閃的亮光。

不到幾年之後，那座位於山麓下的城鎮也日漸荒蕪，終於邁向毀滅而永久消失了。

（大正十年〔一九二一年〕二月十六日～二十日連載於《東京朝日新聞》）

註

❶在節日慶典的群眾中表演舞蹈、戲法等等的江湖藝人。

導讀　月夜和眼鏡

東吳大學日本語文學系助理教授　張桂娥

相較於〈野薔薇〉與〈紅蠟燭和人魚〉，未明在大正十一年（一九二二）七月發表於《赤鳥》的小品〈月夜和眼鏡〉中，暫時拋下重視倫理道德的強烈正義感，沒有特別追究人類善惡的議題，也沒有急公好義地糾彈社會的不公不義；呈現在讀者眼前的只有新綠季節的春夜浪漫幻想，以及細膩筆觸所營造的唯美畫面。

所謂溫故才能知新，隔了多年之後再次閱讀這篇曾經收錄在日本小學國語教材的〈月夜和眼鏡〉，讓筆者再度確認了：追求空想之美的確是未明童話的特色之一。不管經過多少年，那溫馨感人的故事情節，依然讓人留下無比窩心的舒暢感。對許多日本人而言，這篇童話也是童年時代印象最深刻的國語教材之一，可謂百讀不厭，久久還能回味再三的雋永小品。

大正十年（一九二一）六月，也就是〈月夜和眼鏡〉發表的前一年，未明在《早稻田文學》雜誌發表隨筆〈我寫「童話」時的心情〉，提到他的童話創作觀。因為這篇散文對於理解本篇作品與未明的童話世界格外重要，謹摘錄重要章節，詳細介紹如下。

……我在寫童話的時候，心情總是愉快的。感覺蟄伏在內心深處的一股樂趣被喚醒，讓我在一種既悠閒又輕鬆的情境下，打開心房，將內心世界的種種，娓娓道來。

與其說我將兒童的影像置於眼前，直接面對兒童訴說故事，倒不如說我模擬時光倒流情境，讓自己回到孩提時代……。

如果能夠捕捉霎那即為永恆的純真情感，將之訴求於未然的良心判斷，並且創作出精彩的故事來展現少年時代特有的夢幻世界，甚至透過那些故事，讓讀者可以沉浸在美麗與哀愁的氛圍裡，那就是我夢寐以求的童話。因為我個人認為——唯有根據純情孩童的良心去判斷何者為善何者為惡，才是童話藝術應當具備的倫理觀……。

對照上述觀點，深度賞析〈月夜和眼鏡〉這篇童話之後，讀者可以確定他的童話創作觀已如實地反映在故事裡。未明將強調愉快情境的童話風格發揮得淋漓盡致，透過童話創作積極地實踐自己的理想。

綠意盎然的季節、月色皎潔的寧靜夜晚、坐在窗邊做著針線活的老婆婆、戴著黑眼鏡的眼鏡商鬍鬚男、長髮美麗的變裝蝴蝶少女、在樹蔭下邊做著美夢邊休息的蝴蝶和蜜蜂，行雲如水般的編織出一個月色美好的夜晚。

看似雲淡風輕的筆觸之下，未明信手拈來的世界，充滿了幻想，令人流連忘返。讀者可以充分感受到「捕捉霎那即為永恆的純真情感」，一邊「沉浸在美麗與哀愁的氛圍裡」，一邊享受他的童話藝術。

雖然故事結尾暗示老婆婆與所有小動物們大家都休息了，可是最後這一句「這真的是一個月色美好的夜晚」，卻觸發了筆者的想像力，其實故事並沒有結束，精彩的夜幕才正要開始呢！原來那個屬於花草蟲鳥的幻想國度，在老婆婆熟睡之下，展開了一場繽紛熱鬧的迎春化妝舞會，所有從嚴冬甦醒的萬物生靈們，個個精心打扮，盛裝參加，準備徹夜狂歡呢！

104

原文鑑賞

月夜と眼鏡

小川未明

町も、野も、いたるところ、緑の葉につつまれているころでありました。

おだやかな、月のいい晩のことであります。しずかな町のはずれにおばあさんは住んでいましたが、おばあさんは、ただひとり、窓の下にすわって、針仕事をしていました。

ランプの灯が、あたりを平和に照らしていました。おばあさんは、もういい年でありましたから、目がかすんで、針のめどによく糸が通らないので、ランプの灯に、いくたびも、すかしてながめたり、また、しわのよった指さきで、細い糸をよったりしていました。

月の光は、うす青く、この世界を照らしていました。なまあたたかな水の中に、木立も、家も、丘も、みんな浸されたようであります。おばあさんは、こうして仕事をしながら、自分の若い時分のことや、また、遠方の親戚のことや、離れて暮らしている孫娘のことなどを、空想していたのであります。

目ざまし時計の音が、カタ、コト、カタ、コトとたなの上で刻んでいる音がするばかりで、あたりはしんと静まっていました。ときどき町の人通りのたくさんな、にぎやかな巷の方から、なにか物売りの声や、また、汽車のゆく音のような、かすかなとどろきが聞こえてくるばかりであります。

おばあさんは、いま自分はどこにどうしているのかすら、思い出せないように、ぼんやりとして、夢を見るような穏やかな気持ちですわっていました。

このとき、外の戸をコト、コトたたく音がしました。おばあさんは、だいぶ遠くなった耳を、その音のする方にかたむけました。いま時分、だれもたずねてくるはずがないからです。きっとこれは、風の音だろうと思いました。風は、こうして、あてもなく野原や、町を通るのであります。

すると、今度は、すぐ窓の下に、小さな足音がしました。おばあさんは、いつもに似ず、それをききつけました。

「おばあさん、おばあさん。」と、だれか呼ぶのであります。

おばあさんは、最初は、自分の耳のせいで

はないかと思いました。そして、手を動かすのをやめていいました。

「おばあさん、窓を開けてください。」と、また、だれかいいました。

おばあさんは、だれが、そういうのだろうと思って、立って、窓の戸を開けました。外は、青白い月の光が、あたりを昼間のように、明るく照らしているのであります。

窓の下には、脊のあまり高くない男が立って、上を向いていました。男は、黒い眼鏡をかけて、ひげがありました。

「私はおまえさんを知らないが、だれですか。」と、おばあさんはいいました。

おばあさんは、見知らない男の顔を見て、この人はどこか家をまちがえてたずねてきたのではないかと思いました。

107

「私は、眼鏡売りです。いろいろな眼鏡をたくさん持っています。この町へは、はじめてですが、じつに気持ちのいいきれいな町です。今夜は月がいいから、こうして売って歩くのです。」と、その男はいいました。

おばあさんは、目がかすんで、よく針のめどに、糸が通らないで困っていたやさきでありましたから、

「私の目にあうような、よく見える眼鏡はありますかい。」と、おばあさんはたずねました。

男は手にぶらさげていた箱のふたを開きました。そして、その中から、おばあさんに向くような眼鏡をよっていましたが、やがて、一つのべっこうぶちの大きな眼鏡を取り出して、これを窓から顔を出したおばあさんの手に渡しました。

「これなら、なんでもよく見えること請け合いです。」と、男はいいました。

窓の下の男が立っている足もとの地面には、白や、紅や、青や、いろいろの草花が、月の光をうけてくろずんで咲いて、香っていました。

おばあさんは、この眼鏡をかけてみました。そして、あちらの目ざまし時計の数字や、暦の字などを読んでみましたが、一字、一字がはっきりとわかるのでした。それは、ちょうど、幾十年前の娘の時分には、おそらく、こんなになんでも、はっきりと目に映ったのであろうと、おばあさんに思われたほどです。

おばあさんは、大喜びでありました。

「あ、これをおくれ。」といって、さっそく、おばあさんは、この眼鏡を買いました。

おばあさんが、お金を渡すと、黒い眼鏡をかけた、ひげのある眼鏡売りの男は、立ち去ってしまいました。男の姿が見えなくなったときには、草花だけが、やはりもとのように、夜の空気の中に香っていました。

おばあさんは、窓を閉めて、また、もとのところにすわりました。こんどは楽々と針のめどに糸を通すことができました。おばあさんは、眼鏡をかけたり、はずしたりしました。ちょうど子供のように珍しくて、いろいろにしてみたかったのと、もう一つは、ふだんかけつけないのに、急に眼鏡をかけて、ようすが変わったからでありました。

おばあさんは、かけていた眼鏡を、またはずしました。それをたなの上の目ざまし時計のそばにのせて、もう時刻もだいぶ遅いから休もうと、仕事を片づけにかかりました。

このとき、また外の戸をトン、トンとたたくものがありました。

おばあさんは耳を傾けました。

「なんという不思議な晩だろう。また、だれかきたようだ。もう、こんなにおそいのに……。」と、おばあさんはいって、時計を見ますと、外は月の光に明るいけれど、時刻はもうだいぶ更けていました。

おばあさんは立ち上がって、入り口の方にゆきました。小さな手でたたくと見えて、トン、トンというかわいらしい音がしていたのであります。

「こんなにおそくなってから……。」と、おばあさんは口のうちでいいながら戸を開けてみました。するとそこには、十二、三の美しい女の子が目をうるませて立っていました。

「どこの子か知らないが、どうしてこんなにおそくたずねてきました？」と、おばあさんはいぶしがりながら問いました。

「私は、町の香水製造場に雇われています。毎日、毎日、白ばらの花から取った香水をびんに詰めています。そし

110

て、夜、おそく家に帰ります。今夜も働いて、独りぶらぶら月がいいので歩いてきますと、石につまずいて、指をこんなに傷つけてしまいました。私は、痛くて、痛くて我慢ができないのです。血が出てとまりません。もう、どの家もみんな眠ってしまいました。この家の前を通ると、まだおばあさんが起きておいでなさいます。私は、おばあさんがごしんせつな、やさしい、いい方だということを知っています。それでつい、戸をたたく気になったのであります。」と、髪の毛の長い、美しい少女はいいました。

おばあさんは、いい香水の匂いが、少女の体にしみているとみえて、こうして話している間に、ぷんぷんと鼻にくるのを感じました。

「そんなら、おまえは、私を知っているのですか。」と、おばあさんはたずねました。

「私は、この家の前をこれまでたびたび通って、おばあさんが、窓の下で針仕事をなさっているのを見て知っています。」と、少女は答えました。

「まあ、それはいい子だ。どれ、その怪我をした指を、私にお見せなさい。なにか薬をつけてあげよう。」と、おばあさんはいいました。そして、少女をランプの近くまで連れてきました。少女はかわいらしい指を出して見せました。すると、真っ白な指から赤い血が流れていました。

「あ、かわいそうに、石ですりむいて切ったのだろう。」と、おばあさんは、口のうちでいいましたが、目がかすんで、どこから血が出るのかよくわかりませんでした。

「さっきの眼鏡はどこへいった。」と、おばあさんは、たなの上を探しました。眼鏡は、目ざまし時計のそばにあったので、さっそく、それをかけて、よく少女の傷

111

口を、見てやろうと思いました。

おばあさんは、眼鏡をかけて、この美しい、たびたび自分の家の前を通ったという娘の顔を、よく見ようとしました。すると、おばあさんはたまげてしまいました。それは、娘ではなく、きれいな一つのこちょうでありました。おばあさんは、こんな穏やかな月夜の晩には、よくこちょうが人間に化けて、夜おそくまで起きている家を、たずねることがあるものだという話を思い出しました。そのこちょうは足を傷めていたのです。

「いい子だから、こちらへおいで。」と、おばあさんはやさしくいいました。そして、おばあさんは先に立って、戸口から出て裏の花園の方へとまわりました。少女は黙って、おばあさんの後についてゆきました。

花園には、いろいろの花が、いまを盛りと咲いていました。昼間は、そこに、ちょうや、みつばちが集まっていて、にぎやかでありましたけれど、いまは、葉蔭で楽しい夢を見ながら休んでいるとみえて、まったく静かでした。ただ水のように月の青白い光が流れていました。あちらの垣根には、白い野ばらの花が、こんもりと固まって、雪のように咲いています。

「娘はどこへいった？」と、おばあさんは、ふいに立ち止まって振り向きました。後からついてきた少女は、いつのまにか、どこへ姿を消したものか、足音もなく見えなくなってしまいました。

「みんなお休み、どれ私も寝よう。」と、おばあさんはいって、家の中へ入ってゆきました。

ほんとうに、いい月夜でした。

（大正十一年〔一九二二〕七月《赤い鳥》赤い鳥社）

中文翻譯 月夜和眼鏡

小川未明

無論是鎮上或原野，所到之處都是一片綠意盎然的季節。

這同時也是一個月色皎潔的寧靜夜晚。在僻靜城鎮的盡頭住著一位老婆婆，只見她獨自一人坐在窗邊做著針線活。

油燈的燈光柔和地映照著四周，由於老婆婆的年紀已經相當年邁，因此視線模糊，一直無法把線穿過針頭，只見她一次次地對著油燈照看，或是用佈滿皺紋的手指搓揉著細細的線。

淡藍色的月光映照著這個世界。感覺周遭的樹林、房屋、山丘，似乎全都沉浸在溫暖和煦的水世界裡。老婆婆就這樣一面做著針線活，一面回想起自己年輕時的往事，以及遠方的親戚和沒有住在一起的孫女等等。四下悄然無聲，只聽得見櫥櫃上方的鬧鐘發出滴答滴答的聲音，以及偶爾聽見一些叫賣東西的聲音，或是類似火車遠去的些許轟隆聲響，隱隱約約地從有許多行人往來的熱鬧巷弄傳來而已。

過沒多久，老婆婆陷入發呆恍神的狀態，

甚至完全想不起來自己究竟身在何處，宛如在做夢般地恬靜地坐在那裡。

這時門外傳來有人敲門的咚咚聲。老婆婆將聽力幾近喪失殆盡的耳朵，朝聲音傳來的方向傾聽。因為照理說來，這個時間應該不會有任何訪客才對，所以她直覺到這可能只是外面的風聲吧！風總是像這樣漫無目的地穿過原野和鄉鎮。

然而，就在那個時候，她聽見了微微的腳步聲在窗邊響起。這次老婆婆不同於以往，她清清楚楚的聽見了。

「老婆婆！老婆婆！」的確是有人在叫她。

老婆婆一開始還以為是自己的耳朵聽錯了，所以打消了伸出手去開窗的念頭。

「老婆婆！請您把窗戶打開。」她又聽見有人在說話。

老婆婆心想到底是誰在對她說話呢？於是她便起身去打開窗戶。外頭月光皎潔，四周映照得宛如白天一般明亮。

只見窗下站著一位個子不太高的男子，正抬起頭對著她說話。那男子戴著黑色的眼鏡、留著鬍子。

「我不認識你啊！請問你是什麼人啊？」老婆婆說道。

老婆婆望著陌生男子的臉龐，心想這個人該不會找錯人家

了吧！

「我是個賣眼鏡的商人，我有各種形形色色的眼鏡，我還是頭一次來到這個城鎮，老實說這個城鎮很漂亮，讓人感覺很舒服。又因為今晚的月色很美，所以我就這樣一邊散步，一邊叫賣眼鏡。」男子說道。

老婆婆正因為視線模糊，一直無法穿針引線而感到傷腦筋。於是老婆婆問他說：「不知道有沒有適合我的眼鏡，能讓我看得更清楚。」

男子打開提在手上的箱子的蓋子，試著從中挑選出一只適合老婆婆戴的眼鏡，不久終於取出一只玳瑁框的大眼鏡，然後交給從窗戶探出頭來的老婆婆。

「只要戴上這副眼鏡的話，保證您一定可以看得一清二楚！」男子說道。

窗下男子所站的地面上，長滿各式各樣的花草，在月光下綻放著五顏六色的花朵，有白色的、紅色的、藍色的，同時還散發著香味。

老婆婆試著戴上那只眼鏡，回頭看看房間裡的鬧鐘上面的數字以及日曆上的文字等等，結果發現每個字竟然都看得一清二楚。甚至讓她回想起好幾十年前的少女時代，自己也曾經如此清晰地看見周遭的任何事物呢！

老婆婆感到非常的開心。

「啊！我要這只眼鏡。」老婆婆立刻買下那只眼鏡。

老婆婆付完錢，那位戴著黑色眼鏡，留著鬍子的賣眼鏡男子便隨即離去。當那男子的身影逐漸消失不見時，唯有花草卻依然在夜晚的空氣中散發著香味。

老婆婆關上窗戶，再度坐回原來的地方。只見這一次她輕而易舉地就把線穿過針頭了。老婆婆時而戴上眼鏡，時而拿下眼鏡。像個孩子似的，感到很新奇，不停地想用各種方式試戴那只眼鏡。還有另一個原因，那就是平常不習慣戴眼鏡的她，突然戴上眼鏡之後，變得跟平常不太一樣，總覺得自己的樣子有點怪怪的緣故吧！

老婆婆又再次把戴著的眼鏡拿下來，把它放在櫥櫃上的鬧鐘旁邊，眼看時間已經相當晚了，也該休息了，於是她開始動手收拾，準備結束工作。

這時，門外又再次傳來有人敲門的咚咚聲響。

老婆婆側耳傾聽。

「真是多麼奇異的夜晚啊！好像又有人來的樣子。都已經這麼晚了……」老婆婆疑惑地說著。她看一下時鐘，雖然外面的月光很明亮，但時間卻已經很晚了。

老婆婆起身走到門口。她看見一隻小手在敲門，發出很可愛的咚咚聲。

「時間都已經這麼晚了……」老婆婆一邊喃喃自語，一邊把門打開。結果她發現一位年約十二、三歲的美少女，張著水汪汪的眼睛站在那裡。

「也不知道是誰家的孩子，怎麼會在這麼晚

的時間來找人呢？」老婆婆感到很疑惑地問道。

「我是鎮上香水工廠雇用的作業員，我每天負責的工作是把那些從白玫瑰花瓣萃取出來的香水裝入瓶子裡面。所以每天晚上都很晚才回家。我今天晚上也在工作，因為月色很美，所以獨自在外閒逛。結果一不小心被石頭絆倒，擦傷了手指頭。我覺得很痛、很痛，痛到受不了，還發現傷口血流不止。因為這附近的人家全都已經入睡了。當我經過這個房子前面時，發現老婆婆您還醒著。我知道老婆婆您是一位很親切、很慈祥的人，所以就忍不住來敲您家的門。」美麗的長髮少女跟老婆婆仔細地說明原由。

老婆婆在跟少女交談時，感覺陣陣撲鼻的芳香，她心想：香水的幽香，原來早已沁入這位少女的身上了！

「既然如此的話，那妳認得我囉？」老婆婆問道。

「我以前偶爾幾次經過您家門前，看見老婆婆您在窗下做著針線活，所以我認得您。」少女答道。

「哎呀！那妳肯定是個好孩子。妳哪一根手指受傷了？讓我瞧瞧。我找找看有沒有藥幫妳擦一擦吧！」老婆婆說道。於是她把少女帶到靠近油燈的地方，讓少女伸出可愛的手指頭給她看。結果她發現從白皙的手指正流出紅色的鮮血來。

「啊！好可憐喔！大概是磨擦到石頭給劃傷了吧！」雖然老婆婆的嘴巴上這麼說，但她視線模糊，根本看不清楚是哪個地方在流血。

「剛剛的眼鏡我放到哪裡去了呢？」老婆婆在櫥櫃上尋找。因為眼鏡就放在鬧鐘旁邊，所以她很快就找到，立刻戴起眼鏡，想說好好查看一下少女的傷口。

老婆婆戴上眼鏡，想要仔細瞧瞧這位偶爾會經過自家門口的美麗少女的臉龐。結果老婆婆卻大吃一驚。因為那不是一位少女，而是一隻很漂亮的小蝴蝶。老婆婆想起她曾經聽說，在這樣月色寧靜的夜晚，小蝴蝶常常會幻化為人形，拜訪深夜還醒著的人家。看來這隻小蝴蝶的腳受傷了。

「好孩子，到婆婆這邊來。」老婆婆很溫柔地對她說道。於是老婆婆先站起來，從門口要繞到後面的花園。少女則是默默地跟在老婆婆的後面。

花園裡綻放著各式各樣的花朵，此時正是盛開的季節。白天有蝴蝶和蜜蜂聚集在那裡，熱鬧非凡。但此刻一片寧靜，看來大家已經在樹蔭下邊做著美夢邊休息了。淡藍色的月光像流水般傾瀉而下，在那邊的圍籬有一叢盛開的白色野玫瑰花，宛如白雪一般。

「少女跑到哪裡去了呢？」老婆婆突然停下腳步，轉身一看。發現原本跟在她身後的少女，竟然在不知不覺之間，消失不見了。既沒有聽見她的腳步聲，也完全見不著蹤影。

「既然大家都休息了，那我也該去睡了。」老婆婆說著說著，便走進家中。

這真的是一個月色美好的夜晚。

（發表於大正十一年〔一九二二年〕七月《赤鳥》（赤い鳥社發行）雜誌）

ありしまたけお
有島武郎

有島武郎

東吳大學日本語文學系助理教授　張桂娥

活躍於明治．大正時代的「白樺派」文學代表作家有島武郎，畢生創作的兒童文學作品包括兩篇翻譯改寫作品與六篇創作童話，總共只有八篇。在他結束生命的前一年，將四篇童話集結成冊，出版了短篇童話集《一串葡萄》（一九二二年六月叢文閣發行），成為他生前唯一留下的兒童文學著作。

坂本浩（一九五二）深度解讀有島武郎的童話作品，認為「這些童話作品所呈現的共通點，就是武郎抱持挑戰極限的創作態度，寫實地描述人生最悲慘的遭遇，並盡其最大可能將之刻劃得露骨而深刻。……（省略）……無論題材選擇或是描寫力道，武郎都顯得十分認真且毫不妥協。他的童話作品看不到一般童話常套的矯情做作，更不會因為考量兒童感受而假道學地故意揚善隱惡。這個特色不但厚實了武郎童話的藝術性，同時也彰顯了武郎本身對於童話文學具有相當卓越的識見。」

西本雞介（一九八一）進一步分析有島童話的魅力，指出有島透過他個人的生活與文學創作，追求生命的尊嚴，教人要活得像人，堂堂正正地過人應該要過的生活。雖然有島的文學世界早在大正年代便已確立，但時至當日仍具有高度新鮮感，值得現代青少年讀者細細品味。

嚴格說來，有島武郎並非兒童文學作家，而生前唯一出版的童話作品集《一串葡萄》也只有收錄四篇短篇童話。究竟他的作品具有何種魅力，讓這位享譽文壇的大文豪同時在兒童文學史上留下舉足輕重的地位？

本書收錄有島武郎的處女作童話〈一串葡萄〉，一九二〇年八月發表於《赤鳥》雜誌，與芥川龍之介的〈蜘蛛之絲〉、〈杜子春〉與新美南吉的〈狐狸阿權〉同時並列為《赤鳥》雜誌史上最感動人的傑作童話。透過〈一串葡萄〉，讀者不但有機會認識近代文壇大師筆下的兒童形象，更可以充分享受「白樺派」文豪有島武郎為兒童特別雕琢的童話藝術之美。

有島武郎（一八七八年三月～一九二三年六月）出生於貴族官僚家庭，因為父親的教育方針，從小跟著洋人家庭教師學習外文，六歲到九歲就讀於橫濱英和學校，在教會學校的雙語環境下與外國人一起學習，讓有島武郎從小就精通外語，奠定日後負笈美國深造與

串葡萄〉（一九二〇年）的重要素材。

遊學歐陸的基礎。這段橫濱教會學校的校園生活，成為數十年後創作生涯第一篇童話〈一

一八九六年有島武郎進入札幌農業中等專科學校之後，對長子寄予厚望的父親辭去官職，移居北海道從事開墾，經營農場事業，提早為有島武郎佈局鋪路，幫助他順利實踐農業家的夢想。不過，有島武郎受到學校教師內村鑑三、新渡戶稻造等人影響開始信仰基督教，並於一九〇一年不顧父親反對，在札幌受洗成為信徒。

一九〇三至一九〇七年間有島武郎留學美國，在哈維福學院與哈佛大學修讀農學，期間再度傾心文學與哲學，沉溺於惠特曼、高爾基、易卜生等文豪的作品世界。同時熱衷於無政府主義與社會主義思想（唯物主義學說），對資本主義社會的合理性以及基督教教義真理開始感到懷疑，與原初的信仰漸行漸遠。

一九〇八年有島武郎結束歐遊之後，歸國返回母校擔任教職，在教授英文與倫理學之餘，正式投入文學創作。一九一〇年揮別基督教信仰，透過兩位弟弟——畫家兼作家有島生馬與作家里見弴的穿針引線，以同好者的身分加入武者小路實篤與志賀直哉等人創刊的《白樺》雜誌，協助編輯業務的同時，也陸續發表小說與評論，在文壇嶄露頭角之後成為「白樺派」代表作家。「白樺派」的文學理念與當時風靡文青的「耽美主義」極端不同，崇尚自然主義、理想主義，以彰顯人道主義精神的文藝創作為核心目標。

有島武郎身為高級官僚家族長子，自幼在重視儒家教育的家庭成長，因背負家族期望而長期壓抑自己，青年期甚至試圖自殺以求解脫。而另一方面，從小接受以基督教精神為根基的歐美教會學校教育，又讓他異常嚮往西方文化尊重個人主權的自由思維。雖然留美期間與西方文化近距離接觸的生活體驗，讓他發現理想與現實之間的遙遠距離，因東西文化差異的矛盾而徒增煩惱，終其一生在「雙軌的人生路途」中游移飄盪，找不到安身立命的中心點。這樣的生活經驗，反映在他的文學作品中，以「良心交戰」為核心主題，關照隱藏在人心深處追求滿足利己私慾的人性黑暗面，與渴望獲得救贖的心理糾葛。

檢視有島武郎留下的八篇兒童文學創作，發現除了兩篇翻譯改寫作品——〈燕子與王子〉❶、〈盛夏之夢〉❷之外，其餘六篇原創童話——〈一串葡萄〉❸、〈吞下圍棋的弟弟小八〉❹、〈兄妹溺水冒險記〉❺、〈身障者〉❻〈我的帽子的故事〉❼、〈火災與小狗波吉〉❽，全部集中發表於一九二〇年至一九二二年間。

這段期間正好是有島武郎耗時五年歲月，完成探索自我存在的鉅著——《愛毫不留情地奪走一切》（個人文學作品最高峰）——之後，發表「一個宣言」處分身家財產變成一無所有之前，也就是有島武郎作家生涯巔峰過後的〈創作衰退期〉。

綜合多位學者的看法，有島武郎創作兒童文學的動機，除了想透過回顧孩提時代的經驗來貼近兒童內心的想法，藉以安慰失去母親的三個孩子之外，極有可能因為意識到自己文思逐漸枯竭，創作慾望明顯低落，在嗅到文學事業即將走下波的潛意識下，企圖藉由童話創作度過作家生涯的危機。

山田昭夫（一九八三）也認為：有島童話的出發點，並非僅止於單純的追憶少年時代，也不是讓兒童嬉遊於夢想與空想的虛擬假想世界。還有另一個重要的主題意識，就是

藉由回顧少年時代的點點滴滴，重新確認當時影響自我人格形成的重要契機。因此有島武郎在文學之路遇到瓶頸後，便毅然決然投入童話的創作。

一九二二年六月，有島武郎集結四篇童話創作❾出版童話集《一串葡萄》時，初版本扉頁印著：「獻給　行光、敏行、行三　著者」，有島特地註明這本作品是要送給他的三個兒子，那些孩子在六年前失去母愛時，也才不過六歲、五歲與四歲而已，如今已經就讀小學四年級到六年級了。

坂本浩（一九五二）認為：有島武郎在妻子過世之後，獨自承擔教養三個兒子的責任，肯定嚐遍了外人無法想像的苦頭辛酸。源自於父親對愛兒的殷殷期盼，因此他決定將童年生活的點滴回憶，以童話作品的形式呈現出來，希望這些作品成為正值學齡期的愛兒們之豐富精神食糧。

根據松山雅子（二〇〇六）的考察：《一串葡萄》裡有三篇作品（〈我的帽子的故事〉除外），都與作者童年時代的經歷有關。有島武郎以兒童的視點描寫兒童內心難以抹滅的羞愧念頭，對失去的恐懼以及自私自利的慾念等，將伴隨痛楚情緒的兒時情景刻劃地栩栩如生，讓那些不堪回首的往事一幕又一幕重現眼前。

在童話集出版的同一年，有島武郎曾在《報知新聞》發表一篇題為〈孩子的世界〉的文章裡表白：「回顧幼年時代，每個人腦海或多或少都會浮現一個念頭——如果當時沒有發生那些事情，也許就沒有現在的自己，因為極有可能成為一個更傑出、更優秀的人。」將孩童冷血殘酷的黑暗面寫實地呈現出來，是有島童話的共通之處，因為身為父親的他，希望自己的孩子能勇敢地正視這些問題，增長智慧讓自己在成長過程中減少憾事的發生。

《一串葡萄》的插畫以及裝幀設計（裝訂製本）作業都由有島武郎親手完成。根據一九二二年六月十七日有島日記的記載，當天回家時十五本剛印好的《一串葡萄》已經送到家裡，他對封面設計與整本書的質感相當滿意。此外，三個兒子竟然一反平常地安靜，看著他們抱著新書熱衷閱讀的模樣，讓他感覺十分喜悅。

以上事證足以證明這本滿載濃濃父愛的童話集，不愧為有島武郎留給兒子們的最佳生命禮物，也是堅守人道主義精神的「白樺派」大文豪送給日本兒童們的寶貴文化資產。

註

❶ 一九〇八～一九〇九年間改寫自愛爾蘭作家奧斯卡・王爾德的〈快樂王子〉，有島去世後刊載於一九二六年四月《婦人之國》雜誌。
❷ 一九一四年一月，翻譯自瑞典劇作家奧古斯特・史特林堡「真夏の夢」。
❸ 「一房の葡萄」一九二〇年八月發表於《赤鳥》雜誌。
❹ 「碁石を飲んだ八ちゃん」一九二一年一月十一日至一月十五日連載於《讀賣新聞》。
❺ 「おぼれかけた兄妹」，一九二一年七月發表於《婦人公論》雜誌。
❻ 「片輪者」，一九二二年一月發表於《良婦之友》雜誌。
❼ 「僕の帽子のお話」，一九二二年七月發表於《童話》雜誌。
❽ 「火事とポチ」，一九二二年八月發表於《婦人公論》雜誌。
❾ 〈身障者〉與〈火災與小狗波吉〉除外。

導讀　一串葡萄

東吳大學日本語文學系助理教授　張桂娥

一九二〇年八月發表於《赤鳥》雜誌的〈一串葡萄〉是有島武郎第一篇獨創童話，也是他生前唯一出版的童話集《一串葡萄》之卷首代表作。有島小時候曾和妹妹就讀於橫濱英和學校，本篇作品就是取材自當時因為一時貪婪而不小心犯錯的親身經驗。

有島武郎為《一串葡萄》親筆撰寫的廣告文宣中，特別強調：「作者強烈地希望與兒童讀者一起分享小孩子的慾念、秘密、悲傷與喜悅。雖然坊間已充斥許多描述兒童幻想、以鼓勵求知慾與冒險傾向作為訴求的童話，可是像本書這種——拋棄大人的成見，徹底變身為兒童，為兒童代言書寫他們內心真實感受的作品，應該是非常罕見的吧！」

每一個人在成長過程中，總是不斷透過自我摸索與嚐試錯誤以累積成功的經驗值。遇到挫敗時，難免產生負面的情緒，這些不愉快的經驗，往往讓身心發展未臻成熟的兒童不知如何面對；而有限的語言能力，讓他們更是難以啟齒，只能選擇沉默，並且將之塵封記憶深處。

有島武郎在妻子過世之後，獨自扶養三名稚齡幼兒，他曾在〈兒子的睡臉〉這篇散文中提到——當夜深人靜看著愛兒們的睡臉時，常不自覺地悲嘆：「這些年幼的孩子們，孱弱瘦小的肩上，竟然已經背負了未知命運拋下的重擔！」

在不斷思考自己可以為孩子們做些什麼的時候，有島因為孩子的緣故接觸到《赤鳥》雜誌，讓他萌生靈感，發現童話也許是個很好的溝通管道，可以成為與孩子對話的窗口。因為他經常唸《赤鳥》的童話故事給孩子們聽，卻對那些作品感到不滿，甚至忍不住抱怨《赤鳥》沒有好作品。決定挑戰童話創作的有島武郎選擇打開心扉，將塵封已久的不堪回憶作為題材，赤裸裸地向孩子們告白自己藏在內心深處多年的秘密，完成了〈一串葡萄〉。

包括他的三個孩子在內，當時的讀者們一定十分訝異：享譽文壇的大文豪有島武郎，竟然也有如此慘澹的童年歲月——因為覬覦同學的水彩筆，一時迷失自己，將別人心愛的寶貝占為己有，在東窗事發後卻又不敢面對，懦弱地藉著哭泣來逃避現實，而最後則因為外國女教師的大愛與包容，感化了受害同學，願意寬恕他，讓他終能獲得心靈的救贖。

有島在生平第一篇童話作品中，並沒有遵循傳統民間故事「善有善報，惡有惡報」的道德觀，拘泥於說教者的立場。他秉持「站在兒童的立場書寫兒童的心理」的童話觀，拋開身分地位與面子，不計形象地讓自己徹底變身為兒童，以等身大的觀察視野，赤裸裸地刻劃出當年烙印在內心深處的真實感受。

上田信道（二〇〇九）認為這篇作品：「非常精準地挖掘出人性根底的自私層面與道德良知問題，還有兒童的負面心性」，堪稱代表《赤鳥》雜誌的名作。〈一串葡萄〉發表後至今已逾一世紀，多次入選為小學教科書教材，早已成為日本兒童必讀經典之一。

跟許多日本讀者一樣，筆者在作品中的女教師身上看到了作為一個成功的教育者所必須具備的條件。從這位教師處理孩童同儕紛爭的態度，可以知道她對兒童的行為觀察入微，對兒童的心理更是瞭若指掌。面對弱勢的犯錯學生，沒有任何種族偏見，也沒有行駛威權嚴聲斥責，而是極盡所能地維護犯錯者的自尊，甚至慷慨地提供珍貴的葡萄，表達她對學生的無償關愛。

身為人道主義倡導者的有島武郎，透過〈一串葡萄〉，告示人眾，理想教師應具備的特質：以「愛的力量」喚醒兒童內心的深處對人的信任；以寬恕慈善之心照亮人性汙穢的黑暗面。當然他本人也力行實踐，就像故事中的女老師一樣，以同理心接納兒童的種種情緒——理性的、非理性的；正面的、負面的；陽光的、黑暗的——用童話作品證明他是兒童最忠誠的擁護者。

112

原文鑑賞

一房の葡萄

有島武郎

一

僕は小さい時に絵を描くことが好きでした。僕の通っていた学校は横浜の山の手という所にありましたが、そこいらは西洋人ばかり住んでいる町で、僕の学校も教師は西洋人ばかりでした。そしてその学校の行きかえりにはいつでもホテルや西洋人の会社などがならんでいる海岸の通りを通るのでした。通りの海添いに立って見ると、真青な海の上に軍艦だの商船だのが一ぱいならんでいて、煙突から煙の出ているのや、檣から檣へ万国旗をかけわたしたのやがあって、眼がいたいように綺麗でした。僕はよく岸に立ってその景色を見渡して、家に帰ると、覚えているだけを出来るだけ美しく絵に描いて見ようとしました。けれどもあの透きとおるような海の藍色と、白い帆前船などの水際近くに塗ってある洋紅色とは、僕の持っている絵具ではどうしてもうまく出せませんでした。いくら描いても描いても本当の景色で見るような色には描けませんでした。

ふと僕は学校の友達の持っている西洋絵具を思い出しました。その友達は矢張西洋人で、しかも僕より二つ位齢が上でしたから、身長は見上げるように大きい子でした。ジムというその子の持っている絵具は舶来の上等のもので、軽い木の箱の中に、十二種の絵具が小さな墨のように四角な形にかためられて、二列にならんでいました。どの色も美しかったが、とりわけて藍と洋紅とは喫驚するほど美しいものでした。ジムは僕より身長が高いくせに、絵はずっと下手でした。それでもその絵具をぬると、下手な絵さえがなんだか見ちがえるように美しく見えるのです。僕

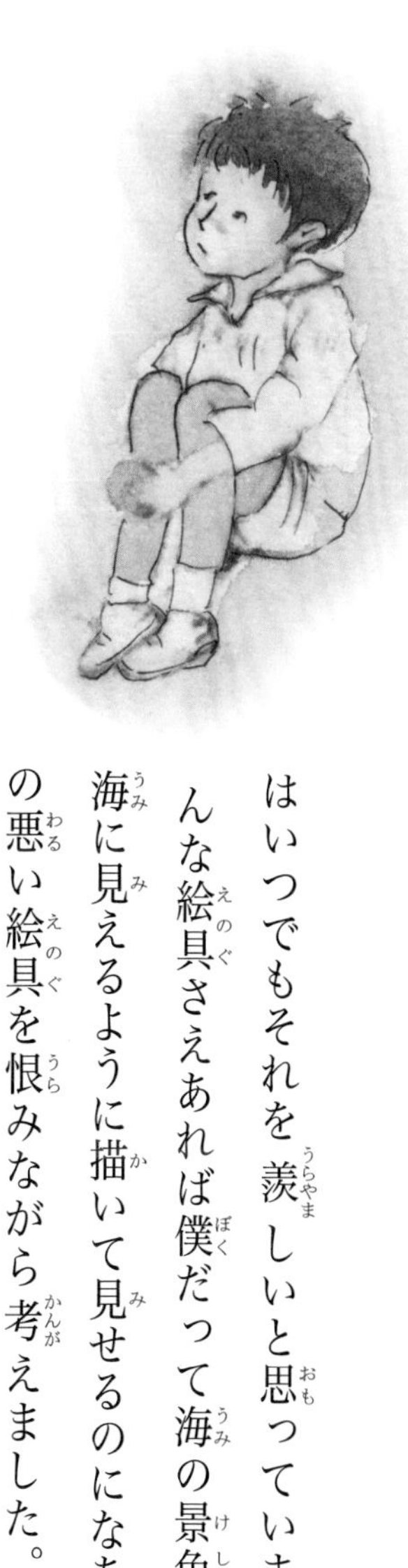

はいつでもそれを羨しいと思っていました。あんな絵具さえあれば僕だって海の景色を本当に海に見えるように描いて見せるのになあと、自分の悪い絵具を恨みながら考えました。そうしたら、その日からジムの絵具がほしくってほしくってたまらなくなりました。けれども僕はなんだか臆病になってパパにもママにも買って下さいと願う気になれないので、毎日々々その絵具のことを心の中で思いつづけるばかりで幾日か日がたちました。

今ではいつの頃だったか覚えてはいませんが秋だったのでしょう。葡萄の実が熟していたのですから。天気は冬が来る前の秋によくあるように空の奥の奥まで見すかされそうに晴れわたった日でした。僕達は先生と一緒に弁当をたべましたが、その楽しみな弁当の最中でも僕の心はなんだか落着かないで、その日の空とはうらはらに暗かったのです。僕は自分一人で考えこんでいました。誰かが気がついて見たら、顔も屹度青かったかも知れません。僕はジムの絵具がほしくってほしくってたまらなくなってしまったのです。胸が痛むほどほしくなってしまったのです。ジムは僕の胸の中で考えていることを知っているにちがいないと思って、そっとその顔を見ると、ジムはなんにも知らないように、面白そうに笑ったりして、わきに坐っている生徒と話をしているのです。でもその笑っているのが僕のことを知っていて笑っているようにも思えるし、何か話をしているのが、「いまに見ろ、あの日本人が僕の絵具を取るにちがいないから。」といっているようにも思えるのです。僕はいやな気持ちになりました。けれどもジムが僕を疑っているように見えれば見えるほど、僕はその絵具がほしくてならなくなるのです。

115

二

僕はかわいい顔はしていたかも知れないが体も心も弱い子でした。その上臆病者で、言いたいことも言わずにすますような質でした。だからあんまり人からは、かわいがられなかったし、友達もない方でした。昼御飯がすむと他の子供達は活発に運動場に出て走りまわって遊びはじめましたが、僕だけはなおさらその日は変に心が沈んで、一人だけ教場に這入っていました。そとが明るいだけに教場の中は暗くなって僕の心の中のようでした。自分の席に坐っていながら僕の眼は時々ジムの卓の方に走りました。ナイフで色々ないたずら書きが彫りつけてあって、手垢で真黒になっているあの蓋を揚げると、その中に本や雑記帳や石板と一緒になって、飴のような木の色の絵具箱があるんだ。そしてその箱の中には小さい墨のような形をした藍や洋紅の絵具が……僕は顔が赤くなったような気がして、思わずそっぽを向

116

いてしまうのです。けれどもすぐ又横眼でジムの卓の方を見ないではいられませんでした。胸のところがどきどきとして苦しい程でした。じっと坐っていながら夢で鬼にでも追いかけられた時のように気ばかりせかせかしていました。

教場に這入る鐘がかんかんと鳴りました。僕は思わずぎょっとして立上りました。生徒達が大きな声で笑ったり怒鳴ったりしながら、洗面所の方に手を洗いに出かけて行くのが窓から見えました。僕は急に頭の中が氷のように冷たくなるのを気味悪く思いながら、ふらふらとジムの卓の所に行って、半分夢のようにそこの蓋を揚げて見ました。そこには僕が考えていたとおり雑記帳や鉛筆箱とまじって見覚えのある絵具箱がしまってありました。なんのためだか知らないが僕はあっちこちを見廻してから、誰も見ていないなと思うと、手早くその箱の蓋を開けて藍と洋紅

117

との二色を取上げるが早いかポッケットの中に押込みました。そして急いでいつも整列して先生を待っている所に走って行きました。

僕達は若い女の先生に連れられて教場に這入り銘々の席に坐りました。僕はジムがどんな顔をしているか見たくってたまらなかったけれども、どうしてもそっちの方をふり向くことができませんでした。でも僕のしたことを誰も気のついた様子がないので、気味が悪いような、安心したような心持ちでいました。僕の大好きな若い女の先生の仰ることなんかは耳に這入りは這入ってもなんのことだかちっともわかりませんでした。先生も時々不思議そうに僕の方を見ているようでした。

僕は然し先生の眼を見るのがその日に限ってなんだかいやでした。そんな風で一時間がたちました。なんだかみんな耳こすりでもしているようだと思いながら一時

118

間がたちました。

教場を出る鐘が鳴ったので僕はほっと安心して溜息をつきました。けれども先生が行ってしまうと、僕は僕の級で一番大きな、そしてよく出来る生徒に「ちょっとこっちにお出で」と肱の所を掴まれていました。僕の胸は宿題をなまけたのに先生に名を指された時のように、思わずどきんと震えはじめました。けれども僕は出来るだけ知らない振りをしていなければならないと思って、わざと平気な顔をしたつもりで、仕方なしに運動場の隅に連れて行かれました。

「君はジムの絵具を持っているだろう。ここに出し給え。」

そういってその生徒は僕の前に大きく拡げた手をつき出しました。そういわれると

119

僕はかえって心が落着いて、

「そんなもの、僕持ってやしない。」と、ついでたらめをいってしまいました。そうすると三四人の友達と一緒に僕の側に来ていたジムが、

「僕は昼休みの前にちゃんと絵具箱を調べておいたんだよ。一つも失くなってはいなかったんだよ。そして昼休みが済んだら二つ失くなっていたんだよ。そして休みの時間に教場にいたのは君だけじゃないか。」と少し言葉を震わしながら言いかえしました。

僕はもう駄目だと思うと急に頭の中に血が流れこんで来て顔が真赤になったようでした。すると誰だったかそこに立っていた一人がいきなり僕のポッケットに手をさし込もうとしました。僕は一生懸命にそうはさせまいとしましたけれども、多勢に無勢で迚も叶いません。僕のポッケットの中から

120

は、見る見るマーブル球（今のビー球のことです）や鉛のメンコなどと一緒に二つの絵具のかたまりが掴み出されてしまいました。「それ見ろ」といわんばかりの顔をして子供達は憎らしそうに僕の顔を睨みつけました。僕の体はひとりでにぶるぶる震えて、眼の前が真暗になるようでした。いいお天気なのに、みんな休時間を面白そうに遊び廻っているのに、僕だけは本当に心からしおれてしまいました。あんなことをなぜしてしまったんだろう。取りかえしのつかないことになってしまった。もう僕は駄目だ。そんなに思うと弱虫だった僕は淋しく悲しくなって来て、しくしくと泣き出してしまいました。

「泣いておどかしたって駄目だよ」とよく出来る大きな子が馬鹿にするような憎みきったような声で言って、動くまいとする僕をみんなで寄ってたかって二階に引張って行こうとしました。僕は出来るだけ行くまいとしたけれどもとうとう力まかせに引きずられて階子段を登らせられてしまいました。そこに僕の好きな受持ちの先生の部屋があるのです。

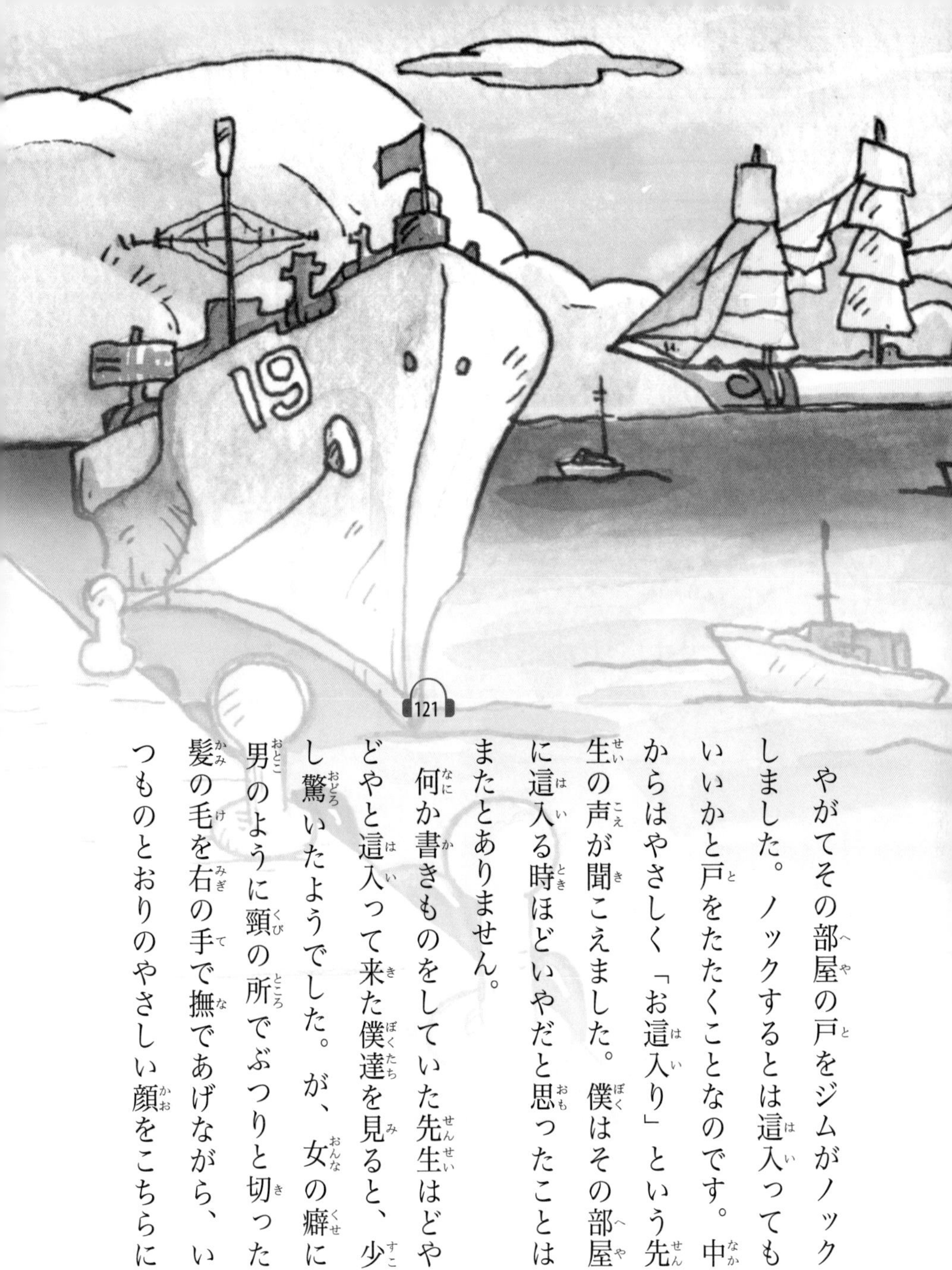

121

やがてその部屋の戸をジムがノックしました。ノックするとは這入ってもいいかと戸をたたくことなのです。中からはやさしく「お這入り」という先生の声が聞こえました。僕はその部屋に這入る時ほどいやだと思ったことはまたとありません。

何か書きものをしていた先生はどやどやと這入って来た僕達を見ると、少し驚いたようでした。が、女の癖に男のように頸の所でぶつりと切った髪の毛を右の手で撫であげながら、いつものとおりのやさしい顔をこちらに

向けて、一寸首をかしげただけで何の御用という風をしなさいました。そうするとよく出来る大きな子が前に出て、僕がジムの絵具を取ったことを委しく先生に言いつけました。先生は少し曇った顔付きをして真面目にみんなの顔や、半分泣きかかっている僕の顔を見くらべていなさいましたが、僕に「それは本当ですか。」と聞かれました。本当なんだけれども、僕がそんないやな奴だということをどうしても僕の好きな先生に知られるのがつらかったのです。だから僕は答える代りに本当に泣き出してしまいました。

先生は暫く僕を見つめていましたが、やがて生徒達に向って静かに「もういってもようございます。」といって、みんなをかえしてしまわれました。生徒達は少し物足らなそうにどやどやと下に降りていってしまいました。

122

先生は少しの間なんとも言わずに、僕の方も向かずに自分の手の爪を見つめていましたが、やがて静かに立って来て、僕の肩の所を抱きすくめるようにして「絵具はもう返しましたか。」と小さな声で仰いました。僕は返したことをしっかり先生に知ってもらいたいので深々と頷いて見せました。

123

「あなたは自分のしたことをいやなことだったと思っていますか。」

もう一度そう先生が静かに仰った時には、僕はもうたまりませんでした。ぶるぶると震えてしかたがない唇を、噛みしめても噛みしめても泣声が出て、眼からは涙がむやみに流れて来るのです。もう先生に抱かれたまま死んでしまいたいような心持ちになってしまいました。

「あなたはもう泣くんじゃない。よく解ったらそれでいいから泣くのをやめましょう、ね。次ぎの時間には教場に出ないでもよろしいから、私のこのお部屋に入らっしゃい。静かにしてここに入らっしゃい。私が教場から帰るまでここに入らっしゃいよ。いい。」と仰りながら僕を長椅子に坐らせて、その時また勉強の鐘がなったので、机の上の書物を取り上げて、僕の方を見ていられましたが、二階の窓まで高く這い上った葡萄蔓から、一房の西洋葡萄をもぎって、しくしくと泣きつづけていた僕の膝の上にそれをおいて静かに部屋を出て行きなさいました。

124

三

一時がやがやとやかましかった生徒達はみんな教場に這入って、急にしんとするほどあたりが静かになりました。僕は淋しくって淋しくってしようがない程悲しくなりました。あの位好きな先生を苦しめたかと思うと僕は本当に悪いことをしてしまったと思いました。葡萄などは迚も食べる気になれないでいつまでも泣いていました。

ふと僕は肩を軽くゆすぶられて眼をさましました。僕は先生の部屋でいつの間にか泣寝入りをしていたと見えます。少し痩せて身長の高い先生は笑顔を見せて僕を見おろしていられました。僕は眠ったために気分がよくなって今まであったことは忘れてしまって、少し恥しそうに笑いかえしながら、慌てて膝の上から辷り落ちそうになっていた葡萄の房をつまみ上げましたが、すぐ悲しいことを思い出して笑いも何も引込んでしまいました。

「そんなに悲しい顔をしないでもよろしい。もうみんなは帰ってしまいましたから、あなたはお帰りなさい。そして明日はどんなことがあっても学校に来なければいけませんよ。あなたの顔を見

126

ないと私は悲しく思いますよ。屹度ですよ。」

そういって先生は僕のカバンの中にそっと葡萄の房を入れて下さいました。僕はいつものように海岸通りを、海を眺めたり船を眺めたりしながらつまらなく家に帰りました。そして葡萄をおいしく食べてしまいました。

けれども次の日が来ると僕は中々学校に行く気にはなれませんでした。お腹が痛くなればいいと思ったり、頭痛がすればいいと思ったりしたけれども、その日に限って虫歯一本痛みもしないのです。仕方なしにいやいやながら家は出ましたが、ぶらぶらと考えながら歩きました。どうしても学校の門を這入ることは出来ないように思われたのです。けれども先生の別れの時の言葉を思い出すと、僕は先生の顔だけはなんといっても見たくてしかたがありませんでした。僕が行かなかったら先生は屹度悲しく思われるに違いない。もう一度先生のやさしい眼で見られたい。ただその一事があるばかりで僕は学校の門をくぐりました。

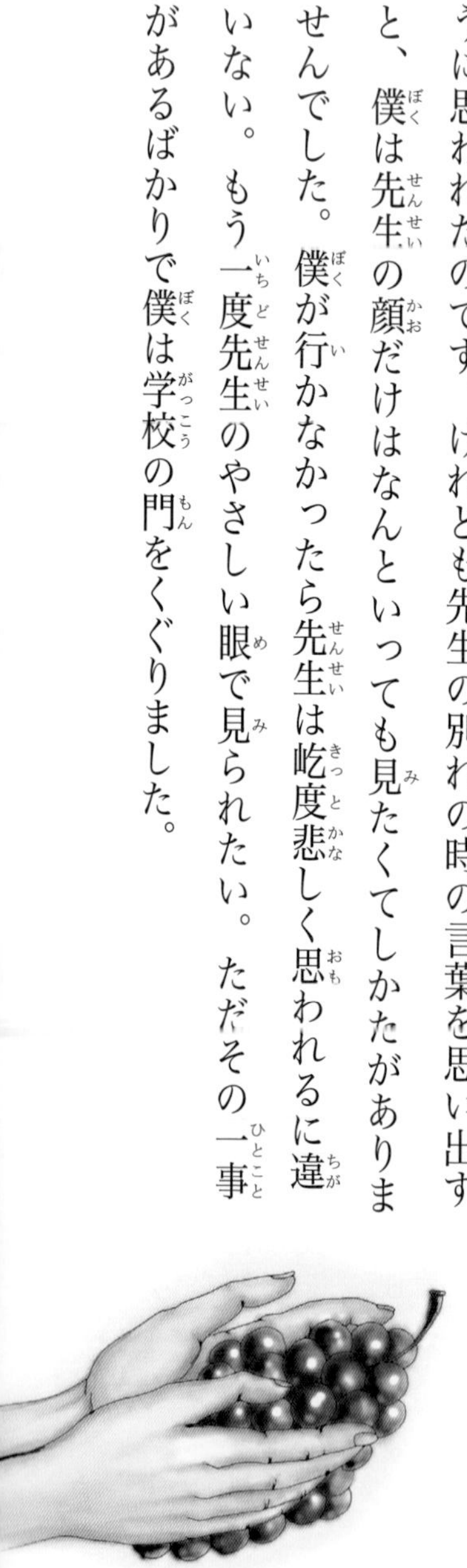

127

そうしたらどうでしょう、先ず第一に待ち切っていたようにジムが飛んで来て、僕の手を握ってくれました。そして昨日のことなんか忘れてしまったように、親切に僕の手をひいてどぎまぎしている僕を先生の部屋に連れて行くのです。僕はなんだか訳がわかりませんでした。学校に行ったらみんなが遠くの方から僕を見て「見ろ泥棒の嘘つきの日本人が来た」とでも悪口をいうだろうと思っていたのにこんな風にされると気味が悪い程でした。

二人の足音を聞きつけてか、先生はジ

128

ムがノックしない前に、戸を開けて下さいました。二人は部屋の中に這入りました。

「ジム、あなたはいい子、よく私の言ったことがわかってくれましたね。ジムはもうあなたからあやまって貰わなくってもいいと言っています。二人は今からいいお友達になればそれでいいんです。二人とも上手に握手をなさい。」と先生はにこにこしながら僕達を向い合せました。僕はでもあんまり勝手過ぎるようでもじもじしていますと、ジムはいそいそとぶら下げている僕の手を引張り出して堅く握ってくれました。僕はもうなんといってこの嬉しさを表せばいいのか分らないで、唯恥しく笑う外ありませんでした。ジムも気持よさそうに、笑顔をしていました。先生はにこにこしながら僕に、

「昨日の葡萄はおいしかったの。」と問われました。僕は顔を真赤にして「ええ」と白状するより仕方がありませんでした。

「そんなら又あげましょうね。」

そういって、先生は真白なリンネルの着物につつまれた体を窓からのび出させ

て、葡萄の一房をもぎ取って、真白い左の手の上に粉のふいた紫色の房を乗せて、細長い銀色の鋏で真中からぷつりと二つに切って、ジムと僕とに下さいました。真白い手の平に紫色の葡萄の粒が重って乗っていたその美しさを僕は今でもはっきりと思い出すことが出来ます。

僕はその時から前より少しいい子になり、少しはにかみ屋でなくなったようです。

それにしても僕の大好きなあのいい先生はどこに行かれたでしょう。もう二度とは遇えないと知りながら、僕は今でもあの先生がいたらなあと思います。秋になるといつでも葡萄の房は紫色に色づいて美しく粉をふきますけれども、それを受けた大理石のような白い美しい手はどこにも見つかりません。（おわり）

（發表於大正九年〔一九二〇年〕八月《赤い鳥》赤い鳥社）

一

我小時候很喜歡畫畫。我唸的小學在橫濱一個叫山之手的地方，那是很多洋人住的地方，所以我們學校裡的老師也都是洋人。我每天往來學校途中，總會經過沿路並排著許多飯店或洋人開設的公司行號的海邊道路。站在道路靠海的那邊遠望出去，深藍色的海面上排著許許多多的軍艦或商船，有些船煙囪裊裊升起著白煙、有些船的帆柱之間掛滿了萬國旗，那畫面漂亮得讓眼睛都覺得痛。我常常站在岸邊瞭望那片壯闊的景色，一回到家，就盡可能地試著把所記得的畫面畫成美麗的畫。但是，那幾乎清澈透明的海藍色，和白色洋式帆船靠近水平面處所漆的洋紅色，用我手邊擁有的顏料，實在很難漂亮地將之完美呈現。不論我怎麼畫，就是畫不出我在海邊真正看到那種景象時的那種顏色。

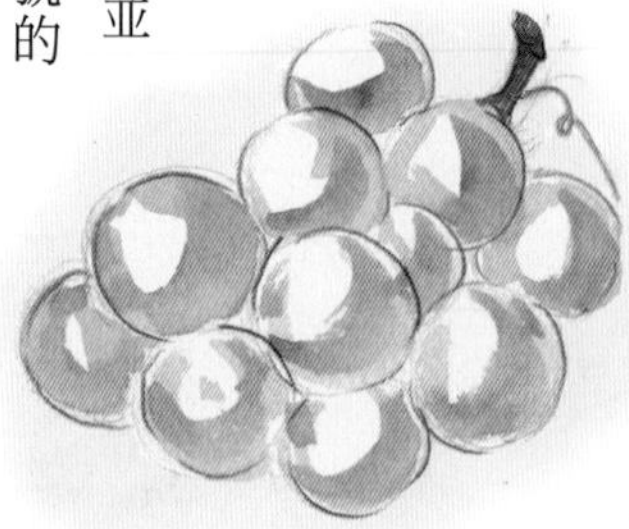

我突然想起學校一位同學的西式顏料。那位同學也是洋人，再加上比我大兩歲，所以身材高大到我幾乎必須仰望著看他。那位叫做吉姆的小孩擁有的顏料是上等舶來品，十二色的顏料做成像小墨條般的四角形，在輕巧的木盒裡排成兩排。每個顏色都非常美麗，不過當中又以藍色和洋紅色特別美麗，簡直令人驚歎不已。吉姆的身高比我高，畫畫卻比我差多了，非常不拿手。雖然如此，用那顏料來塗色，再怎樣爛到一蹋糊塗的圖畫，看起來也會覺得美麗得不了，上色前後判若兩幅完全不同的畫，讓人懷疑是不是看錯了呢！我心裡一直很羨慕，心想只要有那種顏料，我也能夠把看到的海景，畫得像真的一樣給大家看，我一邊憎恨著自己的爛顏料一邊這麼想。於是從那天開始，我變得非常非常地想要吉姆的顏料。但我卻不知怎麼地膽怯了起來，不敢要求爸媽買給我，只是每天每天不斷地在心裡掛念著那顏料，就這樣過了好幾天。

我現在已經記不得那是什麼時候的事了，大約是秋天吧。因為是葡萄成熟的季節。印象中，那是冬季來臨前，秋天常見的大晴天，一個讓人一眼就能看透天空最深最深處那般地晴朗無雲的日子。我們和老師一起吃便當，可是在享用便當的快樂氣氛中，我的心還是無法安定，跟當時的晴空正好相反，呈現無比晦暗的模樣。我一個人沉思著。如果有人注意到我，我猜我的臉色一定也是鐵青得難看。我想要吉姆的顏料想要得不得了，想要到胸口作痛。我猜吉姆一定知道我心裡想的事，偷偷地看了他一眼，吉姆一副什麼也不知道的表情，開心地笑著，跟坐在旁邊的學生說話。但是我覺得他的笑像是因為知道我的心事而笑；甚至認為他剛才說的話，也像也是在說「你看著吧！那個日本人一定會拿走我的顏料。」我的心情變得很糟。但是越是看到吉姆好像在懷疑我的神情，我就越是克制不住自己想得到那顏料的慾望，無法自拔。

二

我也許有一張可愛的臉也說不定，但卻是個身心孱弱的小孩。而且，我還是個膽小鬼，天生就是即使想說什麼也不會說的個性。所以很少被人疼愛，也沒有朋友。吃過午飯後，其他的小孩都活活潑潑地衝出教室去操場跑步，開始玩耍了，但是唯獨我，那天的心情比平常更沉重，一個人進了教室。外頭明亮無比，對照之下，教室內顯得異常的黯淡，就像我的心一樣。我坐在自己的位子上，眼睛卻不時飄向吉姆的桌子。如果打開因為手髒而變得黝黑，且被刀子刻了各式各樣塗鴉的書桌蓋，裡面應該有糖果般的原木色顏料盒和書本、筆記本、習字板放在一起，然後那盒子裡有小墨條狀的藍色和洋紅色顏料……我覺得自己的臉變紅了，馬上把頭別了過去。但是立刻又忍不住地斜眼瞄著吉姆的桌子那邊。胸口撲通撲通地跳得很難過。我一直坐在那裡沒動，卻像是在夢裡被鬼追得上氣不接下氣，彷彿窒息般的感覺，怎麼也無法鎮定下來。

進教室的鐘聲宏亮地響了。我不禁心頭一驚，站了起來。我從窗戶看到學生們一邊大聲地嘻笑喧鬧，然後一邊往洗臉台方向移動去洗手。我覺得自己的腦袋突然變得像冰塊一樣冷，害怕得要命，腦袋一片空白地走向吉姆的桌子，半夢半醒的打開蓋子看了裡面。正像我所想的，和筆記本及鉛筆盒雜放在一起的，還有我曾經見過的顏料盒，都收在那裡面。到底是為了什麼我也不知道，東張西望環顧四周之後，心想沒人看到吧！於是迅速伸手打開盒蓋，拿出藍色和洋紅兩個顏色，隨即塞進口袋裡。然後急急忙忙地跑到平常排隊等老師的地方去。

我們被年輕的女老師帶著進入教室，坐在各自的座位上。雖然我很想看看吉姆

是什麼樣的表情，但是我怎麼樣也無法轉過頭去瞄一眼。不過，我的所作所為好像沒人發現的樣子，這叫我一方面覺得很害怕，一方面又感覺很安心。我最喜歡的年輕女老師說的話，雖然不斷地進入我的耳裡，但我卻完全不知道她在說什麼。老師好像也覺得很奇怪，不時看向我這邊。

只不過那天，我特別覺得很討厭看到老師的眼睛。就這樣過了一個小時。而那一小時當中，我感覺好像所有聲音都成了耳邊風一樣地，好不容易捱過了一小時。

離開教室的鐘聲響了，我總算安了心，嘆了一口氣。但老師一走，我就被班上最高大而且成績非常好的學生抓住手肘說：「你到外面來一下」。我的胸口就像偷懶沒寫作業卻被老師點到名一樣，不禁心悸了一下，開始不由自主地發抖。但我想我必須盡可能地裝作什麼都不知道，一臉沒事的樣子，任由他們把我帶到操場的角落。

「你拿了吉姆的顏料吧。在這裡給我交出來！」

那個學生說完，把手大大地張開伸到我面前。被這麼一說，我反倒鎮定了下來，

「那種東西，我怎麼可能拿呢？」我信口亂說一通。然後，跟著三四個朋友一起走到我身邊的吉姆，聲音微帶顫抖地反駁我說：「我在午休前可是確實檢查了顏料盒，一個都沒有少喔。然後午休結束後，竟然就少了兩個。而且午休時間，也只有你待在教室裡，不是嗎？」

我心想完蛋了，突然感到一陣腦充血，瞬間變得滿臉通紅。後來站在那裡的其中一個人突然想把手伸進我的口袋裡。我拚命想阻止他，不讓他得逞，但是寡不敵眾，還是沒辦法。眼睜睜看著他從我的口袋中，掏出大理石球（就是現在的玻璃彈珠）和鉛牌等東西。當然，那兩根顏料也一起被掏了出來。小孩子們一副「看吧」的表情，狠狠地瞪著我的臉。我不自主地全

身發抖，眼前一片漆黑。明明是這樣的好天氣，明明大家下課時間都高高興興地玩耍，只有我，真的是從打從心裡洩了氣。為什麼會做出那種事情來呢？一切變得無法挽回。我真糟糕，真是無可救藥了。想到這，本來就是膽小鬼的我更是覺得寂寞又難過，窸窸窣窣地哭了出來。

那個成績好身材又高大的孩子，用一種像是譏笑又像是憎惡到極點的聲音說：「你想用哭來嚇我們，那可沒用！」我硬是站在那裏一動也不動，大家只好蜂擁而上把我架起來拖著走，想把我硬拉到二樓去。雖然我盡量不讓他們得逞，但儘管使盡力氣，終究無力反抗，還是被他們用力拖走，被架著爬上樓梯。那裡是我很喜歡的級任老師的辦公室。

吉姆敲了房門。所謂敲門是為了詢問可不可以進去。裡面傳來老師溫柔的「請進」聲。當時進入那房間時那種難堪的心情，真是難以形容，我從未曾感受過如此令人討厭的感覺。

正在寫東西的老師看到我們鬧哄哄地進來，好像有點吃驚。那位老師雖然是女生，頭髮卻跟男生一樣剪到肩頸附近，她用右手撩了撩短髮，跟平常一樣溫柔的臉轉向這邊，只是稍微歪了一下頭，臉上一副「你們有什麼事嗎」的表情。於是，那個成績好身材又高大的孩子站出來，把我拿了吉姆顏料的事詳細地跟老師告狀。老師的臉色稍稍暗了下來，認真看了看大家的臉，再看看我半哭喪的臉，然後問我：「那是真的嗎？」雖然一切都是真的，但是要讓我最喜歡的老師知道我是那樣的壞小孩，的確讓我非常痛苦。所以我沒有直接回答，只是開始嚎啕大聲，以哭聲代替了回答。

老師注視我一會兒，然後靜靜地對學生們說：「你們可以走了。」叫大家回去。學生們好像還不是很滿意地起鬨著下樓走了。

老師沉默了一會兒，也不看我，一直注視著自己的指甲，然後靜靜地站起來，抱著我的肩頭，小聲地說：「顏料已經還人家了嗎？」我想要老師知道我已經還了，於是重重地點頭給老師看。

「你覺得自己所做的，是很令人討厭的事嗎？」

當老師再一次用那麼寧靜的口吻說話的時候，我已經忍不住了。儘管再三拼命咬著不斷顫抖的嘴唇，我仍然壓抑不住哭泣的聲音，而眼淚也從眼睛裡不斷地湧現出來，根本就停不下來。我當時的心情是好希望自己就這樣被老師抱著死掉算了。

「你不要再哭了啊。知道就好，別哭了喔，嗯？下一節課不進教室也沒關係，就待在我的房

間裡吧。在這裡好好靜一下！你要好好待在這裡，等我下課從教室回來喔，知道嗎？」老師一邊說，一邊讓我坐在長椅子上，那時上課鐘聲又響了，於是老師拿起桌上的書本，往我這邊看了一眼，然後從高高地攀到二樓窗戶的葡萄藤蔓上，摘了一串西洋葡萄，放在還坐在椅子上難過地抽蓄不已的我的膝蓋上，就靜靜地離開房間，走出去了。

三

一時之間吵得沸沸揚揚哄鬧不已的學生們都進了教室之後，四周突然安靜下來。我覺得好孤單，好寂寞，難受得不得了，不禁悲從中來，又開始難過了起來。我一想到讓自己那麼喜歡的老師難受了，我想我真的做了很壞的事。我一點兒也不想吃葡萄，只是不停地哭泣。

忽然，我的肩膀被輕輕搖了搖，我睜開眼睛醒了。看來我在老師的房裡不知何時哭著哭著睡著了。身材有一點瘦瘦高高的老師面帶笑容俯看著我。我因為睡著而心情變好了，忘了剛剛發生的事情，一邊帶點害羞的笑臉回應老師，一邊慌慌張張地抓起快要從膝蓋滑落下去的葡萄串，卻又立刻想起那件令我悲傷難過的事，霎那間，所有的笑意也縮了回去。

「不要再那樣一副難過的表情了。大家都已經回家了，你也回家吧。還有，明天不論發生什麼事情也一定要來學校喔。如果沒見到你的臉，我會很難過的。一定喔。」

老師說完，悄悄地把那串葡萄放進我的書包裡。我跟往常一樣經過海岸道路，一邊看看海看看船，一邊索然無味地回家了。然後津津有味地把葡萄吃掉了。

然而，第二天來臨，我根本就不想去學校。想著如果肚子痛就好了，或者如果頭痛也不錯，但是那天偏偏就是連一顆蛀牙也不覺得痛。沒辦法，我只好拖拖拉拉地出了家門，慢吞吞的晃來晃去，邊走邊想。我甚至想我再怎麼厚臉皮也無法走進學校的門。但是一想到昨天老師跟我道別時所說的話，我也無論如何非常想見到老師的臉。如果我沒去的話，老師一定會很難過的。我好想老師再用溫柔的眼神看我一次。就因為那個原因，讓我下定了決心鑽進校門口。

結果，你猜怎麼了？先是好像等了很久的吉姆飛奔過來握住我的手。接著，他好像忘了昨天的事一樣，親切地拉著我的手，把一時不知所措而感到慌亂的我帶到老師房間。我一點也不知道發生了什麼事。我以為我到了學校，大家會從遠遠的地方看著我，說我的壞話──「快看！說謊的小偷日本人來了！」──但是卻變成這樣，受到意外的對待，反而叫我覺得很不安。

或許是聽到了兩人的腳步聲吧！老師在吉姆沒敲門前就幫我們開門了。兩人進入房裡。

「吉姆，你是個好孩子！聽懂老師的意思了。吉姆說你不用跟他道歉。只要兩個人從今以後作好朋友就行了。你們兩個人，好好地握握手！」老師一邊高興地笑，一邊伸手湊合我們彼

此面對面互相看著對方。我還是一副很彆扭的模樣，忸忸怩怩地呆站著，吉姆卻急急忙忙伸出雙手，拉起我垂下的手，用力地緊握著。我已經不知道該如何把我心中滿溢的歡喜心情表現出來才好，只好露出害羞的表情不停地笑著。吉姆也似乎心情很好，滿臉笑意。老師笑瞇瞇地問我說：

「昨天的葡萄好吃嗎？」我只能滿臉通紅的坦承「嗯。」

「那樣的話，我就再拿給你喔。」

說完，身穿純白亞麻布衣的老師把身體伸出窗外，摘下了一串葡萄，把覆蓋果粉的紫色葡萄串放在雪白的左手上，用細長的銀色剪刀從正中間喀擦剪成兩半，分給吉姆和我。雪白的手心上交疊著紫色葡萄粒的那幅美麗景象，我到現在都能清楚地回想起來。

我從那個時候開始，變成比以前稍微乖一點的好孩子，變得不那麼容易害羞了。

話說回來，我最喜歡的那位好好老師到哪裡去了呢？雖然我知道已經不能再見面了，但到現在我仍然希望如果那位老師還在就好了。每到秋天，葡萄串依然會泛紫，灑出美麗的果粉，但去接住葡萄的大理石般美麗而皙白的手，卻再也找不到了。（全文完）

（發表於大正九年〔一九二〇年〕八月《赤鳥》〔赤い鳥社發行〕雜誌）

夢野久作（ゆめのきゅうさく）

夢野久作

東吳大學日本語文學系助理教授　張桂娥

以詭譎驚悚的幻想作風聞名的夢野久作，是日本推理小說三大奇書之一《腦髓地獄》❶的作者，與小栗蟲太郎❷、中井英夫❸，再加上較後期的竹本健治❹，被視為二十世紀的異端奇才，在日本推理小說界大放異彩。

這位生平曲折坎坷，度過波瀾萬丈生涯的夢想家，發揮奔放無羈的想像力以及說書人獨特的敘事文體，構築魅惑讀者大眾的「夢野世界」、「久作樂園」，至今仍被推崇為日本推理小說界的代表大師。多田茂治（二〇〇三）分析夢野的文學世界，認為雖然其作品氛圍抽象難懂，挑戰讀者的文學閱讀素養，不過直擊日本社會虛妄表象的銳利切入點，讓作品充滿趣味性以及新鮮感，因此評定「夢野久作不只是怪奇作家、偵探作家。他的作品基底深埋著獨自的哲學、國家觀、社會觀」，在日本文學史上的確獨樹一格。

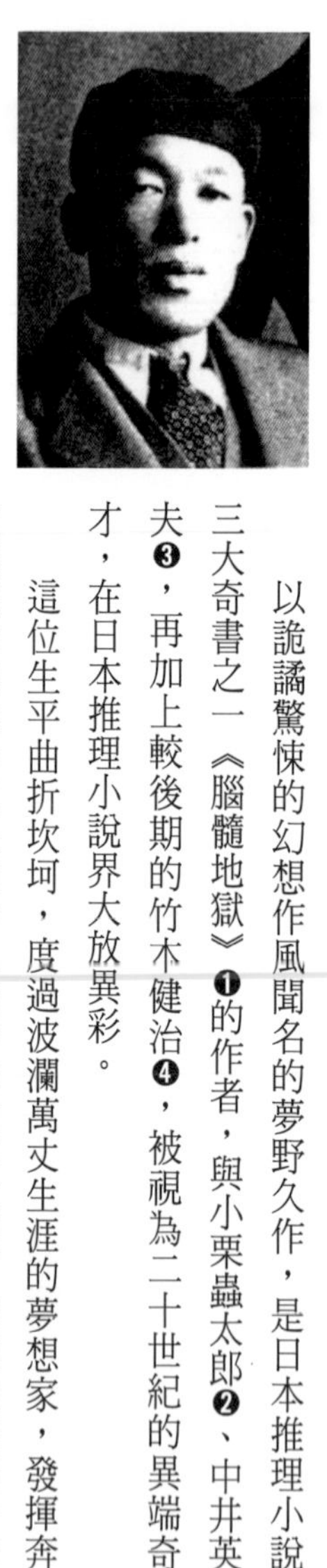

不過，這位奇幻大師除了以夢野久作之名享譽日本偵探小說史之外，在正式活躍於中央文壇之前，擁有常人無法想像的多元面貌——如禪僧、果樹農園經營者、郵局局長、陸軍少尉、謠曲師、新聞記者、能樂評論家、詩人以及童話作家等，才華洋溢，在各種領域都表現得十分出色稱職，這一點是台灣讀者比較少接觸到的資訊。

本書特別收藏兩篇風格獨特的精彩童話，讓讀者體驗夢野久作初期的創作風格。因為他在轉型成為專業推理小說作家之前，曾經任職於《九州日報》（《西日本新聞》的前身），一邊當新聞記者撰寫新聞報導，一邊從事童話創作。期間多半以無記名形式，或是以杉山萠圓、海若藍平、香俱土三鳥、土原耕作、かぐつちみどり、三鳥山人等筆名，總共發表一百四十餘篇長短篇童話創作。除唯一正式出版的單行本《白髮小子》❺之外，其餘童話皆於一九一九年至一九二六年間，發表在《九州日報》家庭版〈兒童俱樂部〉專欄。

大下宇陀兒（一九八八）認為：在夢野久作的童話世界裡，讀者看不到當時最受少男少女們歡迎的冒險小說、軍事偵探、勵志小說、友情小說等當代流行的通俗文學，而是充滿了七彩繽紛的夢幻天地——有可以讓兒童心中非現實的幻想可以無盡翱翔的天際，就像安徒生的童話王國一樣；也有宛如巖谷小波（著名的近代日本兒童文學啟蒙導師，兒童雜誌《赤鳥》創辦者）精心打造的世界童話樂園；甚至富含阿拉伯天方夜譚風味的夢幻童話城堡。

今井美惠子（一九七〇）以「亂舞之夢」來形容夢野久作的童話作品，強調：夢在夢

野久作的童話作品群中扮演極其重要的腳色，而且發揮很大的功能。而某些童話則持有夢的構造。有些事件會牽扯到夢，有些情節無法分辨是夢抑或是現實，或者兩者皆非。更有甚之則是被陰闇世界支配的夢中之夢，真實永遠埋藏在五里霧外的夢中。

根據筆者個人接觸夢野童話的經驗，比起聚焦於關照作品情節發展或是人物心境的變化，對過度狂熱的夢野式饒舌敘事文體產生的印象更為深刻。綜合各家論述，可以確定的是：從夢野久作的童話作品群，可以窺知他的文學風格早已具備異端雛型，在成名之前就已經展現稱霸推理小說界的創作天分。

夢野久作（本名為杉山直樹，之後改為泰道；一八八九年一月～一九三六年三月）出生於福岡市中央區，為超國家主義巨頭杉山茂丸的長男，四十七歲的生涯大半在福岡度過。幼年在祖父與繼祖母與奶媽的呵護下度過。但這段坎坷的童年歲月，造就了久作終生陰鬱、壓抑的性格。

傳承父親驚人的記憶力，久作接受身為儒學家的祖父三郎平的菁英教育，因為特殊的家世背景與教育環境的耳濡目染，久作從小深受舊時代福岡士族社會文化與風土的薰陶，形成日後對近代抱持嚴厲批判的精神基底。

一九〇二年祖父去世後，久作跟隨繼祖母回父親家，與繼母以及同父異母的弟妹們共同生活，加上與作風強勢的父親之間針對生涯規劃等問題意見不同，讓他在家人之中孤立又孤獨。

感受性異常敏銳的久作，在東京生活的五年期間，度過善感的青春時代，以家學淵源的儒家經書素養為基礎，吸收西歐文化的薈萃，接受新潮流的洗滌，奠下日後創作摩登色彩強烈的超寫實小說基礎。

一九二〇年以三十一歲之齡進入九州日報社（父親為社長）擔任新聞記者。在職期間，久作除採訪新聞，撰寫新聞稿與報導文學之外，另闢有童話專欄，不定期發表西洋童話翻譯與原創童話，一九二二年以杉山萌圓為筆名出版處女作《白髮小子》（『白髮小僧』），也是他生前唯一出版的童話單行本。

一九二四年久作辭去報社記者工作後，參加博文館舉辦的偵探小說大獎徵稿活動，以本名杉山泰道投稿小說作品〈侏儒〉，獲得「選外佳作」（入選名單之外的遺珠佳作）。一九二四年五月夢野久作參加《新青年》雜誌舉辦的小說徵文競賽，以偵探小說〈妖鼓〉獲得二等獎而一舉成名，從此登上中央文壇。

眾所皆知，夢野久作並非本名，也非九州日報社時代曾經使用過的眾多筆名之一。久作在聽過父親對他作品的評語後，突發奇想，決定就以「夢野久作」❻作為筆名，馬上拍板定案。於是，日本推理小說界百年難得一見的創作奇才——家喻戶曉的大師「夢野久作」於焉誕生。之後，久作以《新青年》雜誌為舞台，相繼發表〈死後之戀〉、〈玻璃瓶罐頭地獄〉、〈壓畫的奇蹟〉、〈冰之涯〉等作品，漸漸嶄露頭角而成為名實相符的推理

名家。

一九三五年一月，從構想到執筆總共耗費十年完成的《腦髓地獄》（松柏館書店）正式出版，成為久作生涯最高傑作。雖然出版當時並未獲得廣大的迴響，不過日後卻被重新評價，甚至被推崇為日本推理史上三大奇書之一。

同年七月，宛如巨樹般盤據在久作身後，一邊提供他遮風蔽雨棲身之處，一邊卻剝奪他享受生命陽光榮寵的父親——杉山茂丸因腦溢血而病逝東京。一九三六年在久作終於處理完父親所有身後事，正要展開真正屬於自己的精彩人生時，卻在接見訪客時，因腦溢血而猝死。從出生開始便對父親愛恨交織，內心恩怨情仇糾葛的久作，竟然在父親去世的短短幾個月內，彷彿追隨父親腳步似地，以同樣的病因意外結束波瀾萬丈的一生，令人不勝噓唏。

從一九二六年以推理小說作家縱橫文壇至死前的短短十年，久作的創作慾與熱情正如他的大分一樣，超乎常人想像。無論是小說或是評論，發表了數量驚人的作品。充滿妖異、幻想氣氛的文采與戰慄詭譎的虛構文學空間備受文壇矚目。西野春雄（二〇一二）認為：雖然久作生前死後都被視為推理作家，以奔放的想像力與說書體的文體見長，可是他並沒有侷限於偵探、犯罪、怪談奇聞等創作，而是不斷地追究充滿異常、發狂與神秘的世界。這位曠世奇才的豐功偉業，在死後三十三年重新獲得評價。

曾經發表一百四十多篇童話，以及出版過一本未完成長篇童話《白髮小子》的久作，在日本兒童文學史上始終沒沒無聞，至今仍未獲得正面的評價。不過，據筆者調查，全日本第一篇使用剪紙插畫的童話〈露露與咪咪〉，就是夢野久作在一九二六年三月十六日發表於《九州日報》晚刊的原創作品。換句話說，在近代兒童文學萌芽的大正時期，久作已經嘗試挑戰最先進、最前衛的童話藝術了。九州的兒童們拜久作之賜，透過地方報刊就可以享受日本其他地區兒童接觸不到的新潮童話，這是何等奢侈的幸福啊！

筆者相信，閱讀夢野久作畢生的童話創作，讀者會發現許多作品已可窺知《腦髓地獄》的雛型，雖然故事結構與敘事手法距離現代兒童文學作品仍有一段遙遠的距離，但仔細品味這些作品群，讀者一樣可以浸淫在奇想天外的「夢野世界」與魅惑弔詭的「久作樂園」，樂在其中而流連忘返。

註

❶『ドグラ・マグラ』，一九三五年。

❷『黒死館殺人事件』，一九三五年。

❸＝塔晶夫《獻給虛無的供物『虚無への供物』》，一九六四年。

❹《匣中的失樂『匣の中の失楽』》，一九七八年，與三大奇書並列後成為四大奇書之一。

❺『白髮小僧』，一九二二年，誠文堂。

❹所謂「夢之久作」是日本九州舊黑田藩或是博多地方的方言，久作一般泛指傻小子、二愣子的通稱，愛作夢的久作，指的是只顧追求不切實際的夢想，一天到晚神情恍惚，言談舉止少根筋的怪傢伙。

白色山茶花

東吳大學日本語文學系助理教授　張桂娥

一九二〇年夢野久作進入《九州日報》擔任社會版記者，撰寫新聞稿之餘，同時嘗試翻譯與童話創作，並於一九二二年以杉山萠圓為筆名出版了處女作長篇童話《白髮小子》。之後，從社會新聞部轉調家庭版，負責童話欄的編輯與撰稿。本作品〈白色山茶花〉便是他接手童話欄不久後，以海若藍平為筆名發表的短篇童話代表作之一，自大正十一年（一九二二）十二月十六日起至十九日（有一說是十五日至十八日），總共分成四次連載。

這篇作品一開頭，就將主角智惠子的個性描寫地十分傳神，更是一語道盡天下孩子的心事啊！每天承受沉重的課業壓力讓貪玩的智惠子覺得好痛苦，甚至羨慕庭院裡的白色山茶花，只要靜靜地綻放花朵，發出濃郁的香氣，就能讓眾人發出讚嘆之聲。

無意間的一個噴嚏，發生了不可思議的奇蹟。智惠子心想事成，如願變成了可愛的白色山茶花花苞。可是白色山茶花精靈卻趁機霸佔了她的身體，還請媽媽將花剪下來放在書桌前，於是，兩個真假智惠子展開了一場懸疑刺激的腳色互換之旅！

日語原著名裡的「椿」就是國人孰悉的山茶花，為日本原生植物，在萬葉集時代（七世紀初期至八世紀中期）即廣受日本人喜愛。在室町時代（一三三六～一五七三）茶文化盛行之後，更被視為妝點茶室氛圍的重要觀賞花卉。因開花期為二月至四月，因此又名「寒椿」，同時也是象徵春天的季節代名詞。高雅的白色山茶花，則含有「無可挑剔的可愛魅力」以及「理想的愛情」之花語。

可愛美麗的智惠子，就像白色山茶花一樣，具有無可挑剔的可愛魅力。雖然個性貪玩不愛讀書，卻不失純真無邪的赤子之心。在歷經一場顛覆讀者想像的腳色對調戲碼之後，夢野久作為她安排的結局並非找到「不唸書就可以得到好成績的方法」，而是知恥近乎勇地反省自己過去的所作所為，接受命運的安排。

筆者認為，宛如大夢初醒的智惠子，一定會痛改前非，奮發向上，鼓起勇氣挑戰自己的缺點，成為師長父母與同學眼中的理想好學生。從被人恥笑的「沒有智慧的留級王」脫胎換骨成為人見人愛的白色山茶花，這或許就是本篇作品為何以「白色山茶花」入題的原因吧！

夢野久作的作品，受到父親的影響，以及對愛倫．坡❶與莫里斯．盧貝爾❷作品世界「怪奇與恐怖」要素的高度興趣，以兩大基軸——對自我世界的開示、與冥界交互感應——為中心，展開充滿了恐怖與殘酷、意外性與謎中之謎的作品世界，同時也不忘賦予作品濃厚的人情味與對生命的熱愛。

在〈白色山茶花〉裡，以打噴嚏做為腳色互換的魔法開關——願望實現後發現靈魂被幽禁在白色山茶花裡而開始虔心懺悔的智惠子、將智惠子的軀殼據為己有而全心全意樹立模範兒童形象的白色山茶花精——雖然少了殘酷與恐怖的成分，謎樣的故事情節一樣超越讀者的想像。而意外性十足的故事結尾——白色山茶花的凋落與死亡，釋放了禁錮的靈魂，讓智惠子歷劫歸來而獲得重生，也充分展現夢野世界的特色。

當然最具畫龍點睛效果的是故事主角智惠子的命名，原本只是被當作同學譏笑的把柄，在讀完故事之後，會發現那是讓人莞爾一笑的巧妙安排。

因為向來重視人物命名的夢野久作，早就埋下伏筆，預先鋪好線索，讓被同學嘲笑成「大笨蛋！」「沒有智慧的留級王」的智惠子有機會變身為名實相符的有智慧的女孩。

這篇童話在二〇〇七年被改編成同名電影，以全新樣貌呈現給現代讀者。改編後的故事主角被設定為家庭主婦，而觀眾對象的年齡層也設定為成人。只不過，以噴嚏為魔法開關啟動腳色互換機制的手法，以及透過腳色互換，讓主角體驗一百八十度截然不同人生經驗的情節，則依然健在。

生為二十一世紀的現代人，我們何其有幸，有機會近距離接觸夢野的童話世界！因為大家可以透過現代化的視覺傳譯以及融入多元視野的文化詮釋，在重新認識夢野作品世界主軸的同時，也豐富了個人的想像空間，讓我們對周遭的事物更加敏銳，更有機會超越現實生活，去找尋個人專屬的「白色山茶花」。

註

❶ 美國作家 Edgar Allan Poe, 1809-1849。
❷ 法國短篇小說名家 Maurice Level, 1875-1926。

129

原文鑑賞

白椿

夢野久作

ちえ子さんは可愛らしい奇麗な児でしたが、勉強がきらいで遊んでばかりいるので、学校を何べんも落第しました。そしてお父さんやお母さんに叱られる毎に、「ああ、嫌だ嫌だ。どうかして勉強しないで学校がよく出来る工夫は無いかしらん」と、そればかり考えておりました。

ある日、どうしてもしなくてはならぬ算術をやっておりましたが、どうしてもわからぬ上にねむくてたまりませんので、大きなあくびを一つしてお庭に出てみる

と、白い寒椿がたった一つ蕾を開いておりました。ちえ子さんはそれを見ると、

「ああ、こんな花になったらいいだろう。学校にも何にも行かずに、花が咲いて人から可愛がられる。ああ、花になりたい」と思いながら、その花に顔を近づけて香いを嗅いでみました。

その白椿の香気のいい事、眼も眩むようでした。思わず噎せ返って、

「ハックシン」

と大きなくしゃみを一つして、フッと眼を開いてみると、どうでしょう。自分はいつの間にか白い寒椿の花になっていて、眼の前にはちえ子さんそっくりの女の子が立ちながら自分を見上げております。

ちえ子さんはびっくりしましたが、どうする事も出来ませんでした。只呆れてしまって、その児の様子を見ておりますと、その女の児は自分を見ながら、

「まあ、何という美しい花でしょう。そしてほんとにいいにおいだこと。これを一輪ざしに挿して勉強したいな。お母様に聞いて来ましょう」

と云いながらバタバタと駈けて行きました。

しばらくすると、ちえ子さんのお母さんが花鋏を持ってお庭に降りておいでになりました。

「まあ、お前が勉強をするなんて珍らしい事ねえ。お前が勉強さえしておくれだったら、椿の花くらい何でもありませんよ」

と云いながら、ちえ子さんの白椿をパチンと鋏切って、一輪挿しにさして、ちえ子さんの机の上に置いておやりになりました。

ちえ子さんは机の隅から見ていますと、女の児はさもうれしそうに可愛らしい眼で自分を見ておりましたが、やがて算術の手帳を出しておけいこを初めました。

ちえ子さんの白椿は、真赤になりたい位極りが悪くなりました。算術の帳面には違った答えばかりで、処々にはつまらない絵なぞが書いてあります。女の児はそれをゴムで奇麗に消して、間違った答えをみんな直して、明日の宿題までも済ましてしまいました。それを見ているうちにちえ子さんは、算術のしかたがだんだんわかって来て面白くて堪らず、自分でやってみたくなりましたが、花になっているのですから仕方がありません。

そのうちに女の児は算術を済まして、読本を開いて、本に小さく鉛筆でつけてある仮名を皆消してしまいました。おさらいと明日の下読が済むと、筆入やカバンを奇麗に掃除して、鉛筆を上手に削って、時間表に合せた書物や雑記帳と一所に入れて机の上に正しく置きました。それから机の抽斗をあけてキチンと片づけて、押しこんだいたずら書きの紙屑や糸くずをちゃんと展ばして、紙は帳面に作り、糸は糸巻きに巻きました。その間のちえ子さんの極りのわるさ！　消えてしまいたい位でした。

女の児はそれから、台所で働いていらっしゃるお母様の処へ走って行って、手を突いて、

「お母さん、お手伝いさせて頂戴」

と云いました。

お母様はしばらくだまって女の児の顔を見ておいでになりましたが、濡れたままの手でいきなりしっかりと女の児を抱きしめて、

「まあ、お前はどうしてそんなによい子になったの」

と云いながら、涙をハラハラとお流しになりました。

白椿のちえ子さんは身を震わしてこの様子

を見ておりました。ちえ子さんもお母さまからこんなにして可愛がられた事は今まで一度も無かったのです。あんまり羨ましくて情なくて口惜しくて、思わずホロホロと水晶のような露を机の上に落しました。

それからこの女の児がする事は、何一つとしてちえ子さんを感心させない事はありませんでした。

遊びに誘いに来るわるいお友達はみんな、お母様にたのんで断って頂いて、よいお友達と遊ぶようにしました。

「ちえ子のちえ子の大馬鹿やい。ちえ子の知恵無し落第坊主、一年二度ずつエンヤラヤ、学校出るのに……ツーツータアカアセ」

と悪い男の生徒がはやしても、家の中から笑っていました。

そのほか勉強のひまには編物をお母さんから習いました。夜はお祖父さまの肩をもみました。お母様のお使い、お父様の御用向でも、ハイハイとはたらきました。そうして自分の事は何一つお母様やお祖母様に御迷惑をかけませんでした。

135

お家の人は皆驚いて感心をして賞め千切って、いろいろのものを買って下さいました。しかし女の児はそれを大切にしまって、今までちえ子さんが使い古したものばかり使いました。

けれどもお家の人よりも何よりも驚いたのは学校の先生でした。今までは何をきいてもうつむいてばかりいたちえ子が、今度は何を聞いてもすっかり勉強しておぼえていて、時々は先生も困る位よい質問を出します。

そればかりでなく、今まで運動場で遊んでいても、直に泣いたり、おこったり、すねたり、よけいなにくまれ口をきいたりして嫌われていたちえ子が、急に親切にやさしくなって、どんな遊戯でもいやがらずに、それはそれは元気よく愉快に仲よく遊びますので、友達の出来る事出来る事。今まで寄り付かなかったよいお友達が、みんな遊びたがってお家まで来るようになりました。

女の児はいつもよいお友達と音なしく遊んで、音なしく勉強しました。

136

来るお友達も来るお友達も、みんなちえ子さんの机の上の一輪ざしに生けてある白椿の花を賞めました。その時女の児はいつもこう答えました。

「あたしはこの白椿のようになりたいといつも思っています」

「ほんとにね」

と友達は皆、女の児の清い心持ちに感心をしてため息をしました。

ちえ子さんの白椿は日に増し淋しく悲しくなって来ました。「あたしのようなわるい児はこのまま散ってしまって、あの女の児が妾の代りになっている方がどれ位みんなのしあわせになるかもしれない。どうぞ神様、妾の代りにあの女の児がしあわせでいるように、そうしていつまでもかわらずにいるように」と心から祈って、涙をホロホロと流しました。

その中にだんだん気が遠くなって、ガックリとうなだれてしまいました。

「まあちえ子さん、大変じゃないの。総甲を取っているのに、何だって今まで見たいに成績を隠すのです。お起きなさいってば、ちえ子さん。そんなに勉強ばかりして身体に障りますよ」

とお母さんの声がします。フッと眼をあけてみると、ちえ子さんは算術の本を開いてその上にうたた寝をしているのでした。眼の前の机の上の一輪挿しには椿の枝と葉ばかりが挿さっていて、花はしおれ返ったままうつ伏せに落ちておりました。

（大正十一年〔一九二二年〕十二月《九州日報》）

白色山茶花

夢野久作

東吳大學日本語文學系助理教授　張桂娥

智惠子是個可愛漂亮的小孩，但是討厭唸書只愛玩耍，所以被學校留級了好幾次。每次一被爸爸媽媽罵，智惠子滿腦子就在想：「啊，討厭討厭啦。沒有不唸書就可以在學業上得到好成績的方法嗎？」

有一天，智惠子在寫一份無論如何都必須交的算術功課，但是怎麼也不會寫再加上想睡得不得了，於是打了一個大哈欠，走到庭院裡，發現白色的山茶花開了唯一的一朵花苞。智惠子看了，心想：「啊，如果變成這麼可愛的花苞就好了。學校也不用去，開開花就能被人疼愛。啊，真想變成一朵花。」智惠子把臉湊近那朵白花，嗅了嗅花香。

那朵白色山茶花的香味太香，叫人頭暈目眩了。智惠子冷不防地被嗆到，倒吸了一口氣，

「哈啾」

打了個大噴嚏，忽然睜眼一看，你猜怎麼了？自己不知何時變成了白色的山茶花，而眼前站著一位和智惠子長得一模一樣的女孩子，抬著頭看著自己。

智惠子嚇了一跳，但是也沒辦法了。只能無言地呆呆望著那個女孩的身影，結果那女孩看著自己，「哇！好漂亮的花喔。而且還有好香的味道呢。我好想把它插在小花瓶裡陪我唸書喔！我來問問媽媽吧。」她一邊說一邊啪答啪答地跑走了。

過了一會兒，智惠子的媽媽拿著花剪，走出房間，下到院子裡來。

「哎呀，聽妳說要唸書，這可真是稀奇的事情啊。只要妳肯給我唸書，剪山茶花這種小事哪算什麼呢！」

媽媽一邊說，一刀剪下變成白色山茶花的智惠子，插進小花瓶裡，拿到智惠子的房間，放在她的書桌上。

智惠子從桌子的角落看著，小女孩以一種似乎非常愉快且相當可愛的眼神看著自己，不過過了一會兒，她就拿出算術本，開始練習算術習題了。

變成白色山茶花的智惠子，覺得好丟臉，難堪到幾乎要漲得滿臉通紅了。因為算術簿本裡全是錯的答案，並且到處畫了無聊的圖畫。女孩用橡皮擦將它擦得乾乾淨淨的，寫錯的答案全部訂正好，連明天的功課也做完了。看著看著，智惠子也慢慢了解算術的做法，覺得有趣極了，自己也很想做做看，但是她現在已經變成了花，一點辦法也沒了。

後來女孩做完算術，又打開課本，把書上用鉛筆寫得小小的假名注音全擦掉了。然後溫習功課並做完明天上課的預習，又將鉛筆盒和書包整理地很乾淨，非常熟練地削好鉛筆，再

對照功課表把課本和筆記本一起放好，正確地擺在書桌上。然後，打開抽屜仔細地整理，把塞在裡面的惡作劇字條和糾結的毛線一一展開，有條不紊地弄整齊。紙張就整理成筆記紙，毛線則捲在毛線軸上。在那段期間裡，智惠子感到羞赧而自覺汗顏的程度，幾乎已經到了希望自己馬上消失的地步了！

女孩後來還跑到正在廚房忙個不停的媽媽身邊，很有禮貌地伸出雙手屈膝一跪拜託說：

「媽媽，請讓我幫忙吧。」

媽媽沉默了一會兒，注視著女孩的臉，突然張開濕漉漉的雙手，用力緊緊地抱住女孩，

「啊！妳怎麼變成這麼乖的小孩了呢？！」

一邊說，眼淚一串接一串地流了下來。

變成白色山茶花的智惠子全身顫抖地看著這一幕。智惠子從來沒有被媽媽這樣地疼愛過。羨慕的不得了，又難為情又失望，不禁灑落了一顆顆如水晶般的露珠在桌上。

之後，這位女孩所做的事，沒有一件不讓智惠子感到佩服。

她請媽媽拒絕掉所有來約她出去玩的壞朋友，只跟好朋友一起玩。

「智惠子，智惠子是大笨蛋！智惠子是沒有智慧的留級王，一年兩次哎喲喂呀，要畢業還真……羞羞羞啊」

壞男生們這樣嘲笑她，她也只是在家裡笑一笑。

另外，她還利用唸書閒暇時，跟媽媽學編織。晚上幫爺爺搥背。幫媽媽的跑跑腿，還有處理爸爸拜託的事情等等，也都是連聲說好地賣力去做。就那樣盡本分地做好自己的事情，完全不

給媽媽或奶奶添麻煩。

家人們全都又驚訝又感動，於是不斷地褒獎她，買了各式各樣的東西給她。但是女孩非常珍惜那些東西，還是只用以前智惠子用舊了的東西。

不過，比起家裡的人，最吃驚的就是學校的老師了。以前不論問什麼都只是低著頭的智惠子，現在不管老師問什麼，都很認真地唸甚至背下來，有時候還會提出連老師都覺得困擾的好問題呢。

不只如此，以前智惠子在操場玩，馬上就又哭又吵又鬧，老是生氣又愛說些令人不舒服的話，非常惹人討厭。但是她現在突然變得又親切又溫柔，不論玩什麼遊戲都不討厭，而且還非常有精神又和樂融融地跟大家一起玩得很愉快，也交了很多很多的朋友。以前不願意靠近她的好朋友們，也都想跟智惠子玩，甚至還到家裡來玩。

女孩總是安安靜靜地跟朋友們玩，安安靜靜地唸書。

不管是誰，每個來家裡的朋友也都會讚賞智惠子桌上小花瓶裡插著的白色山茶花。每次女孩都這麼說——

「我每天都在渴望自己變成這朵花喔。」

「真的啊。」

朋友們也都為女孩純潔的心感到佩服而嘆息。

而變成白色山茶花的智惠子，一天天地寂寞悲傷了起來。「像我這樣的壞孩子還是就這樣凋謝算了，若是讓那女孩當我的替身，這樣

大家不知道會有多幸福呢！神啊！拜託您，讓那女孩代替我得到幸福，而且維持現在的樣子永遠不變。」智惠子誠心地祈禱，眼淚嘩啦嘩啦地流下來。

然後慢慢地失去意識，垂頭喪氣地低下了頭。

「哎喲！智惠子！真是不得了啊！每一科都拿到了甲，怎麼還像以前一樣把成績藏起來呢。我不是叫來趕快起來嗎？智惠子！像那樣一天到晚光唸書會弄壞身子的。」

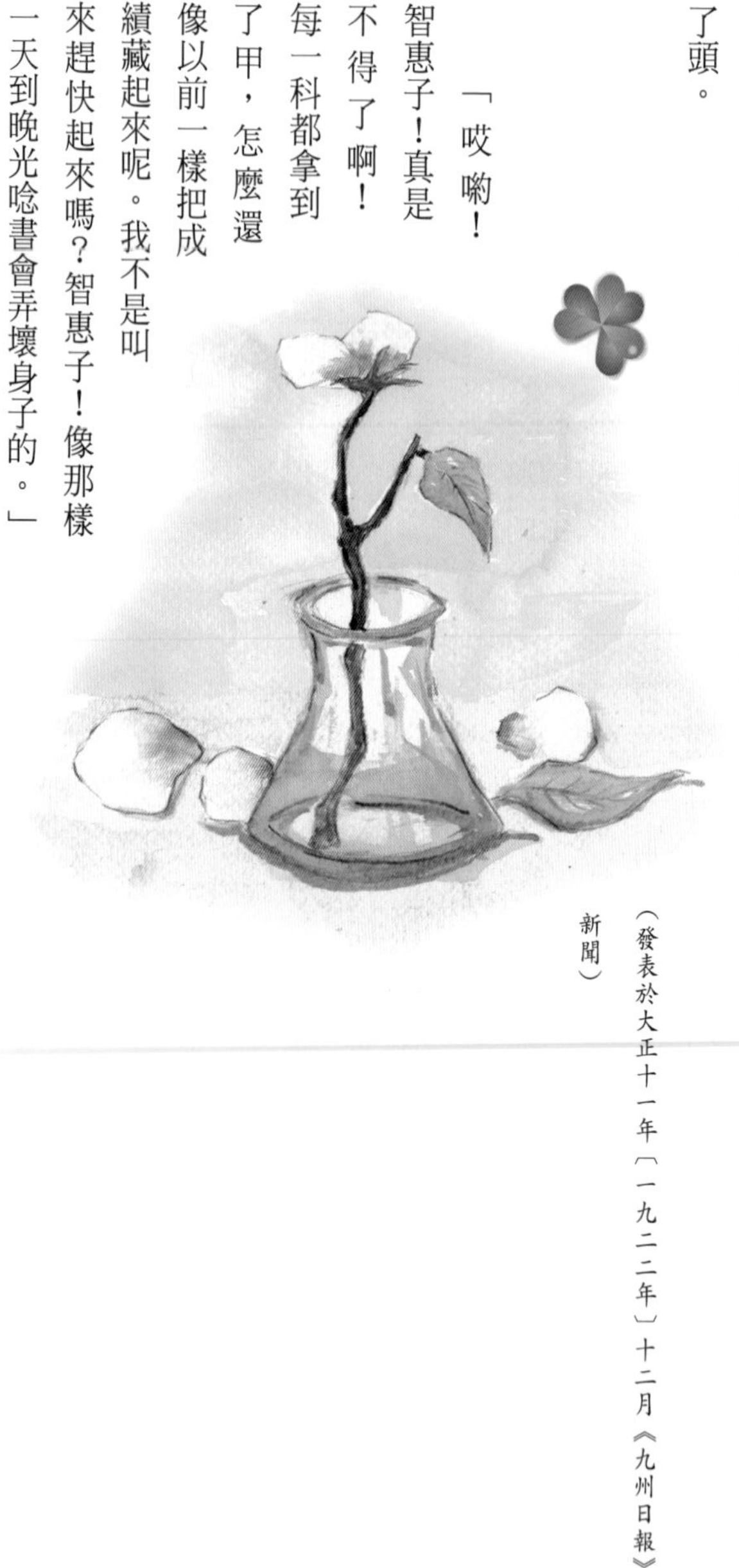

這是媽媽的聲音。智惠子忽然睜開眼，原來是在攤開的算術本上迷迷糊糊地打瞌睡了。

眼前桌上的小花瓶裡，只插著一枝山茶花的樹枝和葉子，花朵無精打采地垂下凋落了。

（發表於大正十一年〔一九二二年〕十二月《九州日報》新聞）

下雨娃娃

東吳大學日本語文學系助理教授　張桂娥

以香俱土三鳥為筆名發表於《九州日報》大正十二年（一九二三）一月四日至五日（有一說是大正十四年（一九二五）九月二日至三日）的〈下雨娃娃〉，內容大約只有〈白色山茶花〉的一半，屬於袖珍型的小品童話。本篇作品除了一首即興短詩之外，大部分由父子間的對話鋪陳故事情節的發展。全文讀來平順流暢，字裡行間充滿溫馨和諧的氛圍，讀完之後，腦裡浮現的是一幅寧靜而安詳的畫面。令筆者聯想到夢野久作身為人父、人夫，與一般常人一樣經營家庭生活的場景，偶爾過著平淡無奇的家居歲月，偶爾享受人倫之樂的幸福時光。

谷川健一（一九七〇）為三一書房版《夢野久作全集》撰述的解說文中，一併收錄谷川與久作的妻子杉山くら，以及長子杉山龍丸的對談紀錄，其中提到幾項重要的關鍵點：久作十分關注親人，且極其用心於照料家人；久作擁有天馬行空的空想性格且深具討人喜愛的人格；久作身上同時流著宗教藝能與武士道的基因，與生俱來的銳利視線讓他可以輕易看穿舞台後方的奧秘；而文獻考察、收集資料、壓繪（貼布作畫）是促成作品誕生的三大要素，也是讓他奠定作家自信的主因。

套用上述關鍵字來深度詮釋〈下雨娃娃〉的故事內涵，可推知故事中的父親與太郎，或許就是久作心目中的理想父子關係的投射。久作發表這篇作品當時，已經是兩個兒子（三歲與一歲）的父親，由於本身跟父親的關係不是非常好，導致他對作風強勢的父親形象產生極度排斥的心理。也因此讓他格外注重親子關係，期許自己成為用心照料家人的父親，同時希望孩子也同樣對家庭具有向心力與責任感，父子齊心協力共同為家族事業奮鬥打拼。

故事裡的太郎或許就是複製久作本身小時候的經驗。當體恤父母辛勞而善解人意的太郎，提議製作下雨娃娃來解決乾旱問題時，雖然父親認為那只是不切實際的幻想，根本不值得高度期待，可是也沒有揶揄恥笑或批評，而是採以包容的態度接納孩子的想法，甚至欣賞其付諸行動的傻勁。結果竟然讓人出乎意外，讓人不得不相信，或許真的是太郎的真心誠意感動了上蒼，終於天降甘霖，解救了讓父親苦惱許久的旱象，也讓整個家族渡過了面臨重大天災的農損難關！

這篇童話還帶有諷刺的意味，提醒大人不要執著於固有的思維習慣，有時候小孩子獨特的天馬行空幻想，可以破解迷思，打破自我設限的僵局，開啟生命另一扇窗，通往無限大的可能性。

此外，久作為「下雨娃娃」創作的祈雨童詩，筆者也認為非常值得欣賞。從「晴天娃娃晴天娃」聯想到「下雨娃娃下雨娃」的意外性，讓人發出會心一笑。接著——

「如果你不讓雨下／我就叫你騙人娃／把你給貓當玩具
討厭的話明天起／讓雨嘩啦嘩啦下／給你美酒當謝禮」

上演一場軟硬兼施的談判戲碼，更是讓人莞爾。一手揮鞭子，一手給糖的伎倆，簡直就是複製大人教育模式的翻版，足見夢野久作描寫孩子愛模仿的調皮心性，可真是維妙維肖啊！

只是令人不解的是太郎給下雨娃娃的獎賞是美酒而不是糖果，而下雨娃娃最後流進愛河（「恋の川」）不是混濁的溪流。或許在農民心中，以稻米精釀的美酒作為解決乾旱的謝禮，才足以表達謝意。當人類解決饑荒問題的〈下雨娃娃〉，應該享有永浴愛河的幸福，而非懷抱浪跡天涯的孤單吧！

138

原文鑑賞

雨降り坊主

夢野久作

お天気が続いて、どこの田圃も水が乾上がりました。

太郎のお父さんも百姓でしたが、自分の田の稲が枯れそうになりましたので、毎日毎日外に出て、空ばかり見て心配をしておりました。

太郎は学校から帰って来まして鞄をかたづけるとすぐに、

「お父さんは」

と尋ねました。

お母さんは洗濯をしながら、

139

「稲が枯れそうだから田を見に行っていらっしゃるのだよ」

と悲しそうに云われました。

太郎はすぐに表に飛び出して田の処に行って見ると、お父さんが心配そうに空を見て立っておいでになりました。

「お父さん、お父さん。雨が降らないから心配してらっしゃるの」

と太郎はうしろから走り寄って行きました。

「ウン。どっちの空を見ても雲は一つも無い。困ったことだ」

とお父さんはふりかえりながら言って、口に啣えたきせるから煙をプカプカ吹かされました。

「僕が雨をふらして上げましょうか」

と太郎はお父さんの顔を見上げながら、まじめくさってこう云いました。

「アハハハ。馬鹿な事を云うな。お前の力で雨がふるものか」

とお父さんは腹を抱えて笑われました。

「でもお父さん」

と太郎は一生懸命になって云いました。

「この間、運動会の前の日まで雨が降っていたでしょう。それに僕がテルテル坊主を作ったら、いいお天気になったでしょう」

「ウン」

「あの時みんなが大変喜びましたから、僕のテルテル坊主がお天気にしたんだって云ったら、皆えらいなあって云いましたよ」

「アハハハハ。そうか。テルテル坊主はお前の云うことをそんなによくきくのか」

「ききますとも。ですから今度は雨ふり坊主を作って、僕が雨を降らせるように頼もうと思うんです」

141

「アハハハハ。そりゃあみんなよろこぶだろう。やってみろ。雨がふったら御褒美をやるぞ」

「僕はいりませんから、雨降り坊主にやって下さい」

太郎はすぐに半紙を一枚持って来て、平仮名でこんなことを書きました。

「テルテル坊主テル坊主
天気にするのが上手なら
雨ふらすのも上手だろ

田圃がみんな乾上って
稲がすっかり枯れてゆく
雨をふらしてくれないか

僕の父さん母さんも
ほかの百姓さんたちも
どんなに喜ぶことだろう

もしも降らせぬそのときは
嘘つきぼうずと名を書いて
猫のオモチャにしてしまう

それがいやなら明日から
ドッサリ雨をふらせろよ
褒美にお酒をかけてやる

雨ふり坊主フリ坊主

田圃もお池も一パイに
ドッサリ雨をふらせろよ」
太郎はその手紙を丸めて坊主の頭にして、紙の着物を着せて、裏木戸の萩の枝に結びつけておきました。

その晩、太郎の家で親子三人が寝ていると、夜中から稲妻がピカピカ光って雷が鳴り出したと思うと、たちまち天が引っくり返ったと思うくらいの大雨がふり出しました。

「ヤア、僕の雨ふり坊主が本当に雨をふらした」

と太郎は飛び起きました。

「僕はお礼を云って来よう」

と出かけようとすると、お父さんとお母さんが、

「あぶない、あぶない。今出ると 雷 が鳴っているよ。ゆっくり寝て、明日の朝よくお礼を云いなさい」

と止められましたので、太郎はしかたなしに又寝てしまいました。

あくる朝早く起きて見ると、もうすっかりいいお天気になっていましたが、池も田も水が一パイで皆大喜びをしていると、田を見まわりに行っていたお父さんはニコニコして帰ってこられました。そうして太郎さんの頭を撫でて、

「えらいえらい、御褒美をやるぞ」

とお賞めになりました。

「僕はいりません。雨ふり坊主にお酒をかけてやって下さい」

と云いました。

「よしよし、雨ふり坊主はどこにいるのだ」

とお父さんが云われましたから、太郎は喜んで裏木戸へお父さんをつれて行ってみると、萩の花が雨に濡れ

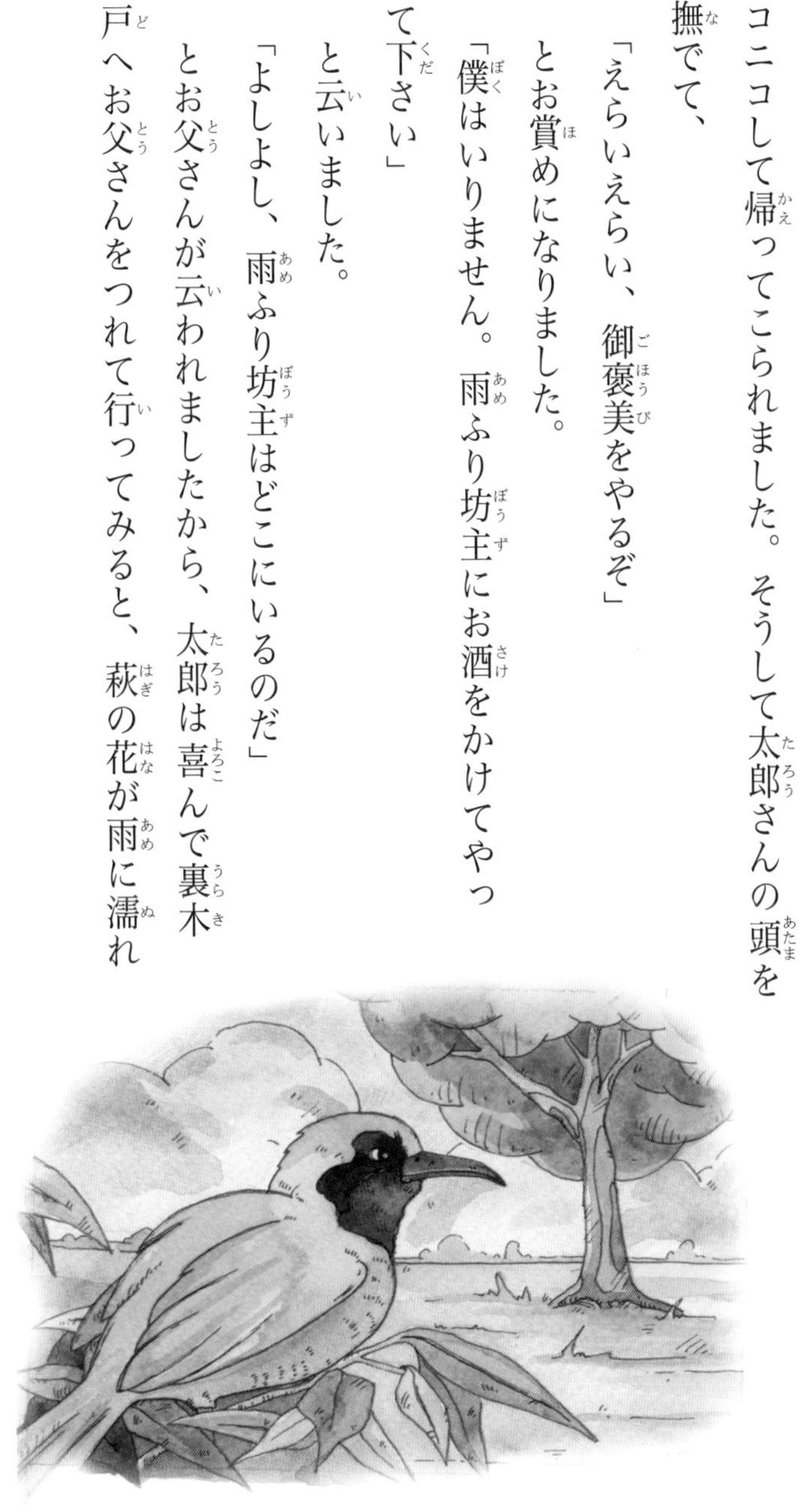

て一パイに咲いているばかりで、雨ふり坊主はどこかへ流れて行って見えなくなっていました。

「お酒をかけてやると約束していたのに」

と太郎さんはシクシク泣き出しました。

お父さんは慰めながら云われました。

「おおかた恋の川へ流れて行ったのだろう。雨ふり坊主は自分で雨をふらして、自分で流れて行ったのだから、お前が嘘をついたと思いはしない。お父さんが川へお酒を流してやるから、そうしたらどこかで喜んで飲むだろう。泣くな泣くな。お前には別にごほうびを買ってやる……」

（大正十四年〔一九二五年〕九月《九州日報》）

下雨娃娃

夢野久作

連續不斷的好天氣，所有田地的水都乾枯了。

太郎的爸爸也是個農夫，因為自己田裡的稻子就快枯了，於是每天每天到外頭去，看著天空，擔心著。

太郎從學校回來，一整理好書包就問媽媽：

「爸爸呢？」

媽媽一邊洗衣服，一邊難過地說：

「因為稻子快要枯了，所以爸爸去田裡巡視了喔。」

太郎立刻飛奔到外面，去田裡看看，爸爸果然很擔心地站在田裡看著天空。

「爸爸，爸爸！您是因為沒下雨而在擔心嗎？」

太郎從後面跑過來靠近爸爸。

「嗯。不論哪一邊的天空都沒有半朵雲。真是傷腦筋啊。」

爸爸一邊回頭一邊說，嘴裡叼著的菸管吹出陣陣的煙。

「我來幫您讓雨下來吧。」

太郎抬頭看著爸爸的臉，一副認真地說著。

「哈哈哈哈！別說那種笨話了。憑你的力量

就能下雨嗎？」

爸爸抱著肚子大笑。

「可是爸爸，」太郎更認真地說：

「上次，雨不是一直下到運動會前一天嗎？所以我就做了晴天娃娃，結果變成好天氣了，不是嗎？」

「嗯。」

「那時候，大家都很高興，我就跟大家說：其實會出現大晴天，是我的晴天娃娃的功勞，大家都說很厲害喔。」

「哈哈哈哈。這樣啊！晴天娃娃那麼聽你的話啊？」

「當然聽囉。所以，這次我要做下雨娃娃，我想拜託它趕快下雨。」

「哈哈哈哈。那樣的話大家都會很高興吧！試試看吧。真要下了雨，爸爸一定給你獎品喔。」

「我不需要獎品，請您給下雨娃娃吧。」

太郎馬上拿來一張紙，用平假名寫了下面的字。

「晴天娃娃晴天娃
若你擅長好天氣
定有本領讓雨下
田地全都乾枯了
稻子就快枯萎了
能夠為我下雨嗎
我的爸爸和媽媽
還有其他農夫們

大家都會很開心
如果你不讓雨下
我就叫你騙人娃
把你給貓當玩具
討厭的話明天起
讓雨嘩啦嘩啦下
賞你美酒當謝禮
下雨娃娃下雨娃
讓雨嘩啦嘩啦下
田裡池裡水泱泱」

太郎把那張信紙捲成圓形當作娃娃的頭，給它穿上紙衣服，結在後門的胡枝子樹枝上。

當晚，太郎家裡，父母親跟孩子三人正在睡夢中，過了半夜，恍惚中好像聽到閃電打雷聲，就立刻下起了像是要把天翻過來似的傾盆大雨。

「耶！我的下雨娃娃真的讓雨下了。」

太郎醒來，趕緊跳起身說：

「我要去跟它道謝。」

正想要出門時，卻被爸媽阻止，

「太危險，太危險了。現在出去的話會被雷公打喔。好好睡一覺吧，明天早上再好好跟它道謝。」

太郎沒辦法只好又躺下去，繼續睡了。

第二天起床一看，已經又是個晴朗的好天氣了，不過仔細一看，池塘裡和水田裡到處都是滿滿的水，大家都很高興。到田裡巡視了一周的爸爸也笑咪咪地回來。然後，摸著太郎的頭，褒獎太郎：

「好棒好棒，爸爸要給你獎品。」

太郎婉拒說：

「我不需要啦。請打賞下雨娃娃美酒喝吧！」

爸爸問太郎：

「好，好。下雨娃娃在哪裡呢？」

於是太郎很高興地帶爸爸到後門邊去，只見胡枝子花被雨淋後，開了滿滿的花，下雨娃娃卻不知道被沖到哪兒不見蹤影了。

「人家答應要灑酒請你喝的說。」

太郎很難過地哭了出來，不停地啜泣著。

爸爸一邊安慰一邊說：

「大概是流到愛河裡去了吧。下雨娃娃是自願讓雨下了，自願流走的，所以不會認為是你說謊騙了它啦。等會兒爸爸把酒倒到河裡，它一定會在某個地方高興地喝的。別哭了，別哭了。再買別的獎品給你啊……。」

（發表於大正十四年〔一九二五年〕九月《九州日報》新聞）

坪田讓治（つぼたじょうじ）

坪田讓治

東吳大學日本語文學系助理教授　張桂娥

以「心境小說」手法精心雕琢「生活童話」，而被譽為日本兒童文學寫實主義先驅始祖的坪田讓治，一九〇八年就讀早稻田大學時，師承小川未明並深受其影響開始創作小說。一九二五年創辦「早大童話會」，一九二六年三十六歲發表生平第一篇童話〈正太的汽車〉（婦人の友社『子供の友』），至一九八二年以九十二歲高齡辭世為止，活躍於日本兒童文學文

壇超越半世紀。代表著作有：《妖魔橫行的世界》（『お化けの世界』，一九三五年）、《風中的孩子》（『風の中の子供』，一九三八年）與《孩童的四季》（『子供の四季』，一九三八年）等，而其中又以「善太與三平」兩兄弟為主角的系列作品最負盛名。

讓治的作家生涯初期以小說創作為主，結婚生子後考量家庭生活與經濟壓力而拓展創作領域，將觸角伸及童話，因此引發一些作家與評論家以「腳踏兩條船」為諷諭，質疑他的文壇定位。雖然讓治本人多次透過隨筆，吐露因為生活困苦而開始創作童話的心境，不過在面對他人的嚴詞批評時，他選擇捍衛自己的創作理念，為自身辯駁。讓治自清：「小說是文學，童話也是文學。吾人專職從事文學創作，又怎能說是『腳踏兩條船』呢？」

讓治的三公子坪田理基男（二〇〇三）認為父親的小說作品，雖然主題圍繞著大人世界所發生的種種事件，可是卻經常聚焦在孩童身上，關注孩子們如何面對這些事件，並將孩童心理的變化與其生活場景描寫地栩栩如生。多數讀者都非常肯定讓治形塑兒童形象的成功。當然，這並非表示讓治不重視故事性與故事情節的設計，而是他在描寫兒童方面，證實具有獨到的功夫。

大藤幹夫與向川幹雄（一九七〇年共同編著）認為：讓治筆下描繪的兒童，並非從社會大環境的客觀角度來觀察，而是以父執之輩的立場為出發點，也就是以充滿父愛的眼神來凝視日常生活中，在受到大人保護下的環境中成長的孩子們。讓人覺得活靈活現的是孩子們的自然心性，而非刻意捕捉其特異獨行的舉止行動。

這種將現實生活中的真實兒童形象，如實呈現在作品當中，讓讀者零距離接觸真正的兒童，就是讓治童話的特徵。

綜合上述看法，可以歸結出：讓孩子的世界與大人的世界進行精采的交流互動，進而創造出嶄新而獨特的作品世界，就是讓治作品最大的特色。有些作品以成人小說形式呈現，卻帶有濃厚的童話風格；有些作品乍看之下會讓人誤以為是成人才看得懂的小說，卻饒富童趣，讓兒童讀者為之著迷。

當然，最令人讚賞的是——讓治的作品裡不會出現迎合鄙眾的通俗情緒趣味，而是由個人特有的純粹意念貫穿作品底蘊，架構出獨一無二的文學殿堂。許多讀者在掩卷之餘，依然可以感受其豐實的藝術性，讓內心揚起澎湃激昂的感動（參閱日本岡山縣岡山市教育委員會，一九九八年編輯發行的團體讀書資料「坪田讓治」篇）。

本書收錄的兩篇作品〈河童的故事〉與〈魔法〉，都是昭和初期發表在《赤鳥》的短篇童話，也是讓治備受推崇與知名度極高的代表作之一，不過卻各有特色。因為前者是讓治成為《赤鳥》常駐作家的登壇傑作。而後者則是經過日本兒童文化之父鈴木三重吉嚴格指導，徹底改造後帶有濃厚「赤鳥」色彩的經典。讀者可以閱讀這兩篇風格迥異的精彩童話，仔細品味其前後期創作風格的質性變化。

坪田讓治（一八九〇～一九八二）出生於日本岡山市島田本町，其作品的創作泉源都來自他幼少時期在故鄉岡山渡過的童年經驗。讓治本人也再三強調：「不管哪一篇小說或是哪一篇童話，我的所有作品的舞台以及出現過的任何場景，都是我的故鄉。」（隨筆文〈一日一分〉）

山根知子（二〇〇八）指出：讓治的文學啟蒙，始於小學五年級，受到其留美歸國身為基督教神學家的兄長的影響。一九〇八年進入早稻田大學後，因為想成為作家而主動拜小川未明為師，並深受其薰陶，對小說創作展現濃厚的興趣。在受洗教會牧師們的引薦下，獲得機會在雜誌上發表小說。因為在學期間常因病弱而中斷學業，多次萌生自殺意念，讓他抱持與眾不同的創作理念。所以初期的小說作品多有描述孩童面對死亡的情節，呈現較灰暗的悲觀傾向。讓治自述其文學觀，曰：「所謂文學，就是在具體的生活中探求《人生到底該怎麼活？》這個命題。童話童謠皆為文學，因此我認為：兒童文學與成人文學相同，理應探求《人生到底該怎麼活？》這個命題。」（「児童文学の早春」《都新聞》一九三六年三月十八日）

一九一五年畢業後返鄉，在家族經營的紡織廠就職，期間為兼顧家庭與文筆志業，幾度往返東京與岡山，長期過著拮据的清貧生活。一九二六年出版處女創作短篇選集『正太の馬』（春陽堂），一九二七年經深沢省三介紹將童話作品〈河童的故事〉投稿《赤鳥》成功之後，緊接著發表〈善太與汽車〉，受到當時叱吒日本兒童文學界的《赤鳥》雜誌創辦者鈴木三重吉的賞識，從此結下情誼深厚的師生緣。讓治在三重吉的指導下，積極創作童話，至一九三六年《赤鳥》因三重吉過世而停刊為止，前後在《赤鳥》發表四十篇作品，成為該雜誌史上最活躍的主流作家之一。

開拓「讓治童話」王國的喜悅，並沒有讓他忘卻創作小說的熱情。讓治持續努力耕耘小說園地，終於在文壇開花結果，甚至獲得諾貝爾文學作家川端康成（一九二九）的高度評價。他認為文壇將讓治定位成：「當今日本唯一擅長描寫真實兒童世界的實力作家」，的確名實相符。而三年後川端康成（一九三二）再度撰文盛讚：「像坪田氏這樣，以深愛

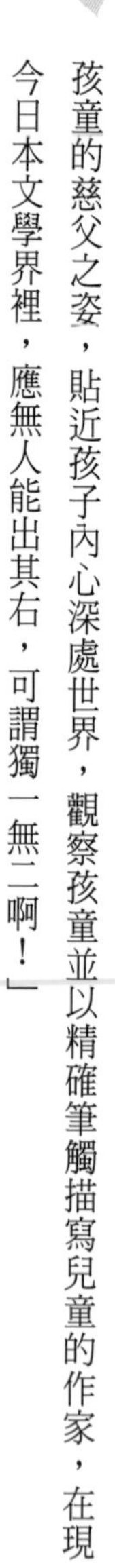

孩童的慈父之姿，貼近孩子內心深處世界，觀察孩童並以精確筆觸描寫兒童的作家，在現今日本文學界裡，應無人能出其右，可謂獨一無二啊！」

一九三三年讓治放棄家業，回到東京定居成為專職作家。一九三五年以揭發家族企業醜聞內幕為主題發表長篇小說「お化けの世界」（刊載於《改造》雜誌）廣受好評，被譽為叩關中央文壇的出世之作。一九三六年九月於《朝日新聞》開始連載的「風の中の子供」中，讓治生動刻畫社會情勢牽動孩童內心情緒變化的創作技巧，使他在文壇的地位更加穩固。一九三八年連載小說「子供の四季」刊登於《都新聞》，隔年榮獲新潮社文藝賞，終於成為日本文壇公認的文學大師。

讓治生前三度出版個人全集——《坪田讓治幼年童話文學全集》（共八卷，集英社，一九六四~六五年）、《坪田讓治童話全集》（共十二卷，岩崎書店，一九六八~六九年）、《坪田讓治全集》（共十二卷 新潮社，一九七七~七八年），一九五五年獲得「日本藝術院賞」，一九六四年榮膺日本藝術院會員，一九七三年榮獲「朝日文化賞」等獎項肯定。

讓治創作兒童文學時，為何堅守寫實主義路線的作風呢？他在《兒童文學論》（一九二八，日月書院）闡述：「越是年幼的小孩越是欠缺社會性，要讓他們理解天地自然與人

的關係，遠比理解人與人的關係要容易多了。所以做為幼兒讀物的童話，若只是單純聚焦在人身上，以人為主軸，將天地自然萬物皆比擬成人（擬人法），對讀者而言，反而造成理解上的困難，而漸漸失去興趣……。我認為相同類型的童話已經夠多了，開始重視現實童話創作的時機已然成熟。……兒童希望接觸到的是〈真實的故事〉。……總之，我認為應該提供更多寫實童話（雖然〈虛構性幻想童話〉也不錯）給少年兒童們。」

讓治享譽文壇的「善太與三平」系列作品，與同時期作家千葉省三的作品，被視為日本兒童文學史上最初成功刻劃兒童人物的現代童話。讓治因為天性喜愛兒童，處處用心觀察兒童，所以成功地捕捉了眼前兒童的真實面。他開拓的「生活童話」領域，帶給無數小讀者多元閱讀的喜悅，也讓當時以傳統民間故事，或複製西方幻想童話為主流的近代兒童文學，成功擺脫重視虛構手法的「幻想童話」思維的窠臼，溶入寫實元素，進而朝現代化發展。

讓治除了留下豐富的作品之外，對現代日本兒童文學發展的貢獻，更是意義深遠。他曾經擔任日本兒童文學者協會第三任會長，提升兒童文學作家的社會地位與文化影響力。一九六一年成立家庭圖書館「枇杷文庫」，無償提供個人住家空間作為家庭圖書館，以地區兒童為對象，推廣閱讀運動。而一九六三年更傾注個人資產創辦童話雜誌《枇杷學校》（『びわの実学校』❶），提供各項軟硬體資源，改善作家創作環境，讓有志於兒童文學創作的年輕人獲得發表的舞台以及精進成長的園地。

此後讓治奉獻餘生，致力栽培後進，可謂不餘遺力。許多新生代作家，皆曾入門「枇杷學校」，師事讓治之後，成為日本兒童文學界的泰斗。如：今西裕行、沖井千代子、砂田弘、高橋健、寺村輝夫、前川康男、松谷みよ子（松谷美代子）、あまんきみこ（阿萬紀美子）、宮川ひろ（宮川比呂）、大石真等人。更有不計其數的「枇杷學校」出身者，至今仍活躍於日本兒童文壇，成為中流砥柱。

這群門生在讓治過世之後，接手童話雜誌《枇杷學校》❷，繼承恩師的志業。經過短暫三年休刊之後，再度由松谷美代子接手創辦《枇杷記事本》雜誌❸，繼續傳承讓治老師的精神，提供同好者、童話作家、畫家以及無名新人作家各顯身手的創作平台，直到宣布暫時停刊為止，在平成時代的日本兒童文學界裡，仍具有舉足輕重之影響力。

註

❶ 讓治一九三五年曾於《赤鳥》雜誌發表一篇題為「ビハの実」的童話。據說他年輕時，曾在自家庭院栽種枇杷，有人告訴他：枇杷乃不祥之物，不宜栽植。不過，這善意的勸告，反而點燃讓治的鬥志，心想：怎可盲從迷信，屈服於枇杷樹之魔咒呢！於是，枇杷便成為讓治宅院裡不可或缺的鎮家之寶，日後還成為傳承讓治文學精神的不朽象徵！

❷ 至一九八六年四月止共發行一三四期。一九八六年十月之後改名『季刊びわの実学校』至一九九四年二月為止共發行三十期。

❸ 『びわの実ノート』一九九七年三月至二〇〇七年十一月為止共發行三十三期。

❹ 本文有關作家介紹請參照征矢清撰文〈坪田讓治〉電子版《日本大百科全書》一九九三，小學館發行。

河童的故事

東吳大學日本語文學系助理教授　張桂娥

一九二七年六月發表的〈河童的故事〉是坪田讓治第一篇刊載於《赤鳥》雜誌的童話。因為這篇作品，讓治與日本兒童文化之父鈴木三重吉結下近十年師生緣，爾後在三重吉嚴謹的指導之下，前後發表四十篇作品，獲得兒童文學界肯定，從此確立跨界書寫（成人小說與童話創作）的雙軌作家生涯。

一九二七年（昭和二年），當時日本兒童文學大師小川未明所提倡而風靡一時的童心主義童話，受到各界批判的聲浪日漸高漲，大眾讀者呼籲兒童文學界走出不切實際的幻想，積極參與社會運作，將兒童面對的現實生活與心境變化融入創作。日益茁壯的普羅兒童文學運動，也強烈否定大正時代的童話觀，掀起改革風潮，正式宣告與童心主義訣別。

在時代更迭、新思潮崛起、社會革新氣象風起雲湧之際，讓治揮灑文筆，以詩情洋溢的筆觸，以及獨特的幽默感，完成〈河童的故事〉。這篇作品忠實呈現大人與孩童的交流樣貌，以及兒童與玩伴之間的互動場景，成功地捕捉現實社會的兒童生活剪影，將之定格並封存在讀者的心眼深處。

故事中的老爺爺（人物造型與其他讓治童話裡出現的「甚七老人」系列同出一轍），是讓治外祖父以及其他年長者的化身；而三個孫子——正太、善太、三平——則是讓治最鍾愛的三個小孩。與其他「善太與三平」系列作品稍有不同的是：在這篇故事裡，讓治對三個孫子的描述並沒有特別著墨，只是讓孩子們扮演熱心聆聽爺爺說故事的熱情小聽眾，因為急著想知道故事的發展而不斷催促爺爺的好奇心男孩。佔據故事舞台中心的耀眼靈魂人物，是兒提時代的爺爺，那個活在爺爺記憶深處裡的小男孩。

根據大藤幹夫（一九七八）的論述：作者（讓治）曾自述其作品屬於兒童小說範疇，當然〈河童的故事〉也不例外，是讓治堅守寫實主義立場而產出的創作。不過，由於本篇採取口傳故事說書語調的結構，再加上安排傳說中的河童妖怪登場的手法，讓故事充滿民間故事的氛圍，同時散發一種幻想風格，包覆詩情的底蘊。……端看這篇作品或下一篇〈善太與汽車〉等初期作品，會發現讓治的童話其實擁有一種獨特的潛在調性，無法單獨以「寫實童話」一詞來完整定義他的童話世界。

參加過「枇杷學校」的關英雄（一九五五）分析讓治童話的主題，將之歸為三類：一、誕生於兒童生活之優游恬適（時而虛幻詭譎）的假想世界與海闊天空的遊戲世界——即屬於孩子核心生命價值的世界。二、孩子與父親、孩子與母親、祖父與小孩等，以擁有血緣關係的家族為核心，由成人親屬與孩童們互相扶持之愛的世界。三、描寫帶有武士俠骨、正義風範與幽默特質的「甚七老人」系列童話——意即圍繞正太．三平身邊的家族世界之一部分。

〈河童的故事〉剛好恰如其分地融合了上述三個主題，故稱之為讓治童話集大成作品，實不為過。閱讀本篇作品，除了掌握創作主題與寫實手法的運用之外，個人對於讓治描寫登場人物（爺爺加上三個小男孩）特質的切入點與修辭手法，印象十分深刻。

例如：「爺爺其實很喜歡聽到孫子們這樣催他說故事。而且就算他很想說，在孫子們還沒催他之前，他就會先慢慢地喝著茶」，把爺爺那種欲擒故縱，想辦法吊孫子胃口的招數，寫得十分傳神。又如：「二弟善太的個性很急躁，所以坐也坐不住，一直活蹦亂跳的」、「連么弟三平大舌頭地學著說，跌跌撞撞地跑去坐在爺爺的膝蓋上面」等等，爺孫們的表情彷彿歷歷在目，栩栩如生。

此外，祖孫間的互動默契也令人看了不禁莞爾一笑。例如故事一開頭：「才剛吃完晚飯，爺爺便一邊喝著茶，一邊很開心似地在想事情。其實爺爺今天也很想跟孫子們說故事。孫子們也正等著爺爺臉上出現那種表情……」、「聽到這裡，正太和善太都忍不住笑了出來。原來現在年紀這麼大的爺爺，也有那樣的一段童年時光啊……。」

故事開頭與結尾的簡單幾行字，就把昭和初期日本三代同堂家族常見的家庭生活景象——晚飯後睡覺前，家人齊聚一堂凝聚感情，共享天倫之樂的幸福時光——寫得絲絲入扣，令現代人讀了只能望文興嘆，羨慕不已呢！

因為讓治內心深處對故鄉岡山充滿依戀，對故鄉的田園山景抱持永生難忘的深刻記憶，所以信手拈來，不費工夫就將河童可能出現蹤跡的幽靜山林與溪谷水景，編織成臨場感十足的佳句美文，引人入勝。相信讀者在閱讀的過程，一定會跟故事裡的孫子一樣，漸漸相信爺爺分享童年親眼見過河童的往事，甚至對日本民間盛傳的河童傳說，開始感到興趣吧！

143

原文鑑賞

河童(かっぱ)の話(はなし)

坪田譲治(つぼたじょうじ)

晩(ばん)の御飯(ごはん)がすむと、後(あと)のお茶(ちゃ)を飲(の)みながら、おじいさんは嬉(うれし)そうに何(なん)だか考(かんが)えこんでおりました。おじいさんは実(じつ)は今日(きょう)も話(はなし)がしたかったのです。子供(こども)等(ら)もおじいさんのその顔(かお)を待(ま)っていました。だから御飯(ごはん)がすんでも、三人(さんにん)ともおじいさんのそばでおとなしく座(すわ)っていました。

「おじいさん、話(はなし)は――」

おじいさんは子供等にこう催促されるのが実は好きでした。話したくても、それまではいつもゆっくりお茶をのんでいました。

「早くしてちゃうだい。」

次の弟の善太はせっかちでした。だから座っていても落ちつかないで、ピョンピョン飛ぶような恰好をしておりました。

「じゃ一つするかな。」

おじいさんはのんでしまったお茶の茶碗を下に置きました。

「うん、長い長いの。」

「長いの——」

「そう、ナカイナカイの。」

末の弟の三平までが廻らぬ舌で真似をしてよちよちおじいさんの膝の上に腰を下ろしに行きました。

「ところでと——」

おじいさんが話し始めました。

「どんな話——」

「おじいさんの小さい時のこと。」

「じゃ、河童の話でもするかな。」

「うん、河童の話——」

「じゃね、おじいさんの小さい頃、おじいさんのお家は田舎の田舎の、草の大へんに茂った村にありました。」

「どんなに茂ってた——」

「それはもう人の脊だって埋まるくらい、それにお家の屋根の上にだって、ぼうぼう草が茂っていた。」

「ふ——ん、深い草だねえ。」

子供等は代わる代わる感心したりたずねたりいたしました。

「ところで、その村は大きな野原の中にあって野原には田圃が続いていた。田圃には川が流れていた。」

「どんな川、大きい、小さい――」

「それは小さいのもあれば、大きいのもあり、いくつもいくつも流れていた。川のふちには大抵柳が茂っていて、遠くから見れば、水は見えなくとも、うねうね柳がつづいているので、川のあるということがわかったくらいだ。そしてその川には水草か大変に茂っていて、白い花や黄ろい花が咲きそろうていた。その水草の中をたくさんの魚が泳いでいた。それから、その野原には、ところどころに丘があって丘には大抵一本の大きな歳とった樹が一ぱいに茂った草の中に立っていた。またそこには小鳥がたくさん飛んでいた。春から夏の初めその丘から雨の後など大きな虹が立ったりした。ところで、おじいさんは小さい頃、魚をとるのが好きだった。」

「その時分、おじいさん、汽車あった――」

「うん、そう汽車はもうあったよ。明治の初め頃だからな。だけどまだ出来たばかりで、おじいさんの村の近くを一筋――一筋だけだよ。今の汽車は複線といって、大抵どこでも上りと下りの二つの鉄道がついている。だけど、その頃おじいさんの田舎を通っていた鉄道はたった一筋だけ、それに村の近くを汽車が通っていたというきりで、おじいさんなんか十五になるまで、それに乗ったことはなかった。」

146

「なぜ――乗ればいいじゃないか。」

「それがお前――今とちがって停車場が近くになかった。停車場のある町まで行くのには、どうしても一日歩かねばならなかった。だが汽車というものが恐ろしい勢で煙を吐いて通って行くのを、おじいさんなんか、小さい頃は、眺めて

いるきりだったが乗らないで見てばかりいると、汽車はとても恐ろしいものなんだ。おばけなんかより、もっともっと恐ろしかった。それに通るたって、一日に二度か三度しか通らなかった。」

「ふ――ん。」

147

「ところで、おじいさんは小さい時、魚をとるのが好きだった。ね、で或時釣棹をもって、田圃の川へ釣りに出かけた。線路の鉄橋の下にそれはいい釣り場があった。その川は流れがゆるいせいか、柳や水草に水が隠れているところが多かったのだが、鉄橋の下のところで丁度畳三畳くらいのところが鏡のように草の間から水がのぞいていた。そこで天気のいい日には、いつでも魚が跳ねていた。フナやハヤ、時にはエビやナマズなどが、とても嬉しそうに水の上に跳ね躍っていた。おじいさんはそこは魚の遊び場だろうかと思って、その跳ねるのが面白くて、一人でいつも出かけて行った。草や柳の葉かげからそっと釣棹を突き出して、息をひそめて水の上を見ていると、フナは短いからだをまん丸くなる程曲げて跳上がるし、ナマズはヒゲを口の両側に長く垂らしてすうーと水の上に浮いて来る。エビはまたとてもいそがしく何度も何度も跳ね返す。その音がピチピチピチピチとして、水が四方に飛び散るよ。だけど、一とう高く飛んで、上から垂れている柳の葉に届くように跳ね上るのは、何といってもハヤという魚だ。時には柳の枝に引っかかることさえあるものね。」

「おじいさん、その時網を持ってて、下で受けてればいいじゃないか。」

「うん、それはいいが、まあ、お聞き。そこでおじいさんが河童にあった話なんだよ。で、ある時いつものようにおじいさんは魚の跳ねるのを眺めて釣をしていたんだ。ところがどこから来たのか、鉄道をおじいさんの方へやって来るものがあったんだ。線路工夫か、それとも、そのへんのお百姓かと思っておじいさんは初めちっとも気にとめなかった。何だか帽子のようなものを冠っていたようだったからね。だからその方を別に見もしないで、ピクピク動くウキに気をとられていた。と、その男はズンズン鉄橋を渡ってこちらにやって来て、黙って鉄橋のまん中のレールの上に腰を下ろして

しまった。そして足を水の上にぶら下げた。その時でもまだおじいさんは工夫か百姓のように思っていた。その内おじいさんはそのぶら下った足に気がつくと、もうその男の方が見られなくなってしまったんだ。その足は、人間の足じゃないんだ。爪が鋭く延びていてね、水にぬれた毛が生えていた。またね、おじいさんに見るともなく見えるその顔が人間の顔でないらしいんだ。蓮の葉っぱを冠っている頭から長い毛がのぞいているし、まん円い眼もその間からのぞいている。おじいさんはもうどうも出来なくなってしまった。」

「どうしたの、それから。」

正太も善太もここで膝を乗り出してききました。

「ウキが動いても、風が吹いても、おじいさんはただ水の上ばかりを見つめていたよ。実際その間に棹もあげないのに一匹フナがかかっていて、しきりにウキを引きこんでいた。それにまた何度も何度も風が吹いて来

て、柳の葉がおじいさんの顔を撫でた。それからまた午後のことだから、日がしきりに照っていた。それでもおじいさんは動けなかった。ところがその時丁度線路のレールがピキンピキン鳴り出した。汽車がやって来たのだ。おじいさんは、ほっとした。汽車が来れば、そいつ、どこかへ逃げてしまうと思ったから。その内汽車はだんだん近づいて、おじいさんは機関車の頭が、向うの草の間から見る見る大きくなってやって来るのを見たのだが、それでもそいつはやはり鉄橋の上から水をのぞきこんでいた。それもちょっとのことで、すぐ汽車は鉄橋の上をゴーッとはげしい勢で通って行った。が、轢かれるだろうと思ったその男は、汽車の通る内は影も姿も見えなかった。それなのに汽車が通ってしまって、鉄橋の上が明るくなると、もうそこにちゃんと、水をのぞいている元のままで腰をかけていた。おじいさんは恐いのも忘れて、そいつをじっと眺めていた。だって、あまり不思議だから。」

「おじいさん、そいつ、おじいさんに噛みついた、えっ、

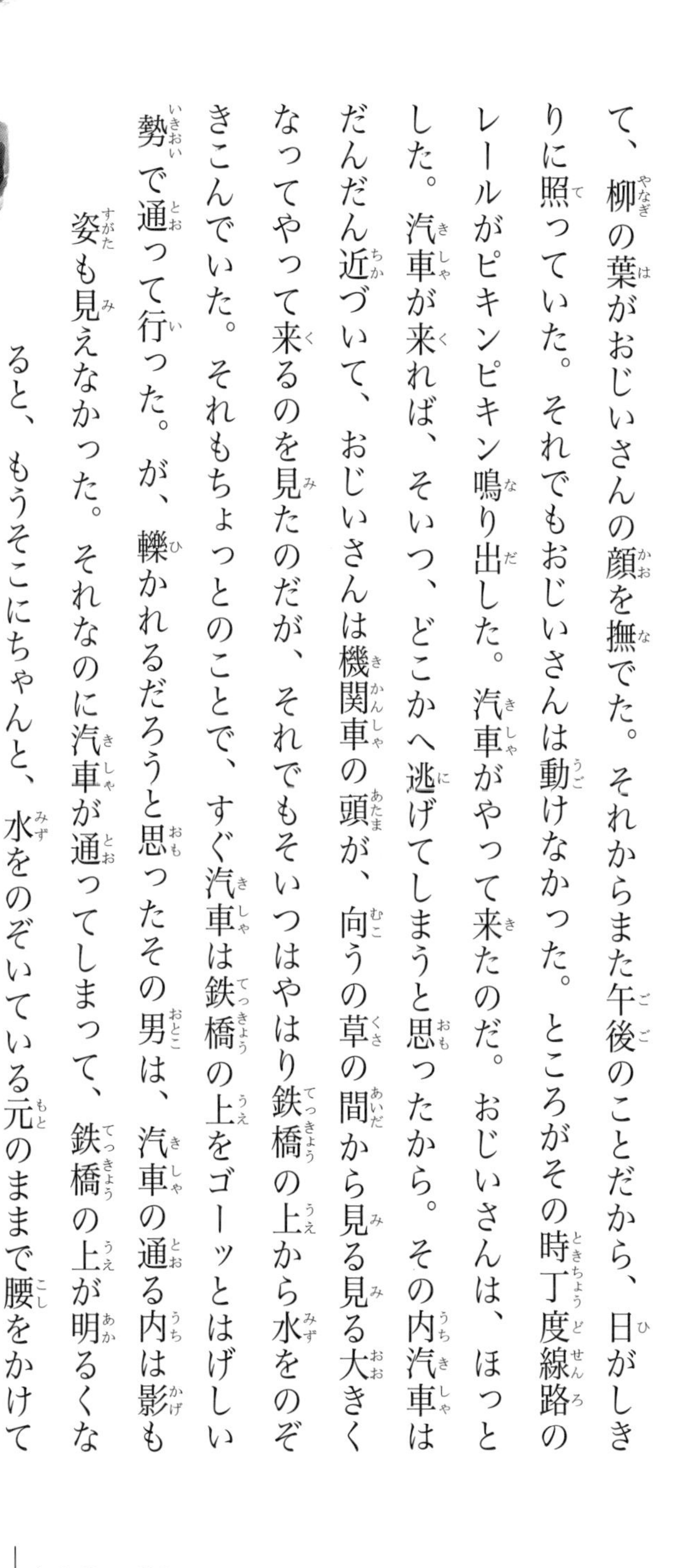

151

噛みつかなかッた――」

せっかちの善太は、もうこんなことをきき出しました。

「いいから、まあ聞いておいで。ね、それから汽車が遠くへ行ってしまうと、その男は両手を合せて、水をくむような恰好をして、それを川の上に突き出した。妙なことをすると思っていると、水の中から一匹のフナがピョンと飛び出して来た。男はそれをヒョイとその手で受けて、受けたと思うと、もうすぐ口へ持って行ってムシャムシャと食べてしまった。食べてしまうと、また両手を水の上に突き出し、首を縮めて、魚の飛んで来るのを狙うような恰好をする。すると、魚がまたピョンと飛び上って来た。それをヒョイと受けて、またすぐ口に持って行く。何度でも何度でもそのありさまだ。それは魚が水から飛び出すのでなくて、そいつが水から魚を引き出しているようにしか思えなかった。

そのつぎに水の中を見て、おじいさんは実際そいつが魚を水から引出していることがわかった。だって、その時水の中に何とたくさんの魚が集まっていたことか。

中にも一匹の大きなナマズがウネリウネリと水の中を泳いでいるありさまは、そしてそれを沢山の小魚が集って眺めているありさまは、王様の踊りをでも眺めているようだった。三尺もあるような、そのナマズは長いヒゲを凧の尾のように口の両側に引っ張って、底にもぐったり、上に浮き出したり、水の上を輪を作ってグルグル廻って見たり、その大きな口を開けて見たり閉じて見たり、だが、その間鉄橋の上の不思議な男は両手をじっと突き出して、いつまでもいつまでも狙いを定めているように、そのナマズをにらみつけていた。その内ガサッと水音がしたと思うと、もうその大きなナマズを、その男はつかまえて口に持って行っていた。持って行くどころかバタバタ跳ねるナマズの頭をガリガリガリガリかじっていた。

その頃おじいさんの田舎には、まだ大きな鳥がたくさん住んでいて、野原に出て

も、高い樹を見ればその頂きに、きっと鷹や鳶のような鳥か一羽か二羽はとまっていた。そんな鳥はとても眼がよく見えるんだから、どんな遠いところでも、魚の跳ねているのなど見つけると、すぐ樹の頂きからすうッと空の上に飛び出して来て、とても素早く魚のそばに下りて来る。その時も丁度そんな一羽の鳶が、その男のナマズを食べているのを見つけたと見えて、上の空に来て、グルグル舞い始めた。すると、魚には強くて

も、その男は鳶は恐いのか、妙にうろたえて、片手を頭の上にあげて鳥を追うような形をした。それからあたりをキョロキョロ見廻して、何だかわけのわからない鳴き声のような声を出した。」

「何て、おじいさん、何ていった――」

「さあ、何だかおじいさんにはキュールキュールと聞えたんだが。そうすると、どこから来たのか、二匹の蟇がノソリノソリと這って来て、そいつの両側に這いつくばった。その男はそれで鳶も恐くなくなったか、おちついてナマズを食べ出した。ところが両側にいた二匹の蟇はその男の口からナマズの骨や腹わたなどがこぼれ落ちるので、すぐそれに飛びつき、二匹でそれを争って食べ始めた。しかし不思議なことに鳶は蟇が出てからは空の高いところへのぼって行きそこでのんきにピロロロピロロロと鳴いていた。その内その大きなナ

マズを食べてしまうと、そいつはもうたくさんになったらしく、両手を延ばして、のびをしてそれから立ち上って、ノソノソともと来た方へ歩き出した。蟇もその後について、ピョンピョンと飛んで行った。が、すぐにみんな向うの草の中にかくれてしまった。」

「それからどうしたの。」

154

「うん、それから風が吹いて、ザアザア草や柳の葉がその白い裏を返した。そして気がついた時にはもう西の空が真っ紅になって、おじいさんの村の方もぼうッとなって、日が暮れかけていた。」

「それから——」

「それからおじいさんは内に帰りたいと思っても、恐くて帰れない。どうしようかどうしようかと思っている内に遠くッてで声がして来た。オーイオーイ、平作平作ッて呼んでいる。おじいさんの兄さんや父さんが提灯をとぼして迎えに来てくれた。そこで、おじいさんは、お父さん――ッて、お父さんの方へ走って行った。」

「ハ…。」

それを聞くと、正太も善太も笑い出しました。こんなに年とったおじいさんにも、そんなに子供の頃があったかと思ったからであります。

しかし三平はおじいさんの膝でもうグーグー眠っていました。

「では、また明晩のお話。」

こう言って、おじいさんは立ち上りました。（おわり）

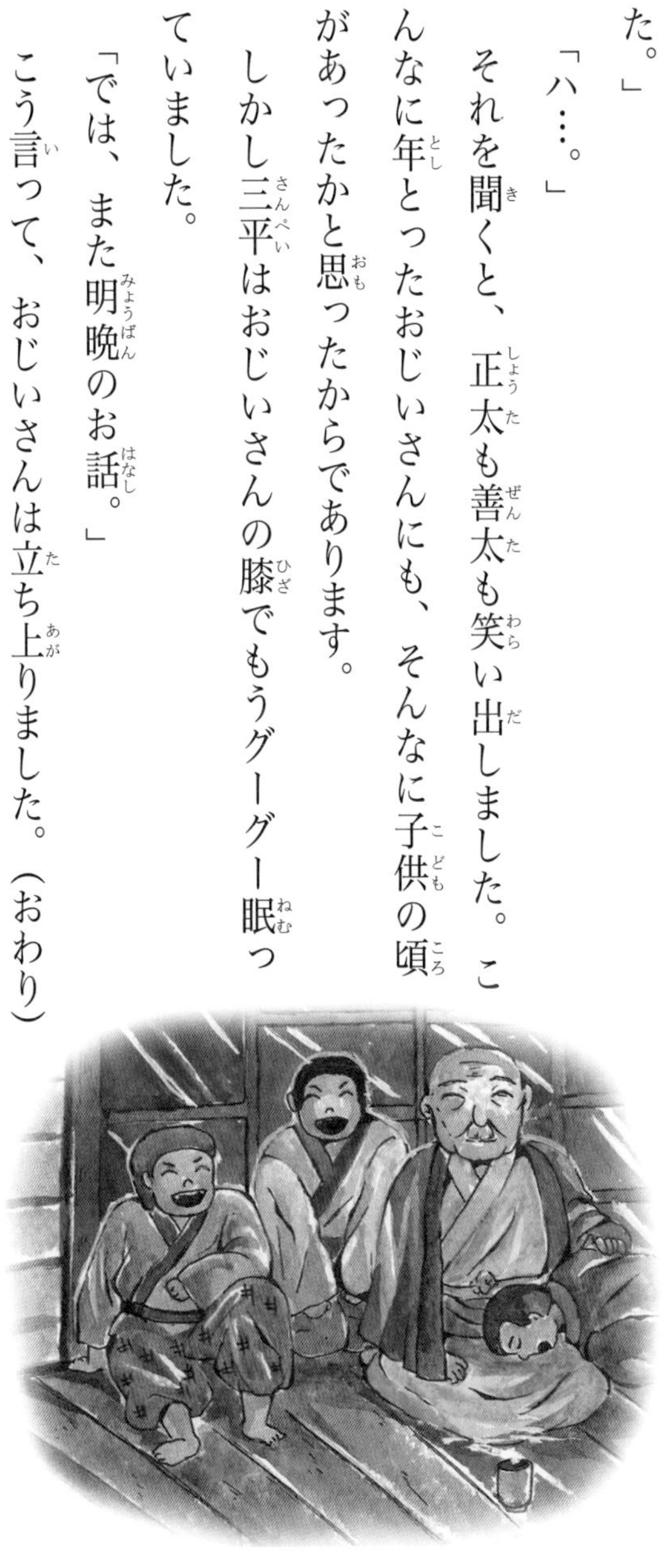

（昭和二年〔一九二七〕六月《赤い鳥》赤い鳥社）

河童的故事

坪田讓治

才剛吃完晚飯，爺爺便一邊喝著茶，一邊很開心似地在想事情。其實爺爺今天也很想跟孫子們說故事。孫子們也正等著爺爺臉上出現那種表情。因此，一吃完飯，三人便乖乖地坐在爺爺的身旁。

「爺爺，快點給我們說故事嘛！」

爺爺其實很喜歡聽到孫子們這樣催他說故事。而且就算他很想說，在孫子們還沒催他之前，他就會先慢慢地喝著茶。

「快點給我們說故事嘛！」

二弟善太的個性很急躁，所以就算坐著也是不安分地搖來晃去坐不住，好像一副想要站起來活蹦亂跳的樣子。

「那我就來說一個故事吧！」

爺爺放下已經喝完的茶杯。

「嗯！要很長很長的故事喔！」

「長一點的啊！」

「沒錯！要很ㄘㄤˊ很ㄘㄤˊ的。」

甚至連么弟三平大舌頭地學著說，跌跌撞撞地跑去坐在爺爺的膝蓋上面。

「可是……」

爺爺準備要開始說故事了。

「要說什麼樣的故事呢……」

「講爺爺小時候的事情。」

「那我就來講一個河童的故事好了。」

「好啊！河童的故事。」

「這個嘛！在爺爺小的時候，爺爺的家住在一個很鄉下很鄉下、雜草非常茂密的村子。」

「有多茂密呢？」

「那些到處叢生的雜草長得很快，有的超過人的身高，幾乎可以把整個人給掩蓋住，有些甚至還高過房子的屋頂呢！」

「哇啊！那雜草還真茂密耶！」

孫子們此起彼落的，時而發出驚嘆，時而發問。

「話說那村子就位於一大片的原野當中，在原野上有綿延不絕的農田，在農田間還有河川流過。」

「是什麼樣的河川呢？是大的河，還是小的河呢？」

「當然有小的河，也有大的河，總之就是有好幾條的河流經過呢！而在河川的兩岸大概都是一些茂密的柳樹，如果從遠方望過去的話，即使看不見河水，但可以看見一整排蜿蜒曲折的楊

柳，一般人就會知道那裡有河流。而且那條河流的水草也生長得非常茂密，經常開滿了白色或黃色的花。在水草裡面有很多的魚兒游來游去。還有那片原野上面到處都是丘陵，通常在丘陵上都會有一棵樹齡很高的老樹，矗立在一整片茂密的雜草當中，而且會有很多的鳥兒飛來這棵樹上。從春天到初夏時分，在雨後就會出現一道很大的彩虹掛在小山丘上。這話又說回來，爺爺小時候最喜歡去抓魚了。」

「爺爺，那個年代，有火車了嗎？」

「嗯！當時已經有火車囉。因為是在明治初期嘛！不過，因為才剛剛發明不久而已，所以爺爺的村子附近就只有一條單軌的鐵路而已。不像現在的火車都是雙軌的，所以幾乎都有下行和上行兩條鐵軌。不過，當時通過爺爺鄉下的鐵路就只有一條而已。而且爺爺也只是知道在村子的附近有火車通過而已，像爺爺在十五歲之前，根本都從來沒有坐過火車呢！」

「為什麼呢？你就上去坐一下不就行了嗎？」

「你這小傢伙，事情哪有那麼簡單！因為以前跟現代不一樣，當時那附近並沒有設置火車站。如果要到有火車站的鎮上，還得要走上一天的時間才能到。但是，雖然爺爺小時候沒有坐過火車，但光是遠遠地看著火車吐著黑煙、以驚人的氣勢呼嘯而過，就讓爺爺覺得火車是一種很可怕的東西，比妖魔鬼怪還要可怕好幾倍呢！而且火車一天大概也只會經過二、三次而已。」

「喔！原來如此。」

「可是，爺爺小時候很喜歡抓魚。所以呢！有時候就會帶著釣竿到田裡的河川去釣魚。就在鐵軌的鐵橋下方有一處很棒的釣魚場地。或許是因為那裡的水流比較緩和的關係，所以有很多水隱藏在蓊鬱的楊柳蔭下或水草間。就在鐵橋下方剛好有一處大約是三個榻榻米（約一坪半）大的地方，從草叢間可以看見一面像鏡子般的水塘。因此只要天氣很好的時候，那個地方總是有魚群在跳躍，像是鯽魚或鮠魚，有時還有蝦子或鯰魚等等，牠們一副很開心的模樣在水面上跳來跳去。爺爺認為那裡應該就是魚兒們的遊樂場所吧。看魚兒們跳躍很有趣，所以爺爺經常一個人跑去那裡。從草叢或楊柳的樹蔭下悄悄地伸出釣竿，屏住氣息、望著水面，這時就會看見鯽魚跳出水面，短小的體型幾乎要彎成一個圓球。鯰魚則是嘴巴兩邊掛著長長的鬍鬚，靜悄悄地劃破水流，浮上水面。蝦子則是非常忙碌地一直反覆彈跳，發出啪啪啪啪的聲音，輕快地濺起四面的水花。不過，躍得最高、幾乎都快要碰到低垂楊柳葉的，終究還是鮠魚，有時候牠不小心跳過頭，甚至還會被楊柳的樹枝勾到，掛在樹枝上動彈不得呢！」

「爺爺，那你只要在那個時候，帶一根網子在下面接住，不就好了嗎！」

「嗯！你那個主意不錯喔！哎呀！聽我說下去。爺爺要說的是——我在那裡遇見河童的故事。某次爺爺一如往常地在那裡釣魚，看著魚兒跳躍。結果，不知打哪兒來的，看見有人從鐵軌朝著爺爺的方向慢慢地走了過來。爺爺一開始還以為是鐵路工人或是住在附近的農民，所以並沒有特別去注意他。因為牠頭上戴著一頂像是帽子之類的東西。所以爺爺只是注意浮標的動靜，並沒有特別去瞧那個人。但那名男子卻迅速地穿過鐵橋，朝我這一邊走來，一發不語地坐在鐵橋正中間的鐵軌上，然後把腳垂掛在水面上。即便那個時候，爺爺我也還一直以為他是工人或農民。但是有意無意間，突然注意到牠垂掛在水面上的雙腳之後，就再也不敢對著那個男人的方向多瞧一眼了。因為那雙腳並不是人類的腳。浸泡在水裡的腳，不但有著尖銳的長爪，上面還長著毛。還有啊，爺爺在無意中看見的那張臉似乎也不像是人類的臉。我看見牠戴著荷葉的頭頂上長著長長的毛髮，從毛髮間還露出圓滾滾的眼睛。爺爺當時也不知道該如何是好。

「那後來，怎麼樣了？」

正太和善太都把膝蓋伸了出去，追著爺爺問。

「當時就算浮標在移動，風在吹拂，爺爺也只是一直望著水面而已。其實在那段時間，我並沒有拉起釣竿，但卻已經有一隻鯽魚上鉤了，頻頻在拖著浮標往水底拉扯。而且風不斷地吹拂著，楊柳的葉子輕拂著爺爺的臉龐。因為當時又是下午的時間，所以陽光不斷地照耀著。儘管如此，但爺爺還是全身無法動彈。不過，正好就在那個時候，從鐵軌上傳來火車霹鏗霹鏗的聲響。火車來了！爺爺也終於鬆了口氣。因為爺爺心想，只要火車一來，那傢伙應該就會逃之夭夭才對。不久，只見火車逐漸逼近，爺爺看見火車頭從對面的草叢間緩緩地靠近，變得越來越大。但儘管如此，那傢伙卻還是在鐵橋上窺探著水底。只是，那也只有短短的一瞬間而已，在那之候，火車隨即發出轟隆隆的聲響，以驚人氣勢通過了鐵橋。我心想那男子該不會已經被火車給輾過的吧！因為在火車經過時，並沒有看見牠的身影。只是等火車完全通過，鐵橋上面頓時變得明亮之後，我發現那傢伙竟然還好端端的坐在原來的地方，保持原先的姿勢，一樣專注地窺探著水面。於是爺爺也忘記害怕，目不轉睛地一直盯著那傢伙看，畢竟這也未免太不可思議了。」

「爺爺，那傢伙有沒有咬你呢？咦！牠竟然沒有咬你。」

向來性急的善太，甚至還提出這樣的問題。

「好了！還是先聽我說嘛！然後，當火車朝著遠方行駛而去之後，只見那個男子捧著雙手伸到河面上，一副像是要取水的動作。當我正在訝異他到底想做什麼怪事的時候，一尾鯽魚從水底跳了出來。只見男子迅速地用手接住，而且才剛接住就隨即放入口中狼吞虎嚥起來。吃完之後，又再次把雙手伸到水面上，虎視眈眈地縮著脖子，一副覬覦魚兒跳上來的樣子。這時，魚兒又再度跳出水面，只見牠又迅速地接住，然後又隨即放入口中。一連幾次都不斷地重覆這樣的動作。這不禁讓人感覺，好像不是魚兒自己跳出水面的，而是牠把魚兒從水裡給拉出來似的。」

接下來爺爺望著水面，這才明白其實是那傢伙把魚兒給拉出水面的。因為當時水底下聚集著好多的魚群。其中有一隻很大的鯰魚在水中扭動巨大的身軀不停地游來游去，而且牠的旁邊還聚集著許多的小魚在旁圍觀，從牠們的樣子可以發現，大家好像是在注視著國王跳舞一樣。那隻鯰魚有三尺那麼大，嘴巴的兩側拖著長長的鬍鬚，像是風箏的尾巴似的，一下子鑽到水底，一下子又浮出水面，在水面上製造出一圈又一圈的漣漪，只見牠那張大的嘴巴時而張開、時而閉合。這時在鐵橋上的那個奇怪的男子，不動聲色地把雙手伸到水面上，像是鎖定目標似的，一動也不動底一直瞪著那隻鯰魚。不久，才剛聽見啪嚓的水聲，那隻大鯰魚已經被那男子給抓住放進口中了。其實正確說來，根本就不是被放入口中，因為還來不及看清楚，那男子就已經卡滋卡滋地大口將還在啪啪地彈跳著的鯰魚頭給咬得粉碎了。

當時爺爺住的鄉下還棲息著很多很大的鳥類。只要一走到原野上，就可以看見一、二隻的老鷹或黑鳶，停在高高的樹頂上。那樣的鳥目光相當銳利，即使再遙遠，一看到魚跳出水面，就會立即咻地飛離樹頂，如劍般自空中筆直降落，速迅地飛到魚旁邊。當時剛好有一隻黑鳶發現那個男子正在大快朵頤地吃著鯰魚，於是便開始在空中盤旋飛舞。這時，即使那男子很擅長抓魚，但他

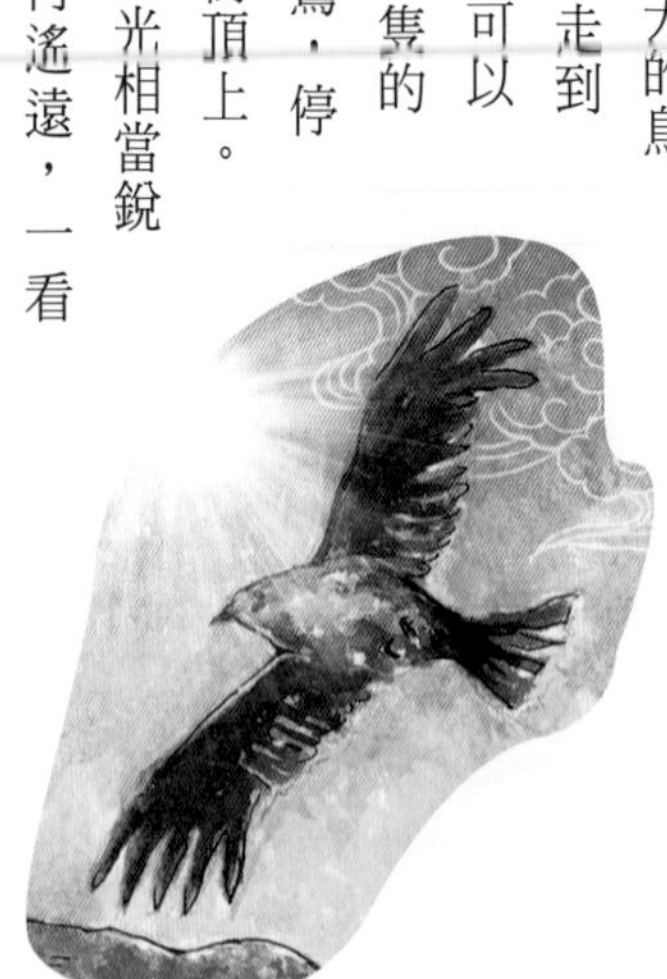

好像很畏懼大黑鳶的模樣，只看見牠很驚慌地舉起一隻手不斷揮舞，像是在趕走鳥兒似地。然後牠又對著四周東張西望，發出一種莫名奇妙的叫聲。

「是怎樣的叫聲啊！爺爺，是什麼叫聲啊！」

「這個嘛！在爺爺的耳裡聽起來好像啾嚕啾嚕的，反正是一種非常稀奇古怪的聲音。結果，不知道從哪裡跑出兩隻癩蛤蟆，慢慢吞吞地爬出來，爬到那傢伙的兩旁之後，就一動也不動地蜷曲在那裏。這麼一來，那男子就變得不怕黑鳶了。開始安心地吃起鯰魚來。但是，只要有鯰魚的骨頭或內臟從那男子的嘴巴掉下出來的話，在牠身旁的那兩隻癩蛤蟆就會立刻撲上去，開始爭相搶食。不過，令人感到不可思議的是，自從那兩隻癩蛤蟆出現之後，那黑鳶便飛往更高的天空中，在那裡發出嗶嚕嚕嗶嚕嚕的叫聲。不久，吃完了那隻大鯰魚之後，那傢伙似乎已經吃飽了。只見牠伸出雙手伸個懶腰，然後起身，邁開腳步朝著來時路的方向緩緩離去。那兩隻癩蛤蟆則緊跟在牠的後面蹦蹦跳跳的，隨即便消失在對面的草叢裡面了。」

「那接下來，怎麼了呢？」

「嗯！接下來是風沙沙地吹著，把雜草還有柳樹白絨絨的葉背都給吹翻了過來。等我回過神來時，西邊的天空已經是一片火紅，爺爺的村子也變得模模糊糊的。因為天色已經暗了。」

「然後呢？」

「然後，雖然爺爺很想回家，但因為太害怕了，所以不敢回去。當我正在憂心著該怎麼辦、該怎麼辦才好的時候，聽見從遠方傳來人群的聲音。我聽見有人在喊著『喂！喂！平作平作』。原來是我的哥哥和爸爸，點著燈籠要來接我回家。於是爺爺我就一邊喊爸爸，一邊朝著我爸爸的方向跑了過去。」

「哈哈哈！」

聽到這裡，正太和善太都忍不住笑了出來。原來現在年紀這麼大的爺爺，也有那樣的一段童年時光啊！

不過，三平卻已經在爺爺的膝蓋上沉沉入睡了。

「那，就等明天晚上再說故事囉！」

爺爺說完這句話之後，便起身站了起來。

（全文完）

（發表於昭和二年〔一九二七年〕六月《赤鳥》（赤い鳥社發行）雜誌）

導讀

魔法

東吳大學日本語文學系助理教授　張桂娥

一九三五年發表的〈魔法〉，在讓治刊載於《赤鳥》雜誌的四十篇作品當中，屬於較後期的作品。相較於第一篇〈河童的故事〉，讓治在童話寫作的技巧，皆有長足的進步。例如：凸顯寫實手法的特質、生動逼真的對話設計、緩急自在具有律動節奏感的文體、巧比妙喻營造出的幽默感、人物造型與其生活空間上的特徵、堆砌作品底蘊的詩意與型塑幻想風格等方面，漸臻成熟之境。

一九三五年七月，讓治集結包括〈魔法〉在內十七篇童話❶，出版他個人的第一本童話集《魔法》（健文社），除了〈熊〉之外，其餘十六篇皆曾刊載於《赤鳥》，並特別拜託當初介紹他投稿的深沢省三製作封面插畫。而翻開封面之後的扉頁，則寫著：「獻給鈴木三重吉老師」。由此可窺知，讓治對〈魔法〉這篇作品情有獨鍾❷，認為其具有象徵里程碑之重要意義，而特地選為壓卷之作，以報謝師恩。

松山雅子（二〇〇六）表示：《魔法》出版的一九三五年，讓治前後出版了短篇小說集『お化けの世界』、『晚春懷鄉』以及第二本童話集『狐狩り』，以作家身分一舉獲得文壇矚目。雖然全家仍然縮衣節食過著清貧拮据的生活，靠著勤耕不輟的創作成果，迎接作家生涯中最具劃時代意義的關鍵年。

在本書卷末壓軸的標題代表作〈魔法〉中，將謊稱要表演魔法給弟弟看的哥哥善太，以及深信哥哥真的擁有魔力的弟弟三平描寫得維妙維肖，兩兄弟之間的逗趣遊戲景象，栩栩如生地呈現在讀者眼前。尤其看到天真無邪的三平，滿心期待哥哥放學回家時，會使出令人咋舌的高明法術讓他過足乾癮的興奮模樣，簡直讓人忍不住嘴角往上揚。

最令筆者感到印象深刻的是：即使三平已經等到不耐煩了，也始終沒有懷疑哥哥所言不實，反而是努力睜大眼睛，明察秋毫地檢視身邊小生物是否藏有任何蛛絲馬跡，嘗試破解哥哥魔法的畫面。讓治生動逼真的筆觸，相信一定成功地讓許多讀者勾起記憶深處裡的童年回憶呢！

三平的純真更加激發善太繼續操弄「魔法」的興致，而兄弟間藉由「魔法」議題衍生出的對話內容，也不經意地透漏了兩兄弟共同編織未來夢想的互動模式。兩兄弟之間早已超越欺騙與被欺騙、操控與被操控的權力不對等關係。

故事中，哥哥叫弟弟當蝴蝶，弟弟就很開心地扮演扮演蝴蝶。將穿著黑色衣服的和尚聯想成黑斑蝶，與孩童的感覺認知也非常貼近。在孩子的想像空間裡，蟲鳥花卓隨時都可以進入孩子的生命，在現實生活中融為一體，自由奔放地歡度童年。兩兄弟藉由遊戲過程的互動深化彼此的情誼，一起探索世界的奧秘，一起發掘生命的美好。這種兄弟同儕間無條件互信互賴的感情羈絆，正是讓治畢生追求的理想之一吧！

讓治曾經批評童心主義的缺失，主張自己沒有童心所以不會刻意將兒童理想化（〈童心馬鹿〉《班馬鳴く》主張社，一九三六）。一九四七年出版《改訂兒童文學論》中提到〈魔法〉這篇童話時，讓治卻說：「我在〈魔法〉中清楚地刻畫出孩童內心的慾望與需求——譬如：孩童對這個世界抱持無比的好奇心，想透徹地認識這個世界並將所知所學轉化成自己能擁有與掌控的東西。也希望從中獲得自己的力量，逐漸茁壯而強大，讓生命豐富精彩有活得非常有深度。我認為，孩童之所以對世界存有好奇心，是因為對孩童而言，這個世界的確充滿了各種有趣的新奇事物吧！然而，孩童會對這個世界感興趣。我想結論只有一個，就是孩子們與生俱來的本能，讓他們發自內心地熱愛世界與人生。」

讓治雖然再三強調自己不是童心主義擁護者，不認為兒童擁有大人視為理想的童心，可是仔細分析讓治上述發言，筆者不免感到懷疑。其實，英國兒童文學研究者猪熊葉子（一九六三）早就發現這一點，她說：「讓治與他人無異，認為兒童對大人而言，的確是一種理想的存在。即使他援用寫實主義手法創作童話，但仍然是個不折不扣的童心主義信者。」（《兒童文學概論》，牧書店）

拋開童心主義信仰的爭議，以讓治擅長的寫實主義手法欣賞「魔法」時，讀者也許會感到有些困惑。因為整篇作品沒有特別的劇情發展，也沒有刻意鋪陳的故事情節，宛如對話文體構成的對話劇，由善太與三平的對話撐起作品的主軸並賦予其生命。讓治真不愧為寫實大師，作品開頭兩兄弟你一來我一往的精采對話，就將主角人物的性格特質形塑地十分具有躍動感，挑逗讀者的好奇心，以偷窺者或偷聽者的心態繼續留在現場，輪流站在對方的背後，近距離觀看兩人親密互動的過程。

誠如横谷輝（一九七一）所言：「〈魔法〉的作者主體並沒有潛入善太與三平的內部來觀察他們個人的心緒變化與行動，而是將觀察對象轉置為三平或善太。也就是透過三平的眼睛來描寫善太；以及透過善太的眼睛來描寫三平。雖然也是將觀察眼置入描寫對象的主體中，可是與未明的置入點有所不同，相對客觀而比較符合邏輯推論的。」

總之，筆者認為欣賞讓治的童話作品除了構成、語彙、步調、節奏等特色外，敘事視線與運鏡的手法也非常值得注目。

註

❶ 善太と汽車／正太と蜂／ろばと三平／樹の下の宝／小川の葦／黒猫の家／バリツの中の鯨／合田忠是君／村の子／母ちゃん／熊／ダイヤと電話／支那手品／鯉／激戦／スズメとカニ／魔法。

❷ 一九六五年出版的《坪田讓治幼兒文學全集》（集英社）中，讓治提及「魔法」，強調：「這篇作品被公認為本人的代表童話之一，就我個人而言，也是個人非常喜愛的作品之一。」

155

原文鑑賞

魔法

坪田譲治

「兄ちゃん、おやつ。」と、さけんで、三平が庭へ駆けこんでいきますと、

「馬鹿ッ。だまってろ。今、おれ、魔法をつかってるところなんだぞ。」

兄の善太が手を上げて、三平をとめました。

「魔法？」

三平は何のことだか解らず、ただびっくりしましたが、善

太は大得意で、ひげをひねるような真似をして言いました。

「へん、魔法だぞう。」

「魔法で何さ。」

「魔法を知らないのかい。童話によく出てくるじゃないか。魔法使っていうのがあるだろう。人間を羊にしたり、犬にしたり、それから自分で小鳥になったり、鷲になったりさ、鷲になるのいいなあ。飛行機のように空が飛べるんだ。」

「ふうん、それで兄ちゃん、今、鷲になるところなの。」

「そうじゃないよ。まあ、いいから兄ちゃんが見てる方を見ていなさい。」

156

それで三平は黙って、日の静かに照っている庭の方を眺めました。そこにはけしの花が咲いていました。真紅な大きなけしの花。黄色な小さなけしの花。白い白いけしの花。何十と列んで咲いていました。

その花の上を一羽の蝶が飛んでいました。小さな、白い、五銭玉のような蝶々です。ひらひら、ひらひら。紅い花のまわりを飛んでいるかと思うと、もう白い花の上の方へ。黄色の花の中へもぐりこんだかと思うと、もう三メートルも四メートルも上の空へ舞い上りちらちら、ちらちら。今度は葉っぱの中へもぐりこんで、どことも知れず見えなくなってしまいます。しかし、またいつの間にか、どこからかしら舞い出て来るのでありました。

「兄ちゃん、もう魔法使ったの。」

また三平がききました。

「黙ってろ。」

そこでまた三平は目の前の蝶を眺めました。蝶は今けし坊主の上にとまっております。けしの花は美しくても、このけし坊主は気味の悪いものであります。まるで花の中に河童の子が立って列んでいるように思えます。その坊主の上で蝶々は羽根を開いたり閉じたりしていました。

158

そこで三平は顔を近よせて、その蝶の羽根を詳しく見ようとのぞきこみました。その羽根には不思議なことに、眉毛のついた、目のような模様が一つずつ奇麗についていました。

「兄ちゃん、蝶には羽根に目があるのね。」と、三平が言いました。

「馬鹿。蝶だって、目は頭についてるよ。」

「だってさ。」

そう言って、三平がもう一度顔を近よせようとしたとき、蝶はひらひらと舞い立って、三平の鼻や目の上を、その小さな翼でたたくようにして飛んでいきました。三平が口を開けていたら、その口の中へ入ってしまったかも分らないくらいでした。

三平は驚いて、顔をそむけ、手をあげて蝶をたたこうとしましたが、蝶はやはりひらひらひらひらと、見る間に空の上にのぼり、それからどことも知れず、見えなくなってしまいました。そのとき、はじめて、「ああ、とうとう飛んでってしまった。」と善太が大息をついて言いました。しかし、それは何のことでしょう。三平は不思議でならずまた聞いて見ました。

「今のが魔法なの。」

「そうさあ。」

「ふうん。」と言ったものの、やはり三平には分かりません。

「どうして魔法なの。」

「分んない奴だなあ。」

そう言ってるところへ、またさっきの蝶が舞いもどって来ました。

「しッ。」と兄ちゃんが言いますので三平はまた黙って蝶のとぶのを見ていました。すると蝶はまたけし坊主の上にとまりました。そこで三平はまた顔を近よせま

160

したどこに魔法があるのか、よく見たいと思ったからであります。しかし蝶の方では見られては困るのか、羽根を急がしく開いたり閉じたりしたとおもうと、またひらひらと三平の顔とすれすれに空へ飛んでしまいました。すると善太が話し出しました。

「三平ちゃん、魔法教えてやらあ。」

「うんッ。」

三平は大喜びで、兄ちゃんの側へよって来ました。

「どうするの。」

「まあ、ききなさい。僕ね、さっきここへやって来るとね。けしの花がこんなにたくさん咲いてるだろう。これを見てると、何だか、こう魔法が使えそうな気がして来たん

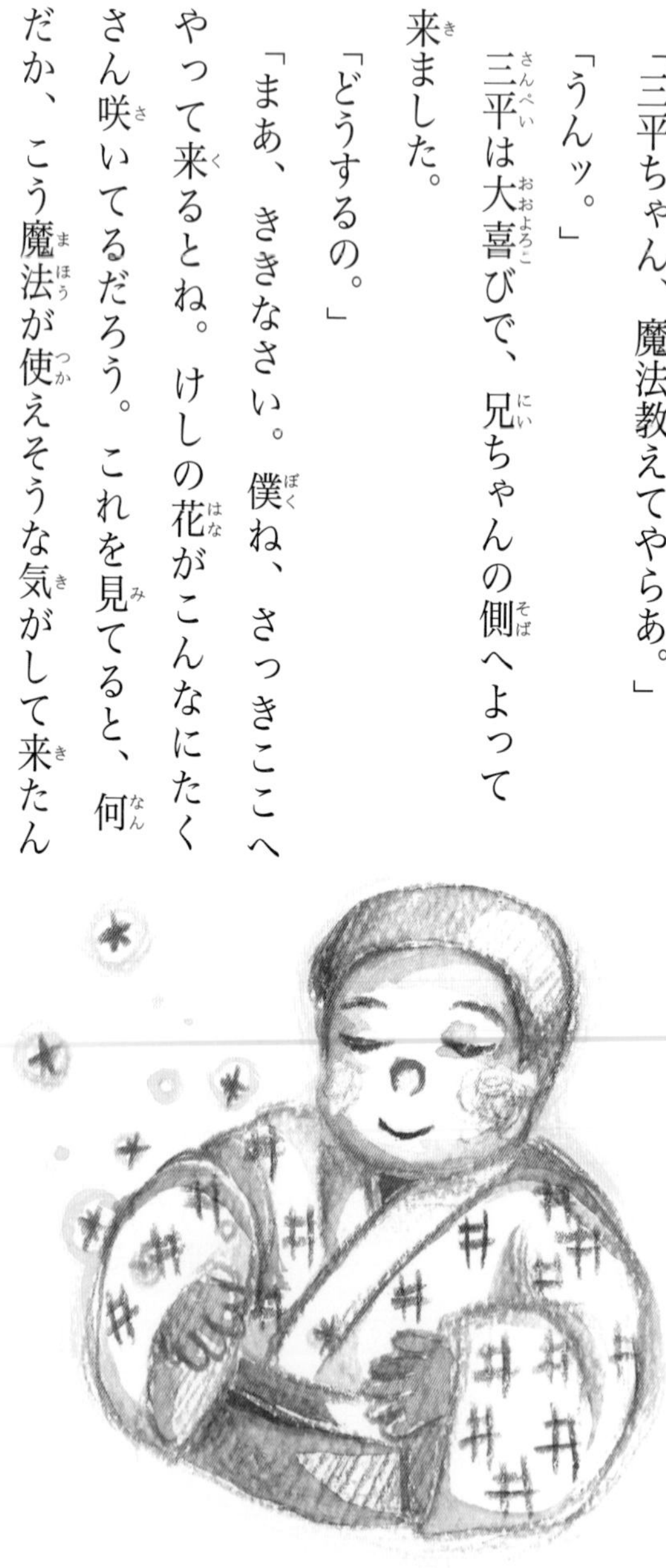

だよ。それでね、まず第一に蝶をここへ呼び寄せることにしたんだよ。ね、目をつぶってさ、蝶よ、来いって、口の内で言ったんだよ。それから、もういいかなあと思って、目をあけたら、ちゃんと蝶が来て花の上を飛んでんのさ。」

「ふうん。」

三平は感心してしまいました。

「そうかあ。それが魔法が、目をつぶって、蝶よ来いって言うんだね。なあんだ。僕んだっ出来らあ。」

これを聞くと、善太が笑い出しました。

「駄目だい。三平ちゃんなんかに出来るかい。僕なんか、魔法の話をずいぶん読んでるんだもの。アレビヤン・オイト、グリム童話集、アンデルセン、何十って知ってらあ。知っているから出来るんじゃないか。三平ちゃんなんか、何も知らないんだろう。」

「いいや知らなくたっていいや。目をつぶって、言いさえすりゃいいんだもの。ようし、やろうッ。——小さい蝶々、もう一度出て来うい。来ないと、石ぶつけるぞう。」

「来るかい、そんな、ことで。蝶々、来ちゃ駄目だぞう。来たら、棒でたたき落すぞう。」

とうとう魔法の喧嘩になって、二人でこんなことをさけび合いました。それから二人は、蝶が来るか来るかと待っていましたが、蝶は中々姿を見せません。ただ、けしの花ばかりが静かな日光の中に美しく咲いているきりです。

「そうらね。兄ちゃんが言う通りだろう。魔法の蝶なんだもの。来るなって言ったら、どんなことがあっても来やしない。だって、あの蝶、人間がなってんだぞ。だから、人間の言葉が分るんだぞ。」

善太は得意になりましたが、三平はききません。

「嘘だい。蝶は毛虫がなるんじゃないか。」

「嘘なもんか。そんなこと言うと、三平ちゃんだって、すぐ蝶にしちまうぞ。」

これを聞くと、三平がかえって喜んでしまいました。

「うん、蝶にしてよ。すぐしてよ。僕、蝶大好きなんだ。」

今度は善太の方で困ってしまいました。そこで言いました。

「だって、蝶んなったら、もう人間になれないんだぞ。」

「いいや。空が飛べるからいいや。」

「家になんぞ帰れないぞ。」

「いいや。飛んで帰ってしまうよ。」

「帰ったって駄目だ。蝶だもの。だれも相手にしてくれりやしない。追い出せ、追い出せッて、たたき出してしまうさ。」

「いいや。いいから蝶にしてよ。すぐしてよ。」

三平がそう言って、善太の手を引張っているときでありました。垣根の外を一人の坊さんが通りかかりました。坊さんは黒い着物に黄色い袈裟をかけていました。

それを見ると善太が小さい声で言いました。

「三平ちゃん、見な。あすこを坊さんがいくだろう。ね。あれを僕今、蝶にして見せるから。」

「うん、すぐして。すぐして見せてよ。」

「待ってろ。待ってろ。」

「ならないじゃないか、兄ちゃん。早くしないと、あっちへいっちゃうじゃないか。」

164

「いいんだよ。いいんだよ。」

そう言ってる間に、坊さんは向うへいってしまいました。

「とうとう行っちゃッた。駄目だよ、兄ちゃんなんか。早くしないからいっちゃったじゃないか。僕、人間が蝶になるところが見たかったんだ。」

「だって、そりゃ駄目だ。あの人、蝶にするって言ったら怒っちまうだろう。だから、分らないようにして、やるんだ。どこにいたって出来るんだから、目の前にいない方がかえっていいんだよ。」

ちょうどそう言ってるところでした。一羽の黒あげはがひらひらと風に乗って飛んで来ました。

「そうらあ、来た、来た。」

善太がそれを見て、大きな声を出しました。

「ね、これ、今の坊さんなんだよ。もう蝶になって飛んで来ちゃった。早いもんだ。」

これで三平も少し不思議になって来ました。ほんとに、このあげはの蝶と、今の坊さんとどこか似たところがあるようです。そこで聞いて見ました。

「ほんとう、兄ちゃん。ほんとに魔法使ったの。」

「そうさあ、大魔法を使ったんだ。」

「ふうん、いつ使ったの。」

「今さ。」

「今って、何もしなかったじゃないの。」

「それがしたのさ。三平ちゃんなんかに分んないようにやったんだ。だから魔法なんだ。」

「ふうん、そうかねえ。」

三平はすっかり感心してしまいました。それから善太は通る人ごとに魔法を使って、トンボにしたり、バッタにしたり、蝉なんかにまでしてしまいました。自動車を運転手ごと魔法をかけたら、これはカブト虫になって、樫の木の枝の上にとまりました。運転手がいないのでさがしていたら、その角の先に油虫のような小さな虫が乗っかっていたので、それだということにきめました。

背の途方もなく高いチンドン屋が通ったので、それに魔法をかけたら、それはカマキリになって、いつの間にか、けしの花の葉っぱの中にぶら下っていました。三河屋の小僧はイナゴにし、肉屋の小僧はミミズにしてやりました。

ところがミミズにした肉屋の小僧は土の中にいるので、とうとうさがし出せませんでした。

二人は、そのカブト虫やカマキリやバッタやトンボをつかまって来て、縁側に行列をつくらせておやつを食べ食べ遊びました。

ところで、その翌日のことでありました。善太が学校へいく前に言いました。

「三平ちゃん、僕今日学校から魔法を使って帰って来るぞ。」

「ふうん、じゃア、トンボになって来るの。」

「トンボになんかなるかい。」

「じゃぁ、蝶がいいよ。奇麗な奇麗な蝶々。」

「駄目だい。蝶なんかきらいだよ。」

「じゃぁ、何になるの。」

「そうだなあ。僕、もしかしたらつばめになるかも分んないよ。早いからねえ。空を一飛びだ。つうッ。」

善太はもう両手をひろげて、つばめの飛ぶ真似をしはじめました。そして座敷を一廻りするとまた言いました。

「もしかしたら、鳩だ。白鳩。伝書鳩。パタパタッ、パタパタッ、飛行機より早いんだぞ。」

今度は鳩の飛ぶ真似をして座敷を廻りました。一ど廻るとまた言いました。

「でも、家へ入って来るときは三平ちゃんに分んない

ように、門のとこから蟻になってはって来るかも知れないよ。そして、そうっと三平ちゃんの背中へはい上って、手の届かないところをチクッとさしてやるんだ。わあ、面白いなあ。」

それを聞くと、三平も黙っていません。

「蟻なんかなら何でもないや。すぐ着物をぬいで、指でひねりつぶしてしまうから。」

「だったら蛇になって来る。三平ちゃんが庭へ出てるところへ、はっていって、ガブッと手でも足でもかみついてしまうぞ。そうら、蛇だ。蛇だあ。」

今度は善太は蛇のような真似をして、三平を追い廻しました。

その日の午後のことであります。三平は庭へ出て兄ちゃんを待っていました。魔法を使って帰って来るというのだから、何になって帰って来るかと、それが楽しみで、空の方を見たり、道の方を見たり、樫や檜の茂みの中をさがし廻ったり、けしの花の中をのぞきこんだりしていました。蝶が飛び立つと、もしかしたら、それかも分らないと追っかけて見たり、道から犬が駆けこんで来ると、これも怪しいと、捕えて見たりしました。

「こら、兄ちゃんだろう。僕には分ってるぞう。」

こんなことを言って見ました。しかし、犬はただ不思議そうに目をパチクリさせ、何か食べものでもくれるかと、尾っぽをしきりに振り立てました。放してやると、大急ぎでどっかへ駆けてってしまいました。

そのうちに、三平は庭の隅でデンデン虫を見つけました。それを見ると、また、もしかしたらと考えて、話しかけて見ました。

「こら、兄ちゃんか。もう逃しつこないぞ。」

そしてそれを捕えると、縁側へ持って来て、

「槍出せ、角だせ。」と、いじって遊びました。いつの間にか魔法のことも忘れて、大分久しく遊んでいました。と、玄関で、兄ちゃんの声がしました。駆けてって見ると、兄ちゃんが靴をぬいでいます。

「兄ちゃん、魔法は。」

「あっ、魔法か。今、門まで風になって吹いて来たんだけど、門からもうやめて入って来たんだよ。」

しかし兄ちゃんが何だか、くすぐったそうな顔をして、ニコニコ笑っているので、

「嘘だい。」と、三平は言ってしまいました。すると、

「ほんとうは兄ちゃん風なんだよ。それが魔法を使って人間になってんだよ。

そんなことを言って、兄ちゃんがハッハッ笑うので、とうとう嘘だということが分りました。

「やァい、嘘だい嘘だい。」と、三平がとびかかっていきました。それで二人は座敷で大相撲をはじめました。（おわり）

（昭和十年〔一九三五年〕一月《赤鳥》赤い鳥社）

坪田讓治

「哥，吃點心了！」只見三平叫喊著，衝進院子裡面。

「笨蛋！閉嘴啦！我剛剛正在施展魔法呢！」哥哥善太揚起手來，制止三平發出聲音。

「魔法？」

三平搞不清楚是怎麼一回事，只是被嚇了一大跳。善太則是滿臉得意地模仿起捻鬍子的動作，開口說道。

「嘿！就是魔法啊！」

「魔法什麼是東西啊！」

「你連魔法都不知道啊！就是在童話裡面不是常常出現嗎？裡頭不是有魔報師會使用魔法，把人變成羊或變成狗，然後再把自己變成小鳥或老鷹之類的。能變成老鷹真好耶！就可以像飛機一樣在天空中飛翔了。」

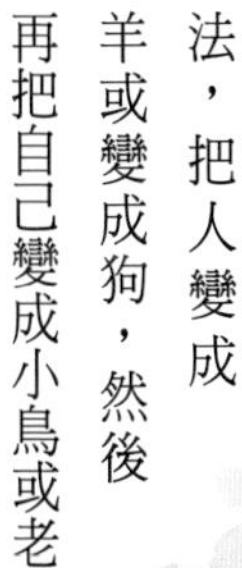

「喔！所以，哥，那你現在正要變老鷹，是嗎？」

「不是啦！哎呀！反正你就往我看的方向看就對了。」

因此，三平便閉上嘴巴，眺望著陽光寧靜地灑落在庭院的方向。那裡的罌粟花正在綻放著，有鮮紅大朵的罌粟花、黃色的小罌粟花、白色的白罌粟花，庭院裡有好幾十朵並排盛開著的罌粟花。

有一隻蝴蝶停在花朵上面。那是一隻小小的、白色的、宛如一個五錢銅板大小的蝴蝶，只見牠翩然起舞，飛啊飛地，才剛以為牠飛到紅色的罌粟花附近，想不到轉眼間牠又飛到了白色的罌粟花上面，原以為牠鑽進了黃色的罌粟花中，沒想到牠竟又在三、四公尺高的空中盤旋飛舞，開合著雙翅，優雅地飛啊飛地、飛啊飛地，這次還以為牠鑽到了樹葉裡面，結果卻又消失不見了，也不知道牠飛往何處。但就在不知不覺之間，牠卻又不知從哪個地方飛了出來。

「哥，你已經在施展魔法了嗎？」三平又開口問道。

「安靜！」

於是三平又再次凝視著眼前的蝴蝶。蝴蝶這次是停在罌粟花的果實上面。雖然罌粟花開得很漂亮，但是罌粟花的果實卻是個毛骨悚然，很令人作嘔的東西。讓人感覺就像是河童的小孩站在花朵當中。那隻

蝴蝶正停在罌粟花的果實上面，時而張開翅膀，時而合上翅膀。

於是三平把臉湊了過去，想要仔細端詳蝴蝶的翅膀。蝴蝶的翅膀讓人感到很驚奇，像是貼著許多眼睛上面長了眉毛一樣的圖案，一個個都很漂亮。

「哥，蝴蝶的翅膀上面有眼睛耶！」三平說道。

「笨蛋！蝴蝶又不是怪物，牠的眼睛當然是長在頭頂上的啦！」

「可是……」

聽大哥這麼一說，於是三平又再度想把臉湊近去觀察，只見蝴蝶翩翩起舞，拍打著牠那小小的翅膀，飛到三平的眼睛或鼻子上。如果三平張開嘴巴的話，說不定牠就會飛進他的嘴巴裡面。

三平嚇了一大跳，於是趕緊把臉給轉過去，揚起手想把蝴蝶給趕走。但是蝴蝶依然翩翩飛舞，飛啊飛地，轉眼間已經飛到了天空中，之後便消失不見蹤影，不知飛往何處去了。這時，善太才首度嘆了一口氣，說道：「啊啊！終於飛走了。」不過，因為三平不知道他在說什麼事，感到很奇怪，於是忍不住又問道。

「剛剛那個就是魔法嗎？」

「是啊！」

「喔！」雖然三平這麼說，但他還是不明白。

「怎麼會是魔法呢？」

「反正你也不懂啦！」

才剛說完這句話，剛剛那隻蝴蝶又飛回來了。

「噓！」由於哥哥要他閉嘴，於是三平只好不發一語地望著那隻蝴蝶飛舞。這時蝴蝶又再次停在罌粟花的果實上面。因此，三平又再次把臉湊過去觀看。因為他想仔細端詳一下，到底魔法在哪裡呢？不過，可能蝴蝶覺得被人觀察也很困擾，於是急忙拍打著翅膀、飛到天空中，還因此差點撞到三平的臉。這時，善太開口說話了。

「三平，我來教你魔法吧！」

「好！」

三平感到很開心，往哥哥的身邊靠過去。

「要怎麼做呢？」

「這個嘛！你聽我說，我剛剛來到這裡呢，一看到這裡開了這麼多的罌粟花，於是靈機一動，想到也許可以施展魔法。於是呢，我決定首先把蝴蝶給叫到這邊來。然後我就閉上眼睛，口中唸唸有詞地說：『蝴蝶啊！過來。』我心想：這樣差不多應該就可以了吧！結果等我一張開眼睛，就真的看到蝴蝶在花朵上面飛舞耶！」

「喔！」

三平感到非常地佩服。

「原來是這樣啊！那就是魔法啊！只要閉上眼睛，喊說：『蝴蝶啊！飛過來。』什麼嘛！這樣我也會。」

聽他這麼一說，善太笑了出來。

「你不行啦！三平怎麼可能會呢！我可是讀過很多有關魔法的故事書喔！像是一千零一夜、格林童話、安徒生童話，我看過好幾十本耶！就因為我看過，所以才會施展魔法的。而三平你，根本什麼都不知道，對吧！」

「沒關係，就算不知道也無所謂。只要閉上眼睛，口中唸唸有詞就行了。好吧！那我也來試試看吧！——小蝴蝶啊！請你再次出來吧！要是你不出來的話，我就用石頭丟你喔！」

「你那樣說，蝴蝶怎麼會來呢！蝴蝶啊！你可不能飛來喔！要是你飛來的話，我就用木棍把你給打下來喔！」

到最後竟演變成兄弟倆為了魔法吵架，兩人不斷重複說著上面的台詞，互相較勁兒似地，誰也不讓誰。之後，兩人就一直在等蝴蝶到底會不會出來，但卻遲遲見不到蝴蝶的蹤影。只見到罌粟花在寧靜的陽光下美麗地綻放著。

「你看吧！看來就像哥說的，是魔法的蝴蝶耶！因為我一直下命令叫牠別來，所以牠怎樣就是不會飛來。因為那隻蝴蝶是人變的，所以才聽得懂人話。」

看到善太一臉得意的樣子，三平哪裡還聽得進哥哥的說詞呢！他直嚷嚷：

「哥騙人！蝴蝶不是毛毛蟲變的嗎？」

「我騙你幹嘛！要是你再這麼說的話，我就馬上把你也變成蝴蝶哦！」

聽善太這麼一說，三平反而更開心。

「嗯！那你把我變成蝴蝶啊！立刻把我變成蝴蝶吧！因為我最喜歡蝴蝶了。」

這下換成善太傷腦筋了。於是他開口說道：

「可是，要是你變成蝴蝶的話，就無法再變回人形囉！」

「無所謂。只要能在天空上飛就好了。」

「那你就不能回家囉！」

「無所謂。我可以飛回去啊！」

「就算你飛回去也沒轍兒。因為你是蝴蝶，所以沒有人會理你。家人只會說：快把牠趕出去！趕出去！粗暴地揮手把你給趕出去喔！」

「無所謂。別囉嗦啦！快點把我變成蝴蝶吧！立刻變吧！」

正當三平拉著善太的手那麼急切地央求時，這時在圍籬外面有一位身穿黑色和服、披著黃色袈裟的和尚正好經過。一看到這景象，善太便小聲地說道。

「三平，你看！那裡不是有位和尚走過嗎？我現在就把他變成蝴蝶，讓你瞧瞧！」

「好啊！馬上喔！你要馬上變給我看喔！」

「等等啦！等等啦！」

「根本就沒有變嘛！哥，你再不快一點的話，他可就要往那邊去了。」

「好啦！好啦！」

就在他這麼說的時候，那位和尚已經走到對面去了。

「終於讓他給跑了。不行啦！哥，都是因為你動作太慢了，所以才讓他給跑掉了。人家真的很想看如何把人變成蝴蝶的那瞬間嘛！」

「可是，那怎麼行啊！如果你跟那個人說要將他變成蝴蝶，他一定會生氣的。所以要在他不知情的情況下讓他變才可以啦。反正在哪裡都可以變，當然不要在他面前變才更方便啊！」

就在他說這句話的時候，剛好看見一隻黑色的鳳蝶迎著風、翩翩地飛了過來。

「你看，來了！來了！」

善太一看到那隻鳳蝶，便大聲地說道。

「哎！這隻蝴蝶就是剛剛的那位和尚喔！他已經變成蝴蝶飛過來了。還真快！」

這下子，連三平也感到有點不可思議了。因為這隻鳳蝶好像真的跟剛剛那位和尚有相似的地方。於是他問道。

「說真的，哥，這真的是你用魔法變出來的嗎？」

「當然是啊！我施展的可是大魔法呢！」

「喔！那你是什麼時候施展魔法的呢？」

「就剛剛啊！」

「你說剛剛？你根本什麼也沒做嘛！」

「我的確有啊！我當然是趁三平什麼都沒發現的時候，偷偷施展的嘛！所以囉，那才叫魔法啊！」

「喔！是嗎？」

三平這下佩服得五體投地。然後，善太又對著路過的人施展魔法，一下子把人變成蜻蜓，一下把人變成蝗蟲，甚至把人變成蟬。如果對汽車和駕駛同時施展魔法的話，就可以把他們變成甲蟲，讓牠停在橡樹的樹枝上面。那駕駛跑哪去了呢？經過搜尋之後，發現有一隻很像蟑螂的小蟲，就坐在甲蟲的觸角前端。那肯定就是他了。

這時剛好有一台很高的廣告宣傳車經過。也對它施展魔法之後，結果把它變成一隻螳螂，只見牠在不知不覺中，已經吊掛在罌粟花的葉子裡面。把酒店三和屋的小夥計變成蝗蟲，把肉販的小夥計變成蚯蚓。但是，肉販的小夥計變成了蚯蚓之後便鑽進泥土裡面，再也找不到了。

兩人把抓來的甲蟲、螳螂、蝗蟲、蜻蜓等等，放在走廊上讓牠們排成一排，玩起吃點心的遊戲。

然而，到了隔天，善太要去上學之前，開口對三平說道：

「三平，等我今天放學時，我會利用魔法回到家喔！」

「喔！那你就變成一隻蜻蜓飛回來吧！」

「我才不要變成蜻蜓呢！」

「那就變成蝴蝶好了。變成一隻很漂亮、很漂亮的蝴蝶。」

「不行啦！我不喜歡蝴蝶啦。」

「那你要變成什麼呢？」

「這個嘛！我說不定會變成一隻燕子喔！因

為燕子很快，咻地，一飛衝天。」

只見善太已經張開雙手，開始模仿起燕子飛行的動作。在榻榻米客廳裡繞行了一圈之後，才又開口說道：

「說不定變成鴿子喔！白鴿、信鴿。啪搭啪搭、啪搭啪搭，飛得比飛機還要快呢。」

他這次又模仿起鴿子飛行的動作，在榻榻米客廳裡繞行了一圈之後，又再次開口說道：

「可是，當我進入家門的時候，為了不要讓三平你發現，所以說不定我會變成一隻螞蟻，從大門口爬進來。然後再悄悄地爬到你的背上，在你手搆不到的地方偷偷地叮咬你一下。哇啊！好好玩喔！」

聽到哥哥這麼一說，三平也不甘示弱地說道：

「螞蟻根本就沒什麼大不了的，我就馬上脫掉衣服，用手指把牠給捏死。」

「如果是這樣的話，那我就變成一條蛇回來。等你走到院子的時候，再張開大嘴，哈地一口咬住你的手腳喔！怎麼樣啊？是蛇喔！是蛇喔！」

這次善太模仿起蛇的動作，追著三平滿客廳跑。

那是當天下午發生的事。三平走到庭院，正在等著哥哥放學回來。因為哥哥說他回來時要施展魔法，所以他滿懷著期待，心想不知道哥哥會變成什麼回來。他一下子望著天空，一下子看著道路，要不然就跑到橡樹或檜木茂密的樹林中四處搜尋，甚至連罌粟花的花苞裡頭也仔細窺探過了。他只要一看到飛舞的蝴蝶，心想那說不定是哥哥變的，於是便追上去查看。如果有小狗從路上跑過來，他也會覺得可疑，然後乾脆就把狗也捉起來，檢查看看。

「喂！你是我老哥，對吧！我就知道。」

他對狗這麼說，可是，那隻狗卻似乎感到很奇怪地把眼睛張得大大的，一直猛搖著尾巴，還以為他要給牠食物呢！於是他把狗給放走，只見那隻狗急忙地跑開，也不知道跑哪兒去了。

這時候，三平發現在院子的角落有一隻蝸牛。他一看見蝸牛，心想該不會是牠吧！於是開始對著蝸牛說：

「喂！哥，是你嗎？如果是的話，我可不會再讓你逃走囉！」

於是三平捉住蝸牛，把牠放在庭外的走廊上，命令牠：

「使出長槍！使出觸角！」他開始戳戳蝸牛殼，自顧自地玩起遊戲來了。在不知不覺間，他也把魔法的事情給忘得一乾二淨了。大概玩了相當久的一段時間之後，這時他聽見從玄關傳來了哥哥的聲音。他跑過去一看，哥哥正在脫下鞋子。

「哥，魔法呢？」

「啊？魔法啊！我剛剛變成一陣風吹到門口，然後想說算了，別施魔法了，乾脆就用走的從大門口進來囉！」

但是，哥哥臉上卻笑嘻嘻的，看起來像是被人給逗笑而忍隱不住似的滑稽表情。

「你騙人！」三平忍不住脫口而出。結果哥哥堅持說：

「哥哥是真的變成一陣風喔！然後再施展魔法變回人形啦！」

哥哥說完這句話之後，緊接著噗哧一聲，笑了出來。三平這才知道原來一切都是騙人的。

「哎呀！你說謊！你騙人！」於是三平跳到哥哥的身上，兩人在榻榻米客廳裡開始玩起了摔角的遊戲。（全文完）

（發表於昭和十年（一九三五年）一月《赤鳥》（赤い鳥社發行）雜誌）

坪田讓治在岡山市島田町出生，他的代表作品《風の中の子供》、《子供の四季》等，都是以善太、三平為主角，以坪田的故鄉岡山為舞台的童話，所以坪田榮獲頒發榮譽市民，同時岡山市還設置了「坪田讓治文學賞」。在岡山市立中央圖書館內也有收藏坪田的文物。本文中的照片，就是由岡山市立中央圖書館所提供。

cc by 岡山市立中央圖書館

坪田讓治的作品中，有時可以看到某個他從小成長的片段或生命中的場景，如鱗光片影般出現。像是他從小生長在寬闊的鄉野自然環境，因此在作品中不時出現對自然的描寫，像是「おじいさんの小さい頃、おじいさんのお家は田舎の田舎の、草の大へんに茂った村にありました。……それはもう人の脊だって埋まるくらい、それにお家の屋根の上にだって、ぼうぼう草が茂っていた。」。

但是走到坪田讓治出生時的老家處，不但已經看不到田園景象，連他住的房子都已經不在了，只看見圍牆旁聳立著一棵高大的樟樹，濃密的枝葉下有一座巨石碑，上面刻著「坪田讓治先生生家跡」。這棵蔥鬱的樟樹不知是否當年就長在坪田的老家院子角落裡，而坪田每

本篇照片由岡山市立中央圖書館提供

❶ 平成 24 年在坪田讓治出生的老家處立下的詩碑。
❷ 標示坪田讓治老家的石碑。
❸ 「エヘンの橋」。

天與它錯身而過，或是曾經折下它的樹枝玩耍。

在二〇一二年坪田逝世三十周年時，於附近又添置了另一座詩碑，上面刻著「心の遠きところ／花静なる／田園あり／譲治」。

而這座不起眼的石橋，座落在坪田老家的東北邊。架在屋後流水圳上，也就是被戲稱為「エヘンの橋」的小橋——坪田在七十九歲時寫的隨筆「かっぱとドンコツ」、「橋」中提到的「エヘンと咳払いをした橋」。

坪田的父親個性爆躁，他母親侍候用餐慢了，或是飯菜涼了，就會瞬間爆怒，有時還會丟擲碗筷。因此才有下面一段令人莞爾的敘述：

それで母が云いました。

「あなたのお帰りが、何時と、キッカリ定っておりますれば、私も、一分の間違いもなく、キチンと、おひるの用意をしておきます。でも、それが出来ませでしたら、今日は、何時に帰ると、前もってお知らせになれば、それに合うように、おかずもあ

❶ 昭和 30 年，於書齋。
❷ 文人墨跡的屏風。
❸ 坪田讓治愛用的書桌。
❹ ❺ 坪田讓治文學碑。

たためておきます。」これを聞くと、父が云ったそうです。

「そうか、それでは、こうしよう。ウラの橋まで来たら、あそこで、おれが、エヘンと、せき払いをする。それで、どうだ。」

「と云うのは、それが、ごはんの用意をせよとの合図ですか。」母が問うと、

「そうだ。」まじめくさって、父は云ったそうです。

坪田讓治四十五歲發表〈お化けの世界〉成名後，除了投入寫作之外，對文壇中文人的交流，以及後輩的栽培也非當積極。六十五歲時獲得「日本藝術院賞」；隔年擔任「日本兒童文學者協會會長」；於七十一歲時開設「びわのみ文庫」；七十三歲時投入私人財產開辦童話雜誌「びわの実学校」，提供舞台讓作家發表作品。這張收藏在岡山市中央圖書館內的屏風，上面貼了文壇友人的墨寶等等，足見坪田對文壇友人的重視。

文學散步《夢野久作》福岡縣

杉山一家三代夢想家——杉山茂丸、夢野久作（杉山泰道）、杉山龍丸

通印度往阿姆利茲爾州的國際道路沿線，道路兩旁有高聳蒼鬱的行道樹，行道樹旁是一片綠意盎然的稻田。看到這景象的人，大概很難想像在一九六二年時，那裡是像沙漠的荒蕪不毛之地。這塊成為印度穀倉之一的土地背後，有著奇妙因緣線將日本、台灣、印度串連起來。

夢野久作二十四歲時（大正二年），在父親杉山茂丸的金錢支援下，於福岡市香椎的唐原買下了四萬六千多坪❶的丘陵地，建立了「杉山農園」。從日本到台灣到印度的因緣，就從這裡開始了。

「從文」一直是夢野的夢想，在他年輕時曾向其父親杉山茂丸表示希望可以成為文人作家，但是對國家民族有著遠大夢想的父親並不贊成。折衷之後，夢野轉而從事農業。這座農園或許可說是茂丸與夢野對

杉山茂丸（第二排右三）、夢野久作（杉山泰道，第二排右二）、杉山龍丸（前排左二）。

本篇照片由杉山滿丸先生（夢野久作孫）提供

昔日的杉山農園

年輕時的夢野久作

其生涯規劃走向妥協後的結果，所以相當成分上，農園的成立其實包含了茂丸的夢想在裡面。

大正二年買下農園後，夢野與友人開始一同經營農園，據了解當時園裡有雇用了受到「部落歧視」❷的工人協助農場的營運。

但是因為某些因素，農場經營並不順利。中間夢野曾離開農園去出家，一番周折才又回到農園。還俗回到農園後，夢野結婚生下長男龍丸。之後夢野專心致力於農園經營，直到大正九年前往《九州日報》擔任記者的工作——那一年夢野三十一歲。在《九州日報》任職之前，夢野已經發表了一些作品。擔任記者後的時期，夢野開始發表一些童話作品。本書收錄的〈白椿〉、〈雨ふり坊主〉均於其作者生涯初期發表的。

夢野雖然對政治的熱情不高，在農園經營上，就其父親「培養對開發亞洲有助益的人材」的目標而言，並沒有看到明顯的成果。但是農園在他手上成立，而農園就像大地的母親，在不知不覺中滋養著杉山家的夢想。

我們回過頭來看看夢野的父親——杉山茂丸。

杉山茂丸的夢想在政治場上。他是玄洋社❸的大人物，人脈豐富，與許多政治人物交好，許多政治活動是他在幕後運作。畢生並沒有擔任任何一個官職，卻是大正、明治時期相當具有政治影響力的人物。

他當時擔任許多政治實力者，包含台灣總督桂太郎、兒玉源太郎❹等人的幕後參謀，夢想是讓亞洲更強大，脫離白人的控制。而提升亞洲的農業技術、培養農業人材，讓人民脫離飢貧，就是其方法之一。資助杉山農園的成立可說是茂丸實現夢想的手段之一。

政治雄才的杉山茂丸，針對亞洲的經營提出許多建言，像是台灣的糖業、金融、鐵路等等發展，背後均可發現他的影子。他與台灣總督府民政局長後藤新平的友好關係，延伸出了夢野的長男——杉山龍丸——在印度的成果。

杉山龍丸（後排左）、夢野久作（後排右）

1 左起：頭山滿、內田良平、宮崎滔天、末永節、平山周、孫中山。
2 年輕時的杉山茂丸
3 頭山滿（右）、杉山茂丸（左）。

後藤新平在台灣推動了許多近代化政策，其中一項是改良出符合台灣氣候的稻米品種，其成果就是蓬萊米。這蓬萊米的種子後來飄洋過海來到了印度，改善了當地人的生活。

昭和綜十六年（一九三五年），杉山茂丸逝世。臨終前留下了「杉山農園の土地はアジアのために使え」的遺言。

杉山茂丸身後種種繁雜事務接沓而來，夢野為了處理這些事務而心力交瘁，竟於隔年因腦溢血而逝世，享年四十七歲。那一年夢野的長男杉山龍丸十七歲，年紀輕輕就繼承了家業。

在時代的洪流之中，龍丸參與了第二次世界大戰。其間輾轉於中國、菲律賓等地交戰，終戰時其身分為陸軍少佐。戰爭不會因為人的身分不同而不殘酷——戰爭陰影、時代的鴻爪同樣在龍丸身上留下痕跡。戰場及戰後的衝突一直折磨著他，同時也啟發了他對人類慈愛之心。

因緣際會下他在東京遇到了來日本學習的印度青年——甘地的弟子——他希望龍丸可以幫忙培育農業人材，改善印度落後的農業，讓更多的人免於飢餓之苦。因此龍丸開始在父親夢野留給他的杉山農園培訓一些印度的農業人材，熱心致力於支援印度的活動。茂丸對杉山農園的期許，在孫兒龍丸手下開始有了一些成果。

一九六一年十一月杉山龍丸受到甘地的弟子之邀前往印度。那一趟約半年的印度之行，展開了他後來被稱為「綠化之父」的第一頁。

那一趟印度之行的十二月，龍丸來到了的北印度，會晤了帕家布州的州長，州長向他請益改善當地人的生活的方法，龍丸向其直言他到印度後的感觸。他表示，當地長年以來無限制地砍伐樹木作為燃料或是建材，耗盡了森林資源，導致土地沙漠化，地力已經無法再滋養人民，所以當務之急就是綠化，將水帶回那塊土地。

經他多方研究後推測，在那飛砂走石的地方並非沒有水，地表下一定有活水層經過。澳洲尤加利樹適應乾燥環境，其樹根可以深入到活水層吸收水份，並涵養水土。如果成功種植尤加

手持蓬萊米稻穗的スシル・クマール氏——パンジャブ州的甘地私塾指導者

中間者為杉山滿丸，右者為當時台灣銀行副總裁中川小十郎

印度時期的龍丸（中）

利樹的話就可以慢慢滋潤土地，讓土地再度成為綠地。

於是最後決定沿著喜馬拉雅山麓的國際道路兩旁種植澳洲尤加利樹，如此一來便如同拉了一條長長的水渠，可以將水帶回大地。州長接受他的建言，隨即著手試行綠化的計畫。

綠化工作刻不容緩，想做的事太多，但是手上資金卻是有限。龐大的資金要從何而來呢？龍丸想起祖父的遺言，於是將杉山農園盡數變賣，投注了相當於現在一百四十億的資金，從事綠化的工作。

尤加利樹的種植有了初步成果，但是仍有其他的問題需要解決。像是印度稻種產量不佳，無法提供人民更多的糧食。於是龍丸透過其祖父的人脈，將台灣的蓬萊米引入了印度。

除了國道沿線綠化工程之外，龍丸還受託解決瓦力克丘陵的土地風化崩落問題。這個總長比日本還要長的丘陵，同樣在龍丸的努力下，成功地綠化——這項工作是他最引以為傲的成果。

綿延四五〇公里的國道沿線欣欣向榮的景象，說明了龍丸多年致力於當地的綠化的成果。杉山龍丸獲得印度當地人崇高敬意，被稱呼為「綠化之父」、「種了三萬棵樹的日本人」。

現在來到杉山農園的舊址，與他處無異的鄉下景象，乍看之下大概不會留下太深的印象。但是如果你知道印度的綠化成果是從這裡開始發芽生根，必然會頓時肅然起敬吧！平凡的鄉野，因為杉山家的夢想而閃耀動人，一草一木都成為不凡的象徵。

杉山龍丸與其妻子

杉山龍丸與末永節❺

末永節與杉山滿丸

杉山龍丸訪台於臺灣農會攝

風化水土流失嚴重的瓦力克丘陵

綠化成功後的瓦力克丘陵

註

❶ 四萬六千坪大概是十五點一八公頃，相當於五分之三的台北大安森林公園大小。

❷ 明治二十二年（一八八九年）制定大日本帝國憲法之前，日本仍有階級制。階級制廢除後，屬「部落」的人仍受到不公平的歧視。

❸ 玄洋社是支持亞洲獨立運動的有力社會團體之一，國父孫文就曾經受到其資助。

❹ 兒玉源太郎的重要幕僚後藤新平也是他所推薦的。後藤新平就是日治時期致力推動台灣蔗糖、稻米、金融等產業的重要人物。

❺ 末永節被尊稱為蓬萊米之母。為育種專家。

引用文獻與參考資料

東吳大學日文系張桂娥

【按著（編）者姓氏或網站名稱筆劃順排序】

宮澤賢治（作家介紹／〈蜘蛛、蛞蝓和狸貓〉導讀／〈夜鷹之星〉導讀／〈土神和狐狸〉導讀／〈貓咪事務所〉導讀）

出版品：

大藤幹夫・万田務（1995.11）『宮沢賢治童話への招待　作品と資料』おうふう社

小倉豊文（1957.11）「解説」『セロ弾きのゴーシュ』角川文庫（1990.6 改版）角川書店

天沢退二郎（1989.6）「収録作品について」宮沢賢治『新編 銀河鉄道の夜』（新潮文庫）新潮社

吉本隆明（1979.12）「宮沢賢治」、「童話的世界」『悲劇の解説』筑摩書房

米村みゆき（2009.4）「宮沢賢治解説　無名の生涯を送った作家」中村三春（著／編集）『ひつじアンソロジー小説編2ー子ども・少年・少女』ひつじ書房

安藤宏編（2003.5）『日本の小説101』新書館

松田司郎（1989）「『土神と狐』論ー恋とエロスーイーハトーヴには何が隠されているか」『飛ぶ教室』29

宮沢賢治（1988.9）『宮沢賢治童話大全（スーパー文庫）』講談社

宮川健郎・横川寿美子合編（2007.12）『児童文学研究、そして、その先へ〈下〉』（日本児童文化史叢書）久山社

恩田逸夫「宮沢賢治」（1978.5）大藤幹夫編『展望日本の児童文学』双文社

栗原敦（1986.5）「賢治童話名作館『土神と狐』」『國文學 解釈と教材の研究』第31巻6号

鳥越信（1995.10）『日本児童文学』建帛社

関口安義（2008.12）『賢治童話を読む』（港の人児童文化研究叢書003）港の人

関口安義編（2008.2）『アプローチ児童文学』翰林書房

関英雄・北川幸比古・鬼塚りつ子監修（1996.3）「作品解説　宮沢賢治の十話」宮沢賢治・小川未明・新美南吉『こどものための日本の名作ー短編ベスト30話（別冊家庭画報）』世界文化社

國文學編集部（2008.2）『知っ得 宮沢賢治の全童話を読む』學燈社

電子媒體網站資料：

（2013.6.20 至 2013.7.20 間檢索）

「ウィキペディア」ja.wikipedia.org/wiki/宮沢賢治

「宮沢賢治の童話と詩 森羅情報サービス http：//why.kenji.ne.jp/

「宮沢賢治の宇宙」http：//www.kenji-world.net/index.html

「賢治の作品世界」http：//www.kenji-

world.net/works/works.html
「宮沢賢治とは誰か?」http://www.kenji-world.net/who/who.html

小川未明（作家介紹／〈野薔薇〉導讀／〈紅蠟燭和人魚〉導讀／〈月夜和眼鏡〉導讀）

出版品：

小川未明（1926.5）「今後を童話作家に」『東京日日新聞』（五月十三日）
小川未明（1951.11）『小川未明童話集』新潮文庫；新潮社
小川未明・坪田譲治・浜田広介（1986.8）『赤いろうそくと人魚』（少年少女日本文学館）講談社
小埜裕二編（2012.12）『小川未明全童話』日外アソシエーツ
上笙一郎（1966.8）『未明童話の本質：「赤い蝋燭と人魚」の研究』勁草書房
久米依子（2008.2）「小川未明」関口安義編『アプローチ児童文学』翰林書房
古田足日（1959.3）「さよなら未明—日本近代童話の本質—」『現代児童文学論：近代童話批判』くろしお出版
古田足日（1965.1）『児童文学の思想』牧書店
石井桃子・いぬいとみこ・鈴木晋一・瀬田貞二・松居直・渡辺茂男（1960）『子どもと文学』中央公論文庫；中央公論社
米田祐介（2010.12）「心を旅する小川未明—小説から童話へ、子どもたちへの想い—」『くびきのアーカイブ』NO.11 NPO法人頸城野郷土資料室
佐藤宗子（2010.3）「小川未明　赤い蠟燭と人魚」佐藤宗子・藤田のぼる編著『少年少女の名作案内 日本の文学ファンタジー編』自由国民社
坪田譲治（1951.11）「解説」『小川未明童話集』新潮文庫；新潮社
岡上鈴江（1970）『父小川未明』新評論
岡上鈴江（1998）『「児童文学」をつくった人たち〈3〉「赤いろうそくと人魚」をつくった小川未明—父 小川未明』ヒューマンブックス
柄谷行人（1980.8）「児童の発見」『日本近代文学の起源』講談社
宮川健郎編（2009）『名作童話　小川未明30選』春陽堂
宮川健郎編（2010）『名作童話を読む　未明・賢治・南吉』春陽堂
鳥越信（1963.8）『日本児童文学案内』理論社（初出：「未明童話の評価のために」『東京新聞』1961.6.1）
鳥越信（1982.7）『鑑賞　日本児童文学』第35巻児童文学；角川書店
鳥越信（1995.10）『日本児童文学』建帛社
船木枳郎著（1990.1）；吉田精一監修『近代作家研究叢書（83）小川未明童話研究』日本図書センター
猪熊葉子（1973.9）「小川未明」『講座日本児童文学第6巻 日本の児童文学作家1』明治書院
続橋達雄（1977.1）「小川未明の『野薔薇』」（收錄於『未明童話の研究』明治書院；引用自鳥越信（1982.7）編『鑑賞　日本児童文学』第35巻児童文学；角川書店
続橋達雄編（1977.11）『日本児童文学大系5 小川未明集』ほるぷ出版
続橋達雄（1978.5）「小川未明」大藤幹夫編『展望日本の児童文学』双文社
関英雄（1982.2）「解説」小川未明『赤いろうそくと人魚』フォア文庫；岩崎書店
関英雄（1974.8）『横谷輝児童文学論集第一巻　児童文学の思想と方法』偕成社

関英雄・北川幸比古・鬼塚りつ子監修(1996.3)「作品解説　小川未明の十話」宮沢賢治・小川未明・新美南吉『こどものための日本の名作―短編ベスト30話（別冊家庭画報）』世界文化社

電子媒體網站資料：

（2013.7.20至2013.8.20間檢索）

「ウィキペディア」ja.wikipedia.org/wiki/小川未明

『くびきのアーカイブ』NPO法人　頸城野郷土資料室 http：//www.geocities.jp/ishizukazemi/kubikinob.html

「小川未明文学館館報」―上越市ホームページ http：//www.city.joetsu.niigata.jp/site/mimei-bungakukan/ogawa-mimei-bunngakukan-kanpou.html

「小川未明年譜」http：//hugostrikesback.web.fc2.com/mimei/mimeiNenpu.htm」

「児童文学書評」「ひこ棚か」http：//www.hico.jp/ 版主：ひこ・田中

「松岡正剛の千夜千冊」「73夜『赤いろうそくと人魚』小川未明童話集より」http：//1000ya.isis.ne.jp/0073.html

「連載・特集 小川未明の世界」（讀売新聞：地域情報とニュース：新潟）http：//www.yomiuri.co.jp/e-japan/niigata/kikaku/038/main.htm

「朝日新聞社の書評サイト」「小川未明童話の魅力に光　昭和期の作品を紹介―上嶋紀雄―」http：//book.asahi.com/booknews/update/2012110400007.html

有島武郎（作家介紹／〈一串葡萄〉導讀）

出版品：

山田昭夫編（1983.7）『鑑賞日本現代文学〈10〉有島武郎　人とその小説世界』角川書店

上田信道(2009.3)「大正の大衆児童文学史論」『岡崎女子短期大学研究紀要』42号；頁1－10

有島武郎(1981.2)『有島武郎全集 第6巻 紀行　童話　詩』筑摩書房

有島武郎(1984.9)『有島武郎』新潮日本文学アルバム9

有島武郎(1988.6)『有島武郎全集 別巻―有島武郎研究』筑摩書房

有島武郎・志賀直哉・武者小路実篤(2009.2)『小僧の神様・一房の葡萄』（21世紀版少年少女日本文学館）講談社

西本鶏介(1981.9)「解説」有島武郎『一ふさのぶどう』フォア文庫；ポプラ社

坂本浩(1952.3)「解説」『一房の葡萄』角川書店

松山雅子(2006)「一房の葡萄〈解題〉」『子どもの本100選　一八六八年－一九四五年』財団法人大阪国際児童文学館

鳥越信(1995.10)『日本児童文学』建帛社

電子媒體網站資料：

（2013.9.20至2013.10.20間檢索）

「ウィキペディアv ja.wikipedia.org/wiki/有島武郎

「一房の葡萄〈解題〉/財団法人大阪国際児童文学館　子ども本100選　一八六八年－一九四五年」松山雅子撰文(2006) http：//www.iiclo.or.jp/100books/1868/htm/frame044.htm

「白樺の小径」「第3回〈親子〉の距離―〈父〉と〈息子〉と有島武郎―」「有島の児童文学―彼の中の〈子供〉―」亀井志乃撰文 http：//www.silverbirch.jp/forest/oyako_03.

html
「有島武郎 人と作品」http：//fujikawa.gooside.com/ad/book/at/
「畑に家を建てるまで」、「有島武郎の生と死」阿部昭 撰文
http：//www.ne.jp/asahi/kaze/kaze/arisima.html
「有島記念館－まちのご案内－ニセコ町」藤川修二撰文
http：//www.town.niseko.lg.jp/goannai/arishima.html
「有島記念館 有島武郎　略年譜－まちのご案内－ニセコ町」
http：//www.town.niseko.lg.jp/goannai/post_24.html
「松岡正剛の千夜千冊」「650夜『小さき者へ』有島武郎」
http：//1000ya.isis.ne.jp/0650.html
「鈴木三重吉と『赤い鳥』の世界」「赤い鳥とは－作家－有島武郎」（財）広島市未来都市創造財団　広島市立中央図書館　制作
http：//www.library.city.hiroshima.jp/akaitori/akaitori/sakka2.html
「鈴木三重吉と『赤い鳥』の世界」「『赤い鳥』作家索引」（財）広島市未来都市創造財団　広島市立中央図書館　制作
www.library.city.hiroshima.jp/akaitori/sakuin/sakuin.html

夢野久作（作家介紹／〈白色山茶花〉導讀／〈下雨娃娃〉導讀）

出版品：

大下宇陀児 (1988.1)「解説」夢野久作著『ドグラ・マグラ』沖積舎
山本巌 (1986.12)『夢野久作の場所』葦書房
山本巌 (1994.5)「夢野久作小伝」『夢野久作～快人Qランド～』西日本新聞展覧会「快人Q作ランド」
中島河太郎編 (1969.6) 夢野久作著『夢野久作全集1』三一書房
今井美恵 (1970.1)「月報」中島河太郎編・夢野久作著『夢野久作全集7』三一書房)
西原和海編 (1976.9) 夢野久作著『夢野久作の日記』葦書房
西原和海編 (1980.1) 夢野久作著『夢野久作全集〈3〉白髪小僧』葦書房
西原和海編 (1988.10)『夢野久作ワンダーランド―夢と狂気の迷宮世界』沖積舎
西原和海編 (1991.11) 夢野久作著『夢野久作の世界』沖積舎
西原和海編 (2001.7) 夢野久作著『夢野久作著作集』葦書房
西野春雄 (2011.1) 西野春雄・羽田昶編『新版能・狂言事典』平凡社
多田茂治 (2003.10)『夢野久作読本』弦書房
谷川健一 (1970.1)「解説」中島河太郎編・夢野久作著『夢野久作全集7』三一書房
夢野久作 (1992.5)『夢野久作全集〈1〉』ちくま文庫：筑摩書房
鶴見俊輔 (2004.6)『夢野久作・迷宮の住人（双葉文庫―日本推理作家協会賞受賞作全集）』双葉社

電子媒體網站資料：
（2013.7.20 至 2013.8.30 間檢索）

「ウィキペディア」ja.wikipedia.org/wiki/「四大奇書」、「三大奇書」
「ウィキペディア」ja.wikipedia.org/wiki/夢野久作
「facebook」夢野久作と杉山三代研究会 https：//www.facebook.com/kyuusakudoguramagura?ref=stream&hc_

location=timeline
「ふくおか先人資料館」、「夢野久作異色の作家」
http：//fukuoka-senjin.kinin.com/data/item/838
「白椿公式ページ　製作配給カエルカフェ」
http：//www.kaerucafe.co.jp/shirotsubaki/
「其日庵資料館」
http：//www1.kcn.ne.jp/~orio/sonohi-an/sonohian_idx.html
「松岡正剛の千夜千冊」「４００夜『ドグラ・マグラ』夢野久作」
http：//1000ya.isis.ne.jp/0400.html
「夢野久作をめぐる人々」http：//www1.kcn.ne.jp/~orio/index.html
「夢野久作(Kyusaku Yumeno) 1889-1936」
http：//www.geocities.co.jp/Bookend-Hemingway/4210/9sakuTop.htm
「夢野久作 年譜」
http：//www.geocities.co.jp/Bookend-Hemingway/4210/9sakuNenpu.htm
「夢野久作 著作リスト」
http：//www.geocities.co.jp/Bookend-Hemingway/4210/9sakuBooks.htm
「萬漫評」http：//www1.kcn.ne.jp/~orio/yorozu/yorozu087.html

坪田讓治（作家介紹／〈河童的故事〉導讀／〈魔法〉導讀）

出版品：

大藤幹夫(1978.5)「坪田讓治」大藤幹夫編『展望日本の児童文学』双文社
山根知子(2008.2)「坪田讓治」関口安義編『アプローチ児童文学』翰林書房
中西一弘・大藤幹夫・向川幹雄合著(1970)『児童文学（物語編）資料と研究』関書院新社
古田足日(1959.3)「さよなら未明―日本近代童話の本質―」『現代児童文学論：近代童話批判』くろしお出版
坪田讓治(1936.3)「児童文学の早春」『都新聞』一九三六年三月十八日
坪田讓治(1936)「童心馬鹿」『班馬鳴く随筆集』主張社
坪田讓治(1938.9)『兒童文學論』日月書院
坪田讓治(1947.3)『改訂兒童文學論』西部圖書
坪田讓治(1965.3)『坪田讓治幼児文学全集』集英社
坪田讓治(1977.12)『ねずみのいびき』講談社
岡田純也(1978.5)「坪田讓治」大藤幹夫編『展望日本の児童文学』双文社
弥吉菅一（監修）；大藤幹夫・向川幹雄共著(1985.5)『［物語編］新訂児童文学資料と研究』森北出版
松山雅子(2006)「魔法〈解題〉」『子どもの本１００選　一八六八年－一九四五年』財団法人大阪国際児童文学館
松谷みよ子(1971.3)「びわの実学校と坪田先生」関秀雄・水藤春夫編者『坪田讓治童話研究』岩崎書店
高橋秀太郎(2009.4)「坪田讓治解説　反復する〈遊び〉と〈死〉」中村三春（著／編集）『ひつじアンソロジー小説編２―子ども・少年・少女』ひつじ書房
鳥越信(1965.1)「作家と作品について（解説）」坪田讓治『子供の四季（ジュニア版日本文学名作選２４）』偕成社
鳥越信(1982.7)『鑑賞 日本児童文学』第３５巻児童文学：角川書店
猪熊葉子(1963.1)「坪田讓治論」福田清人・滑川道夫・鳥越信編『児童文学概